KB045873

모리 **후지노**
OMORI FUJINO

트 **하이무라 키요타카**
KIYOTAKA HAIMURA

원산 **야스다 스즈히토**
SUZUHITO YASUDA

김민재 옮김

" 저……강해지고 싶어요 "

던전에서 만남을 추구하면 안 되는 걸까 외전

소드 오라토리아 11
Sword Oratoria

CONTENTS

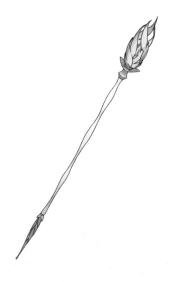

"아아…… 모든 것이 끝나면,
가자. 약속하지."

"기왕이면 저희 고향은 어떨까요?
앞으로 조금만 있으면 대성수가
『광관(光冠)』을 맺을 때거든요."

레피야 비리디스
아이즈를 숭배하는 엘프 마도사.
【로키 파밀리아】의 단원.

피르비스 셜리아
【디오니소스 파밀리아】의 단장. 마법검사.

로키
최대파벌【로키 파밀리아】의 주신.

"모든 흑막을 파헤치고 처단하기 전까지
내 목적은 이뤄지지 않아. ……부탁한다, 로키."

"하지만 구태여 말하겠어
―― 크노소스 공략 작전에
참가시켜다오."

디오니소스
【디오니소스 파밀리아】의 주신.
권속의 원수를 추격한다.

© Kiyotaka Haimura

크노소스 문 앞.
장창을 든 파룸의 주위에 있는
단원들이 일제히 강한 긴장과
용맹한 전의를 품었다.

" 전원, 준비."

시작을 고하려 하는 핀의 말은 짧았다.

던전에서 만남을 추구하면 안 되는 걸까 외전

소드
오라토리아 11
Sword Oratoria

오모리 후지노 지음 | **하이무라 키요타카** 일러스트
야스다 스즈히토 캐릭터 원안 | **김민재** 옮김

S NOVEL

커버 그림, 본문 일러스트 | **하이무라 키요타카**

고뇌의 밤, 끔찍한 어둠

Гэта казка іншага сям'і.

Ноч пакут, якая ўзвышаецца цемра

소년의 외침과 맹우의 포효가 교차한다.

그곳에서는 격전이 펼쳐지고 있었다.

목숨을 걸고 싸우는 수컷과 수컷, 맞부딪치는 나이프와 라비리스, 별처럼 찬란히 흩어지는 불꽃.

주위를 에워싼 수많은 이들이 도시가 흔들릴 정도로 소리를 지르며 바랐다.

모험에 임하는 소년이 승리하기를.

혹은 새로운 『영웅』이 탄생하기를.

미궁거리에 펼쳐진 그 처절한 광경을,

아이즈는 조용히 바라보고 있었다.

"…………."

곁에 있던 것은 웨어울프 청년.

그리고 엘프와 다크엘프 검사.

제1급 모험자라 칭송받는 자들이, 하나같이 그 싸움에 시선을 보내고 있었다.

5개월 전, 던전에서 【로키 파밀리아】의 모험자들에게 자극을 주었던 미노타우로스와의 싸움 때와 같았다. 소년의 싸움은, 포효는, 의지는, 수많은 이들에게 『불』을 지필 것이다. 그야말로 이 도시 전체에.

하지만 아이즈의 가슴은 그때처럼 크게 두근거리지 않았다.

어둠에 잠겼다.

길을 잃고 출구가 없는 미궁에 들어온 것처럼, 돌아갈

곳을 잃은 어린아이처럼, 열기가 소용돌이치는 세계와 단절되었다.

피를 흘리며 불길을 두른 소년의 모습만을 그저 눈동자 속에 비추고 있었다.

생각한다.

저 소년은 지금 무엇을 생각하며 싸우고 있을지를.

아이즈와는 『다른 대답』을 낸 그는, 무엇을 추구하고 무엇을 위해 『괴물』과 싸울까. 그것은 서로 목숨을 위협하면서도 누구보다 서로를 원하는 것처럼 보이기까지 했다. 소년과 몬스터는 누구보다도 서로를 이해하는 것만 같았다. ──지금의 아이즈를 제쳐놓고.

아무리 생각해도, 아무리 고민해도 답은 나오지 않았다.

하지만 알 수 있는 것도 있었다.

그는 강해질 것이다.

다시 달려나갈 것이다.

이 전투를, 오늘 있었던 『이단』의 괴물들과 보냈던 밤을 넘어서서, 반드시.

5개월 전, 모험자가 되었던 소년은 오늘 『영웅』이라 부를 수 있는 자의 길을 걷기 시작했다.

──그럼, 지금의 나는?

아이즈의 검에는 망설임이 생기고 말았다.

괴물은 죽이겠다는 맹세가 깨졌다.

소년의 의지와 맞부딪친 결과, 패배한 것이다.

──나는 저 아이처럼 강해질 수 있을까?

　──나도 달려나갈 수 있을까?

　소년의 용감한 모습에, 현재 아이즈의 모습이 겹쳐지는 일은 없었다. 매달려보려는 심정은 덧없이 사라졌다.

　아무리 되물어도, 밤하늘에 빛나는 별과 달은 대답해주지 않았다.

🎭

　어둠이 가득했다.

　아무것도 내다볼 수 없는 암담한 어둠이다.

　차디차게 고인 냉기. 귀울림이 생길 정도의 정적. 어둠이 생물처럼 준동하며 혼돈의 극치에 이른다.

　현실인지 환영인지조차 불확실하며, 어디인지도 모를 곳에『그림자』는 그저 웅크리고 있었다.

　그『그림자』는 그저『다가올 순간』을 고대하고 있었다.

『──에뉘오.』

　갑자기 날카로운 빛이 비추었다.

　목소리의 주인은 종족도 성별도 알 수 없는『가면인물』이었다.

　온갖 육성이 겹쳐진 듯 불쾌한 음성이 그 이름을 불렀다.

『【로키 파밀리아】가…… 크노소스에.』

　이름을 불린『그림자』는 그 보고를 듣고 분명히 입술을

틀어 올렸다.

　마무리를 할 때다.『그림자』는 그렇게 선언했다.

　재미있다는 듯, 아쉬워하듯, 기뻐하듯, 쓸쓸해 하듯.

　그리고 역시, 몸을 떨듯.

　입을 꾹 다문 가면인물 앞에서, 등을 드러낸『그림자』는 시작하고자 지휘자와도 같이 두 팔을 벌렸다.

　──아름다운 광란을.

　그렇게 말하며.

1장

그러니 나도 달릴 거야

"우리는 『무장한 몬스터』와 손을 잡기로 했어."

결론부터 말하자——.

그런 전제를 깔고 꺼낸 핀의 말에, 실내는 물을 끼얹은 듯 조용해진 후 눈 깜짝할 사이에 소란스러워졌다.

【로키 파밀리아】의 홈 『황혼관』의 대식당.

파벌의 거의 모든 단원이 소집되어, 의자에 앉지 못한 사람은 벽에 기대 서 있는 가운데, 모든 이가 단장의 생각지도 못한 선언에 동요했다. 모든 이가 상황을 이해하지 못한 채 갈팡질팡했다. 그럴 수밖에 없었다.

식당 가장 안쪽에 마련된 상석에 선 핀의 뒤에는 우스꽝스러운 웃음을 지은 트릭스터의 엠블럼이 걸려 있다. 양옆에는 리베리아와 가레스, 그리고 주신 로키가 있다. 그 광경이 핀의 발언은 독단이 아님을 알려주었다. 【파밀리아】수뇌진의 한뜻임을.

간부 후보인 라울이나 아나키티는 물론이고 티오나와 티오네도 눈을 크게 뜬 채 아연실색했다. 당황하지 않는 사람은 레피야를 비롯한 『페어리 포스』의 멤버들과, 이틀 전의 『강습』에서 크노소스에 돌입했던 자들 정도밖에 없었다. 의외로, 베이트도 그들 중 하나였다.

"그게 무슨 말이에요, 단장님?!"

"몬스터와 손을 잡는다니, 대체?!"

의자를 박차고 일어나는 단원들이 속출했으며 여기저기서 고함이 솟았다. 그 목소리에는 곤혹과 당혹, 그리고 규탄에 가까운 감정도 담겨 있었다.

【브레이버】라는 기치 아래 확실하게 통솔된 【로키 파밀리아】에서는 절대 있을 수 없었던 광경. 모반의 뜻마저 품는 그들의 모습은 기이할 정도였으며, 그만큼 핀이 투하한 『폭탄』의 문제성을 말해주는 것이었다.

크게 울려 퍼지는 수많은 목소리와 격렬한 감정에, 아직 어린 소녀 단원들은 흠칫 어깨를 떨고 겁을 먹었다.

그런 아비규환의 폭풍 속에서, 핀은 표정 하나 흐트러뜨리지 않고 물음에 응했다.

"얼마 전의 다이달로스 공방전 중에, 『무장한 몬스터』에게는 높은 지성이 있다는 사실을 확인했어. 그야말로 우리와 『의사소통』이 가능할 정도로."

"『의사소통』이라니…… 설마 그 정도에 넘어간 겁니까?!"

"그럴 리가. 하지만 나는 그 괴물들의 눈에 담긴 지성의 빛에 『가치』가 있다고 봤어. 그 후에 손을 잡을 만하다고 판단한 거야."

"그것 가지고 괴물들에게 적의가 없다고 증명할 수 있나요?!"

"괴물의 『감정』을 증명할 수단은 없어. 신들이라 해도. ……하지만 이번의 몬스터 지상 진출에 얽힌 정보 중에서, 민간인 및 모험자의 희생자는 0이었지. 이 숫자는 엄연한 사실이거든."

"……!"

"아무리 온 도시의 모험자가 최선을 다했다지만, 그 정도로 큰 사건이 벌어졌는데 인명 피해가 없었다는 건 도저히 이해하기 힘들지……. 우리가 아는 일반적인 몬스터를 생각해보면 너무나도 이상한 일이야. 그런 객관적인 견해만은 확실하게 밝혀두겠어."

핀은 빙빙 돌아가는 변명 따위는 한 마디도 늘어놓지 않았다. 그것이 역효과라는 사실을 잘 알기 때문이다.

그렇기에 단원들의 질문에는 모두 대답했다.

당혹감, 불만, 분노, 증오. 이를 모두 빠짐없이 받아들이고, 자신의 말로 설명했다. 말꼬리를 잡아 논파하지는 않았다. 『정론』을 이용해 위에서 찍어누르는 짓은 절대 범하지 않았다. 정보로서 전해진 사실만을 호소하고, 목소리를 높이지도 않고, 담담히, 잘 울리는 음성으로 대답했다.

핀이 지금 하려는 것은 『대화』가 아니라 『의식』이었다.

설득이 아니라 앞으로 나아가기 위한 『의지』의 공유였다.

"이미 나는 이틀 전의 전투 속에서 『무장한 몬스터』의 한 무리와 『교섭』을 마쳐놓았어. 여기에는 크노소스에 돌입했던 사람들이 증인이 될 거야."

"네에……?!"

"원래 같으면 숨겨야만 할 일일지도 모르지. ……아니, 솔직하게 말할게. 나는 그 몬스터들의 정체를 옛날부터 눈치챘지만, 너희들에게는 숨길 생각이었어. 지금 눈 앞에 펼쳐진 이 광경을, 【파밀리아】가 혼란에 빠진 모습을 상상할 수 있었으니까."

성실하게, 진지하게, 그리고 의연하게.

속이려 하지 않고, 핀이 생각하는 것, 마음에 담은 것을 쏟아냈다.

탄막처럼 오가던 단원들의 목소리가 한순간 끊어졌다.

"……그럼 왜…… 지금 와서 말씀하십니까?"

"이기기 위해서지."

마치 그에게 매달리듯 낯을 일그러뜨린 남성 단원의 말에 핀이 단언했다.

"그 마굴에 도사린 어둠의 주민들을 꺾고 오라리오에 평화를 가져오기 위해. 그러기 위해서라면 나는 『죄인』도 될 수 있어."

그리고 마지막으로 말한 것은 『각오』.

그렇게나 고집했던 명성을 버리고 『인류의 적』으로 전락할 수도 있다는 결의를 내걸었다.

벨 크라넬과 마찬가지로.

아니, 더 비참한 말로를 걸으리란 것을 이해하면서도.

실제로 핀은 『영웅』으로 가는 길을 전혀 포기하지 않았다. 리베리아와 가레스에게도 말했듯, 『죄인』으로 전락하더라도 더욱 강한 『영웅』으로 되살아나고야 말겠다고 마음속으로 맹세했다.

하지만 그의 그런 『성장』을 알 리 없는 단원들에게는 이만저만한 충격이 아니었다. 아니, 알았다 해도 더 강한 충격에 휩싸였을 것이다.

단원들은 핀이 얼마나 일족의 부흥에 진력했는지를 잘 알기에, 이번에야말로 할 말을 잃었다.

그가 내건 『각오』가 무엇보다도 그들의 마음을 흔들었다.

"달리 의견 있는 사람은? 모두 대답하겠어. 너희들의 의문과 감정에 거짓 없이."

긴 시간 동안 모든 이의 목소리에 논리정연하게, 막힘없이 대답하는 파룸 두령에게 반감의 목소리는 거의 나오지 않게 되었다. 그 이외의 사람들도 다른 단원과 눈치를 보며 당황한 듯 목소리의 행방을 잃고 있었다.

하지만 그런 한편, 『우리 단장을 누가 논파할 수 있을까』── 그런 분위기를 조성하는 자들도 있었다.

단원들은 어떻게 해도 몬스터에 대한 갈등을 버릴 수 없었다.

사랑하는 이를 잃어, 좀처럼 의식을 전환할 수 없는 이들의 『고랑』은 깊다. 그것은 아무리 핀이 솔직하게 말하더라도 마찬가지다.

그럴 때였다.

술렁임을 끊듯, 아나키티의 가느다란 팔이 똑바로 올라왔다.

"단장님."

"왜 그러지, 아키?"

"겉치레나 명목은 빼고, 단장님 자신은 『무장한 몬스터』

를 어떻게 생각하시나요?"

의자에서 천천히 일어난 캣 피플의 목소리는 시험하는 듯한 감정을 띠었다.

그녀의 물음에 핀은 조금 전까지와 변함없는 목소리로 대답했다.

"이용, 이라고 말하고 싶지만…… 굳이 『신용』이라고 해 두겠어. 나는 그 몬스터들이 믿을 만한 존재라고, 그렇게 생각해."

그 『신용』이라는 말에 단원들의 소란이 부풀어 올랐다.

아나키티는 표정을 바꾸지 않고 거듭 물었다.

"우리 중에는 몬스터에게 동료를 잃은 자들도 있습니다. 가족이나 연인이기도 하고요. 그것을 아시면서도 믿겠다 고, 그렇게 말씀하시는 건가요?"

"그래."

엘프에게 동료를 잃은 드워프가 있다 치고.

드워프에게 동포를 뺏긴 엘프가 있다 치고.

그때 그들은 원수의 종족을 모두 증오할까?

——핀은 그런 진부한 비유를, 그런 『어리석은 방법』을 들먹이지는 않았다.

몬스터는 인류의 적. 배제해야 할 하계 최대의 악성 종양.

그것의 의미를 잘 알면서 『독』을 마시겠다고 확고히 말 한 것이다.

잔재주 없이. 일만 마디의 말이 아니라 하나의 의지를

드러내기로 하고.

그렇지 않고서는 어떻게 『괴물』과 함께 싸울 수 있겠는가.

아나키티는 속이지도 숨기지도 않겠다는 의지가 담긴 핀의 푸른 눈을 가만히 바라보았다.

"……."

그녀의 머리카락 색과 같은 까만 눈동자는 실제로 핀을 『꿰뚫어 보고 있었다』.

상급자에게 하급자가 보내는, 진가를 평가하는 듯한 눈빛. 그것은 결례가 아니라, 조직의 아래에 있는 자들의 정당한 권리다. 아니, 그것이 없는 조직은 폐쇄감에 사로잡혀 성장하지 못한다.

그리고 지금 아나키티 오텀의 『눈』은 한없이 단원들 쪽으로 기울어져 있었다.

그녀야말로 다른 단원들의 대변자이기까지 했다.

만년 중견인 라울이 경애하는 단장과 동기인 그녀 사이에서 시선을 몇 번이고 왕복시키며 처량한 모습을 보이는 것은 숫제 귀엽기까지 했다.

"……알겠습니다. 그러면 저는 이 이상 아무 말도 하지 않겠습니다."

두 사람의 시선이 오가기를 한동안.

아나키티는 조용히 착석했다.

그것은 그녀가 핀의 의지에 순종했음을 의미했다.

동시에 이를 계기로 단원들의 마음도 완만히 기울었다.

아나키티가 인정했다면…… 하는 이해였다.

이 감정 변화는 핀을 비롯한 수뇌진도, 아이즈 같은 제1급 모험자들이라 해도 얻을 수 없는 것이었다. 하위 단원들과 위대한 간부진을 이어주는 2군 멤버 필두인 아나키티가 아니고서는.

'그녀를 이쪽으로 끌어들여서 다행이야……. 아니, 그녀가 잘해준 거지.'

이때 결코 입 밖으로는 내지 않았지만 핀은 속으로 그녀에게 감사하고 있었다.

핀이 어중간한 각오를 보였다면 아나키티는 다른 단원들을 위해 그를 내쳐버렸을 것이다. 우수하고 『공평』한 그녀는 그 정도 일은 하고도 남는다.

파벌 수뇌진을 존경하고 충성을 맹세하기는 했지만, 아나키티 오텀은 불합리한 일이라면 그들에게도 저항할 의지를 가졌다.

반면, 그녀는 총명하다.

크노소스 공략을 앞두고 【파밀리아】에 무엇이 필요한지를 잘 안다. 그것은 곧 일치단결.

핀을 시험하면서, 핀의 의지를 헤아려 발언한 것이다.

그것은 아나키티가 핀에게 보낸 신뢰의 물음이라고도 할 수 있었다.

결과적으로 보면 그녀의 빈틈없는 움직임으로 파벌의 모든 이들이 『의견통일』을 가지는 방향으로 기울었다.

"발언해도, 될까요."

마지막으로 손을 든 것은 엘프 아리시아였다.

핀이 고개를 끄덕여 대답하자, 자리에서 일어난 그녀는 가슴에 손을 얹고 말을 시작했다.

"『무장한 몬스터』는…… 제 목숨을 구해주었습니다."

참회하는 것처럼 들리기도 하는 그녀의 고백에 한층 커다란 술렁임이 퍼졌다.

그녀 자신도 아직 해답을 얻지 못한 듯, 그녀의 얼굴에는 깊은 고뇌와 갈등이 새겨져 있었다.

레피야를 비롯해 그 모습을 모두 목격했던 『페어리 포스』의 엘프들이 걱정 어린 시선을 보냈다.

"그것은 단순한 우연이 아니었습니다. 물론 변덕도 아니었고요. 그 세이렌은 자신의 의지로 저를 감쌌습니다. 자기 몸을 바쳐서…… 거의 『우애』라 할 수 있는 마음을 가지고. 그 눈빛이, 그 웃음이, 지금도 제 마음을 헤집어놓고 있어요……."

연장자로서 온후한 일면을 가졌으면서 엘프의 자긍심을 잃지 않는 아리시아의 결벽성을 모르는 파벌 단원은 없다. 그런 그녀가, 괴물에게 혐오 이외의 감정을 보였다.

그것이 의미하는 바를 이해하지 못할 만큼 【로키 파밀리아】는 우둔하지 않았다.

"인정하고 싶지 않습니다. 받아들이고 싶지 않습니다. 그러나…… 그것은 고결한 헌신이었다고…… 그렇게 생각하지 않을 수 없습니다. 인정하지 않는다면, 우리는 괴물보다도 더러운 『마물』로 전락하고 말 거라고…… 그런, 생각이 들고 말았습니다."

아리시아는 몇 번이나 단어를 골라가며, 몇 번이나 목소리를 높여가며 발언을 마쳤다.

그녀가 힘없이 의자에 주저앉은 순간, 이번에야말로 완벽한 침묵이 내려왔다.

회의가 시작된 후로 가장 목소리를 높였던 다른 엘프들마저 일제히 입을 다물었다.

"……순서가 바뀌었지만, 이번의 결론에 이른 『전제』를 설명할게."

조용해진 단원들에게 핀은 현재의 상황에 대한 이야기를 꺼냈다.

"다른 몬스터와 명확히 구분하기 위해, 앞으로는 『무장한 몬스터』를 『제노스』라 호칭하겠어. 『제노스』는 높은 지성 때문에 【이켈로스 파밀리아】에게 몇 번이나 사냥당하곤 했지."

"!"

"『제노스』의 입장에서도, 몬스터의 밀수에 관여한 크노소스 세력은 적대관계에 해당해. 적의 적은 아군, 이라고까지는 안 하겠지만…… 『이해관계』는 일치하지. 그리고 이번 싸움에 한해서 『제어할 수 있다』고, 나는 그렇게 판단했어."

"단장님, 그러면······."

"그래. 이 결탁은 『이번 한 번뿐인 공동투쟁』이야. 어디까지나 크노소스를 공략하기 위해······ 도시의 존망을 건 싸움에 승리하기 위해."

여기서부터는 『명분』의 이야기였다. 그러나 핀의 논법은 더할 나위 없이 명석하고 절묘했다.

『폭탄』을 떨어뜨린 후의 대의명분. 양보해야 할 우선순위의 제시는 마음의 장벽을 몇 단계나 낮추었다. 그 증거로, 거부반응을 보이던 단원들에게도 누그러진 표정이 떠올랐다.

『제노스』가 지상에 진출한 이유를 비롯해 필요한 정보도 모두 설명했다. 물론 혼란을 막기 위해 『제노스』와 우라노스의 관계만은 숨겨두었지만, 그 이외에는 거의 모두 털어놓았다.

핀의 설명을 보충하듯, 가레스와 리베리아가 이때 처음으로 입을 열었다.

"딱히 몬스터에게 한발 다가서라는 게 아닐세. 반대로 진정한 의미에서는 마음을 터놓지 말라고, 나는 그렇게까지 말해야겠어."

"앞으로 미궁을 탐색할 때, 망설임은 너희를 죽일 것이다. 어려운 이야기임은 잘 안다만, 이번 건과 모험자로서의 존재 방식은 분리해 생각하도록."

가레스의 말은 주로 남성 단원들에게, 리베리아의 발언

은 엘프들에게 서서히 공감을 불러왔다.

마지막으로, 때를 가늠한 것처럼 로키가 신의를 고했다.

"마, 요컨대 멀 써먹더라도 죽은 얼라들을 추모하는 싸움에서 이겨삐잔 소리제."

짧은 말. 그러나 효과는 확실했다.

적어도 노골적인 반발을 입에 담는 자는 사라졌다.

"……이번 회합은 여기서 끝내지. 가능하다면 잘 생각해 보고, 서로 잘 의논해주었으면 해. 이게 『명령』이 아니라 『제안』이라는 점을 명심하고. 그 의미를 깊이 고민해주길 바랄게."

핀은 새삼 단원들의 얼굴을 둘러보았다.

그 속에 담긴, 어떤 소녀의 금색 눈동자를 마지막으로 돌아본 후 말했다.

"탈퇴 희망자가 있다면 집무실로 오도록. 결코 말리지 않겠어. 여기서 들은 내용을 입 밖에 내지 않겠다고 약속해줘 야겠지만, 그 이외에는 아무것도. 나는 너희들의 뜻을 존중하겠어. 그러면── 해산."

그 말을 남기고, 핀은 로키 일행과 함께 퇴실했다.

수뇌진이 떠나간 후에도 대부분의 단원은 대식당에 남아 활발하게 의견을 나누었다.

화제가 끊어질 리 없었다. 분위기에 억눌려 자신의 생각을 제시하지 못했던 단원들도 이때라는 양 감정을 토로했다.

망설임, 당혹감, 분노, 증오, 두려움. 어느 것 하나 틀린 마음은 없었으며, 모두가 정답에는 이르지 못했다.

아침에 소집되어 수뇌진이 퇴실한 낮부터 시작해, 해가 저물고 어두워진 하늘에 별이 반짝이기 시작했어도 사람과 괴물에 관한 논의는 한층 치열해지기만 했다.

"이런 분위기는 처음이지 말임다……. 다들 『원정』 때보다도 눈을 번뜩이고 있는 거 같슴다……. 우우우……."

망자처럼 휘청거리는 라울이 허물어지듯 의자에 앉았다. Lv.4인 아나키티를 비롯한 2군 멤버, 그리고 티오나와 티오네가 있는 테이블이었다.

불평불만을 받아들이는 역직이기라도 한 것처럼 하위 단원들의 격렬한 말에 시달렸던 라울은 ——베이트 같은 이들과는 달리 『무슨 말이든 하기 편하다』는 신뢰(?)를 받는 그는—— 피로에 찌들면서도 단원들의 이야기를 온몸으로 진지하게 들었던 것이다.

테이블에 엎드린 그의 뒷머리를 아나키티가 부드럽게 퐁퐁 두드려주었다.

표정을 바꾸지 않은 채, 그것 또한 필요한 역할이라고 위로해주듯, 혹은 『수고했다』고 말하듯.

"참고로…… 여러분은, 어떻게 생각하심까?"

조심스럽게 묻는 그에게 대답한 사람은 크루스였다.

같은 제2군 멤버, Lv.4 시앙스로프는 팔짱을 낀 채 대답했다.

"……난, 솔직히 아무래도 상관없어. 리네나 로이드를 죽인 놈들을 해치울 수 있다면. 몬스터의 힘을 빌린다는 건 아니꼽지만……."

대식당에 눌러앉아 점심도 먹지 않고 논의를 벌이던 단원들을 보다 못해 레피야와 라크타 같은 단원들이 샌드위치 등의 가벼운 먹거리를 만들어오는 가운데, 라울이 테이블에서 고개를 들었다.

"그치만 그치만 크루스 씨~ 몬스터잖아요~? 무섭지 않아요~?"

"뭐, 무섭기야 하지. 우린 『무장한 몬스터』하고도 싸웠고…… 그 『검은 미노타우로스』하고 맞닥뜨리기라도 한다면…… 응, 쫄 거야! 불안해서 못 견뎌!"

그때 레피야의 룸메이트인 엘피가 끼어들고, Lv.4 휴먼 나르비가 다이달로스 거리에서 맛본 『포효』를 떠올리듯 두 어깨를 끌어안았다. 라울의 대답은 역시 어중간했다.

"하, 하지만 단장님은 뭔가 생각이 있으실지도 모릅다…… 아니, 아무리 그래도 연계 플레이까진 무리일 수도 있지만…… 우리는 믿을 수밖에 없달까, 일치단결해야 할 때니까 말임다……."

그리고 그때.

"아직도 떠들고 있냐, 늬들."

"베, 베이트 씨……."

회색 머리카락을 출렁이며, 식사를 하러 온 웨어울프가 대식당을 성큼성큼 가로질렀다.

자리에 남아 논쟁을 하던 단원들에게는 아랑곳하지 않고 냉큼 나가버린 얼마 안 되는 자들 중 하나였다.

하지만 이런 상황에서까지 고독한 늑대의 자세를 관철하던 베이트도, 오늘만큼은 『무장한 몬스터』에 대해 의견을 나누는 단원들을 조롱하지 않았다. 라울 일행에게서 테이블 하나 떨어진 거리를 두고 난폭하게 의자에 앉았다.

같은 수인인 라크타에게 시선을 보내자 흄 바니 소녀는 급히 만든 저녁을 가져다주고자 얼른 주방으로 들어갔다.

"……저기, 베이트. 베이트는 『무장한 몬스터』에 대해 어떻게 생각해?"

"엥?"

그리고 그때까지 잠자코 단원들의 이야기를 듣던 티오나가 말을 건넸다.

견원지간인 그녀가 의견을 물을 줄은 몰랐는지, 베이트는 의아하다는 목소리와 함께 보기 드물게 순수한 놀라움을 드러냈다.

"……그런 너는, 어떻게 할지 정했냐?"

"으음~ 어째 다들 생각한 것보다 엄청 고민하고 화내고 그러길래 난 깜짝 놀랐거든. 그래서 좀 열심히 생각해봤는데……."

생각이니 고민과는 거리가 멀다고 자타가 공인하는 아마조네스 자매의 동생은 의자 위에 책상다리를 하고 앉아 팔짱을 끼고 있었다. 눈을 감은 채 지금도 끙끙거린다.

하지만 역시 『답』은 변함이 없었는지 눈을 번쩍 뜨며 불쑥 말했다.

"난 그 몬스터들, 무서워하지 않아도 된다고 생각했어."

"!"

"핀도 말했지만, 『무장한 몬스터』는 아무도 해치지 않았잖아? 게다가 난 그중에 한 마리가 어린애를 감싸주는 거 봤거든."

티오나는 그 한 마리가 부이브르라는 사실은 말하지 않았지만, 자신이 본 사실을 들려주었다.

라울 일행은 놀랐다. 아리시아의 이야기와 마찬가지로, 『몬스터가 사람을 지켰다』는 것은 그만큼 경천동지할 일이었다. 『세계의 모순』이라 해도 과언이 아닐지 모른다.

주위에 있던 단원들의 귀는 자연스레 간부들의 대화에 쏠리게 되었다.

"난 그 『무장한 몬스터』……『제노스』랬지? 걔들하고 같이 싸울 수 있을 것 같은데~."

티오나가 헤죽 웃었다.

전혀 긴장감 없이 웃는 그녀를 보며 나르비를 비롯한 단원들이 갈팡질팡하는 가운데, 어이없다는 표정을 지은 베이트는 다음으로 티오네를 보았다.

동생이 조르는 바람에 진저리를 치면서도 대식당에 남았던 그녀는 그 시선을 알아차리고—— 헹, 하며 요란하게 콧방귀를 뀌었다.

"단장님 결정이잖아! 지저분한 몬스터들과 함께 싸우든 뭐가 됐든 당연히 따라야지!"

"넌 진짜 꿋꿋하다……."

전혀 의문을 품지 않는 티오네에게 베이트는 진저리를 치다 못해 숫제 존경하는 눈빛을 보냈다.

라울 일행도 메마른 웃음을 공유했다.

"그러고 보니 넌 결국 어느 쪽이야? 난 네가 제일 먼저 날뛸 거라고 생각했는데."

티오네가 그렇게 되묻자, 베이트는 시시하다는 듯 대답했다.

"이러쿵저러쿵하다 오라리오가 통째로 당하면 웃음거리도 안 되잖아. 그뿐이지."

"……."

"불만이든 살의든, 전부 끝난 다음에 던전에다 실컷 토해놓으면 돼. 영감도 할망구도 그랬잖아. 우리는 『모험자』야. 이제까지와 다를 게 뭐가 있어. 내 말 틀렸냐?"

베이트의 말은 심플한 답이었다.

한편으로 그의 호박색 눈은 이틀 전의 다이달로스 공방 전에서 보았던 『무언가』를 떠올리듯 말을 고르는 것처럼 보이기도 했다.

너무나도 심플해 반론의 여지도 없는 그의 정의에, 귀를 세우고 있던 단원들은 입을 다물었다.

　"시시콜콜 불만이나 늘어놓을 놈은 【파밀리아】에서 나가. 그러면 돼."

　"멋 부리긴~. 잘난 척하고 있어~."

　"먼저 물어봐 놓고 뭐라는 거야, 망할 아마조네스?!"

　싸움을 벌이는 제1급 모험자들과 황급히 말리는 라울 일행을 보며 ──여느 때와 같은 【로키 파밀리아】의 광경을 보며── 오늘 하루 내내 미간에 힘을 주고만 있던 단원들의 얼굴에 드문드문 웃음이 새어 나오기 시작했다.

　그리고 잠시 후.

　베이트와 한껏 드잡이질을 해 머리가 부석부석해진 티오나는 휘릭 몸을 돌리며 마지막으로 한 소녀에게 물었다.

　"레피야는 어떻게 생각해?"

　"전……."

　식사를 다 나눠주고 한 걸음 떨어진 곳에서 대화와 싸움을 지켜보던 레피야는, 이제까지 가슴속에 있던 솔직한 마음을 털어놓았다.

　"괴물은, 역시 무서워요……. 하지만 그『무장한 몬스터』는, 좀 다른 것 같았어요."

　"달라?"

　"우리가 던전에서 만나는 어떤 몬스터보다…… 혐오감이 들지 않았어요."

머릿속에 떠오르는 것은, 역시 아리시아를 감싸준 세이렌이었다.

이블스의 잔당과 철수전을 벌이다가 맞닥뜨렸을 때의 모습이 뇌리에서 떠나질 않았다.

지금 자신이 하려는 말이 주위에 있는 동료들에게 혐오감을 주는 것은 아닐까, 비난을 사지는 않을까, 그런 공포와 싸우면서도 또박또박 말했다.

"그 몬스터들은…… 우리 엘프나, 다른 여러분과 마찬가지로…… 동포를 생각하는 『마음』이 있는 것 같았어요."

레피야의 목소리가 대식당에 울려 퍼졌다.

정적은 찰나였다.

티오나가 활짝 웃으며 그녀를 끌어안은 것이다.

"응응, 나도 그렇게 생각했어! 그 몬스터들, 동료를 끔찍하게 아끼잖아!"

"티, 티오나 씨……!"

몬스터가 동료를 아낀다.

이보다도 이상한 말이 없겠지만, 그렇게 생각할 만한 근거는 분명히 있었다.

다른 단원들도 다이달로스 공방전을 떠올리듯 생각에 잠겼다.

주위의 눈치를 볼 줄 모르는 천진난만한 티오나에게 혀를 차는 베이트도, 한숨을 쉬는 티오네도, 쓴웃음을 짓는 라울 일행도 모두 누그러진 분위기를 풍겼다.

티오나의 순진한 언동에 레피야도 따라서 웃고, 그 덕에 마음을 놓았다.

"……."

하지만 이내 흐린 표정을 지었다.

레피야의 시선 너머.

핀 일행이 이야기를 마친 후, 누구보다도 먼저 대식당을 나갔던 금발금안 소녀의 자리가 비어 있었다.

달빛이 스며들고 있었다.

창밖에 펼쳐진 푸른 밤하늘은 불빛 하나 켜지 않은 실내를 깊은 푸른색으로 물들였다.

대식당에서 지금도 들려오는 소란이 멀게만 느껴졌다. 같은 저택이라고는 여겨지지 않을 정도로, 소녀의 방은 세계에서 단절된 듯 조용했다.

"……."

순백색 원피스를 입은 아이즈는 아무것도 하지 않은 채 그저 침대 위에서 두 다리를 끌어안고 있었다.

두 무릎에 가볍게 얼굴을 묻고, 긴 속눈썹을 떨며 시트에 시선을 보냈다.

소녀의 가녀린 발목을 달빛이 덧없이 적시고 있었다.

"아이즈, 들어간다."

나무문을 두드리는 조심스러운 노크 소리가 들렸다.

대답이 없는 아이즈에게 아랑곳하지 않고 리베리아가 입실했다.

그녀는 닫힌 문 앞에서 발을 멈추더니, 침대 위에 있는 아이즈의 표정을, 생각에 잠긴 소녀의 옆얼굴을 바라보며 입을 다물었다.

지난 이틀 동안 【로키 파밀리아】는 『제노스』 지상 진출의 뒤처리로 바쁜 시간을 보냈다.

전장이 되었던 『다이달로스 거리』의 정리가 급선무였으므로 수복은 빠르게 이루어지고 있다. 【로키 파밀리아】도 쉬지 않고 여기에 적극적으로 참가했다. 참가해야만 했다.

게다가 우라노스가 손을 써서 길드가 『무장한 몬스터』는 【로키 파밀리아】가 전멸시켰다고 공식 발표했으므로, 핀을 비롯해 수뇌진인 리베리아나 가레스 또한 대응에 내몰렸다. 특히 리베리아에 한해 말하자면 『제노스』와 접촉했던 아리시아와 같은 엘프들도 챙겨주어야 해서 다망하기 그지없었다.

명백히 분위기가 이상했던 눈앞의 소녀에게 이야기를 들을 틈도 없을 정도로.

"……아이즈. 사건 당일에 대체 무슨 일이 있었지?"

아이즈는 그 후로 입을 다물고만 있었다.

아무하고도 접촉하려 들지 않고, 레피야나 티오나가 불러도 짧게 대답할 뿐.

그저 계속해서 고뇌의 감옥에 사로잡혀 있었다.

리베리아는 그것을 알 수 있었다.

"……."

비취색 장발을 출렁이는 하이엘프의 물음에 아이즈는 대답하지 않았다.

그 대신, 그녀는 질문으로 대답했다.

"리베리아…… 영웅은, 있을까?"

아이즈에게서 나온 것은 그런 물음.

아이즈 자신도 왜 그런 질문을 했는지 이해할 수 없었다.

"누군가에게는 영웅이라 할 수 있는, 그런 사람이…… 있을까?"

"……."

그것은 알아들을 수 없는 질문이었다. 대답 따위 없는 물음이었다.

아이즈의 뇌리에 떠오르는 것은 괴물 소녀를 지키기 위해 자신의 앞을 가로막고 섰던 소년.

그리고 어린 시절의 자신과 겹쳐진 용종 소녀의 눈물.

이틀 전의 광경이 지금도 마음을 헤집고 있었다.

"……영웅을 기다리는 자는 썩는다. 적어도 대부분은. 찾아낼 수 있는 자는 극소수지."

미아와도 같은, 그러면서도 매달리는 듯한 아이즈의 물음에 리베리아는 정론을 들려주었다.

그것이 자명하다. 그것이 진리다.

인형 같은 표정으로 눈을 내리깐 아이즈는 띄엄띄엄 중얼거리기 시작했다.

"베지 못했어…… 몬스터를."

"……."

"말을 해서가, 아니야. 인간 같아서도, 아니야. ……울고 있어서."

"……."

"그때의, 나처럼……."

"……."

"벨과, 그 부이브르가 잘못되지 않았다고…… 그렇게, 생각해버렸어."

"……."

"나는, 나와 한 약속을, 어겼어……."

그 독백은 마치 죄를 저지른 성녀가 자신의 죄상을 읽어나가는 것 같았다.

억양도, 패기도 없는 투명한 목소리가 달빛 아래에 울렸다. 참회와도 비슷한 목소리 속에는 자신을 책망하는 감정은 없었으며, 그저 실의가 있을 뿐이었다. 리베리아조차 본 적이 없을 정도로, 지금의 아이즈 발렌슈타인은 불안정했다.

고개를 숙여 눈을 가린 채 고독을 풍기는 아이즈의 모습에 리베리아는 침통한 낯빛을 띄웠다.

그러나 다음으로는, 파벌 부단장의 표정이 되었다.

"아이즈—— 망설임이 있다면, 나는 앞으로 있을 크노소스 공략작전에서 너를 제외하겠다."

"!"

그 말에 아이즈는 흠칫 고개를 들었다.

지엄한 눈빛을 보낸 리베리아는 한층 더 내치듯 통고했다.

"『열쇠』를 입수한 지금, 다음 작전은 본격적인 공략전. 이블스와의 『전면전쟁』에 돌입할 거다. 당연히 그 괴인들과도 싸우겠지. 검을 휘두를 기개가 없는 자를 끌고 다닐 여유는 없어."

"하, 하지만……!"

"물론 【검희】인 네가 없다면 공략 작전은 힘들다. 그러나 제1급 모험자가 쓰러지면 그 이상으로 부대에 영향이 미친다."

지금의 너는 짐만 될 뿐이라고, 리베리아는 확실히 밝혔다.

아이즈는 아무 대답도 할 수 없었다. 지금 자신의 상태는 누구보다도 자신이 잘 안다. 이 불안정한 마음을 안고 전투에 참가해봤자 리베리아가 우려했던 사태가 벌어질 가능성이 높다.

아이즈는 자신의 무기력함을 참을 수 없는 듯 고개를 숙였다.

"……아이즈, 솔직히 말하마."

부단장으로서 자신의 의향을 전한 리베리아는 성조를 바꾸었다.

마치 어머니와도 같은 목소리로.

"개인적으로는…… 너의 그런 망설임을 환영하고 있다."

"……?"

"답은 하나가 아니야. ……너는 네게 달라붙은 검은 불꽃에 의문을 느꼈지. 길은 이미 결정해놓은 것만이 다가 아니라는 거다."

동시에, 다가갔다.

침대 위에서 무릎을 안은 아이즈의 곁으로.

이쪽을 향하는 금색 눈빛을 비취색 눈으로 받아들이며.

곁에 앉아, 금색 머리카락을 가만히 손으로 빗겨주며 천천히 타일렀다.

"망설여라. 생각해라. 수긍이 갈 때까지."

"……."

"그리고 잊지 마라. 너는 이미 혼자가 아니야. ……나는 몇 번이고 그 말을 할 거다."

이때 아이즈의 눈이 처음으로 크게 뜨였다.

항상 자신을 지켜보던 리베리아의 말이 분명히 마음에 닿았다.

그녀의 자애와도 같은 것에 감싸여, 그렇게나 단단하게 응어리졌던 절망과 불안이 신기하게도 누그러들었다.

"……나는, 그…… 너를, 사랑한다."

그리고 리베리아는 갑자기 그런 말을 꺼냈다.

아이즈는 조금 전보다도 더 흠칫 놀라고 말았다.

그렇게 말하는 리베리아도 뜬금없는 소리를 해버렸다는 자각이 있는지, 뺨을 붉히고 시선을 애먼 방향으로 돌려버렸다. 평소의 그녀에게서는 절대 볼 수 없는 표정이었다.

마치 지금부터 할 말에 큰 거부감이 있는 것처럼, 한참을 망설인 후 입을 열었다.

"너의 영웅은, 물론, 될 수 없겠지만…… 그, 뭐라고 해야 하나."

여기까지 듣고 아이즈는 리베리아가 무슨 말을 하려는지 이해했다.

아이즈를 돕고자 하는 진심이 전해졌다.

그와 동시에, 부끄러워하는 리베리아의 모습이 우스워서 아이즈는 살짝 웃음을 터뜨리고 말았다.

오랜만의 웃음이었다.

"고마워, 리베리아……."

감사의 말이 입술에서 자연스레 흘러나왔다.

지금도 품고 있는 망설임에는 전혀 결판을 내지 못했다.

그러나 바로 조금 전과는 전혀 다른 기분이었다.

미궁 속에 멀거니 서 있기만 하던 몸이, 앞으로 나아가고자 고개를 들려 했다.

어린 시절처럼 웃음을 지은 아이즈에게, 갈팡질팡하던 리베리아도 움직임을 멈추고 부드러운 미소를 지었다.

'망설이고, 고민하는 건…… 끝내야지.'

자신이 품은 어둠을 해소할 답은 전혀 얻지 못했다. 어쩌면 평생 얻을 수 없을지도 모른다.

그러므로 아이즈는 이 무익한 시간을 끊어버리기로 했다.

지금 자신이 무엇을 하고 싶은지 가슴에 묻고, 더욱 단순해지기로 했다.

자신의 마음에 솔직해지기로 했다.

"리베리아…… 【헤스티아 파밀리아】는, 지금 어떻게 됐는지, 알아?"

"……? 『제노스』와의 관계는 겉으로 드러나지 않았다. 지금은 잠잠해질 때까지 얌전히 지내려는 듯하더군. 신 우라노스 측과 관계를 맺은 지금, 우리 【파밀리아】에서도 접촉할 예정은 없다만……."

사건이 있었던 날 이후, 자신의 내면에 묻혀 있던 아이즈는 현재 오라리오의 상황을 파악하지 못했다.

리베리아는 의아한 표정을 지으면서도 설명해주었다.

"벨 크라넬에 대한 적의나 악평도 거의 불식된 듯했다. 나는 보지 못했다만 검은 미노타우로스와의 일전이 대중의 여론을 기울인 모양이지."

"그렇구나……."

고개를 끄덕여 대답하며, 눈을 옆으로 돌렸다.

창밖에 펼쳐진 푸른 밤하늘, 그리고 달을 올려다보며 아이즈는 결심했다.

이 망설임에 해답을 내기 위해.

앞으로 나아가기 위해.

그를 만나러 가겠노라고.

이른 아침.

아직 해도 뜨지 않은 여명의 시간대.

시벽 너머로 희미하게 보이는 산의 능선이 음영을 두르고, 그 너머는 붉은빛을 띠고 있었다.

그런 시각에, 레피야는 눈을 뜨고 있었다.

정확하게는 어떤 사람의 모습을 창밖에서 발견하고 홈의 복도를 뛰어나가고 있었다.

"……아이즈 씨."

그녀가 도착한 곳은 홈의 탑과 탑 사이에 펼쳐진 공중복도.

그곳에 금발금안의 소녀가 서 있었다.

난간 옆에서, 레피야에게 옆얼굴을 보인 채 앞만을 바라보며.

"저기, 레피야……."

"……네?"

아이즈는 어제까지처럼 암담한 분위기를 풍기지는 않았다.

대신 어딘가 청량한 느낌이 들었다.

여름임에도 쌀쌀한 아침 공기가 그렇게 느껴지게 했는지는 알 수 없었다.

다만 손을 뻗으면 사라져버릴 『정령』을 앞에 둔 것 같은, 그런 감각이 레피야를 사로잡았다.

"『무장한 몬스터』…… 『제노스』랬던가."

"네……."

"난, 그 몬스터들이…… 기분 나쁘다고, 생각해. ……아니, 기분 나쁘다고, 그렇게 생각하고 싶었던 거야. 망설임 없이 검을 휘두를 수 있게."

"……."

"그 몬스터들을…… 레피야는, 어떻게 생각해?"

아이즈는 속내를 털어놓고 물었다.

그것은 아이즈가 레피야에게 청한 첫 의논이었는지도 모른다.

일상생활에서 생긴 난감한 일은 질문도 하고 의지도 한다. 그러나 진정한 의미에서 아이즈가 레피야에게 고민들 털어놓는 일은 없었다.

누구보다도 아름답고 강한 【검희】가 도움을 청하는 목소리.

레피야는 그것이 기쁘고도 슬펐다.

이럴 때라는 것이.

"……저는."

레피야는 의견을 묻는 그녀의 말에 입을 열려 했다가,

다시 한 번 다물었다.

크노소스 공략을 앞두고 【파밀리아】의 단결을 흐트러뜨릴 수는 없다. 그런 지극히 당연한 명분을 말하려다, 관두었던 것이다.

도시의 운명도 상관없다.

레피야 비리디스라는 한 엘프의 의견을 바란다는 것을 깨달은 소녀는, 있는 그대로 자신의 마음을 아이즈에게 전했다.

"저는…… 저도, 사실은 그 몬스터들이 무서워요. 하계를 뒤집을 수도 있는, 그 괴물들의 존재가."

"……."

"하지만, 그런 『그들』의 존재를, 몸을 던져 호소하려는 사람이 있다면……『그들』의 목소리에도 귀를 기울여야 한다고, 그렇게 생각해요."

『괴물』을 진심으로 신뢰하는 것도, 신용하는 것도 불가능하다. 그것이 거짓 없는 본심이었다.

하지만 그런 『괴물』을 증명하려는 자들을—— 그 소년을 믿어볼 수는 있다.

아무리 매도당해도, 아무리 상처 입어도 부이브르를 감싸던 소년의 모습을 보았던 레피야는 인류에게 불리한 부분에만 눈을 감고 귀를 막는 행위는 비겁하다고 느끼고 있었다. 마음이 흔들린 당사자의 의견이었다.

분명 아이즈도 지금 같은 인물을 생각할 것이다.

도저히 인정하고 싶지 않은 마음이었지만, 그런 예감이 있었다.

"……………그렇구나."

긴 침묵을 거쳐, 아이즈는 고개를 끄덕였다.

아름다운 금발이 출렁였다. 그녀의 옆얼굴에서 망설임이 완벽히 사라졌다.

자신의 말이 그녀에게 결단을 내리게 했다.

그녀의 결심을 촉구하는 마지막 손길이 되고 말았다.

그것이 너무나도 미안하게 여겨졌다.

"……잠깐, 다녀올게."

아이즈는 등을 돌리고 걸어 나갔다.

어디로.

레피야는 굳이 물으려 하지 않았다.

"네…… 다녀오세요."

그 뒷모습을 그저 지켜보았다.

곤히 잠든 거리를 걷는다.

시야에는 사람 하나 비치지 않는다. 몬스터가 지상에 나타나 도시를 발칵 뒤집은 지 얼마 되지 않았다. 밤새 술을 마시던 모험자도, 술에 취해 길거리에서 잠을 자던 취객도 없었다.

마치 세상에 혼자 남은 것 같은 감각을 맛보며, 아이즈는 조용해진 도시를 혼자 나아갔다.

날이 밝으려 한다.

동쪽 하늘이 희끄무레해지기 시작하고, 지평선 저편부터 푸르게 물들려 한다.

이윽고 도달한 곳은 오라리오 북서쪽의 외곽 부근. 거대한 시벽의 바로 앞.

아이즈는 숨겨진 입구를 지나 긴 계단을 올라 밖으로 나갔다.

"……."

바람이 불었다.

푸른 동쪽 하늘에서 불어오는 아침 바람이다.

그리고 그곳에는, 아침놀을 받으며 서 있는 한 모험자의 모습이 있었다.

흰 머리에 루벨라이트색 눈동자.

소년은 도시 중앙의 백색 거탑을 바라보며 서 있었다.

"아이즈 씨……?"

"응…… 안녕."

아이즈가 잠자코 다가가자 소년은── 벨은 이쪽을 알아보았다.

"……여기는, 어떻게."

"왠지…… 여기 오면, 널 만나게 될 것 같아서."

그 말은 사실이었다.

그 검은 미노타우로스와의 일전을 보고, 리베리아에게 이야기를 들은 후, 눈앞의 소년은 이 시벽 위에 올 것만 같았다.

아이즈와 몇 번이나 단련에 힘쓰며 강해지려 했던 장소에.

"그랬, 군요."

"응."

"……."

"……."

그리고 생겨난 공백의 시간. 침묵.

하지만 결코 불편하지는 않은 투명한 시간.

바람이 두 사람의 머리를 흔들었다.

"아이즈 씨."

"?"

"또, 싸우는 법 가르쳐 주실래요?"

"……그런 일이 있었는데도?"

"네."

고개를 끄덕이는 그 옆얼굴에 망설임은 없었다.

하늘을 찌르는 웅대한 백색 거탑에—— 그리고 그 밑에
잠든 지하미궁에.

마치 『약속』과 『결의』로 마음을 고무시키듯.

아이즈는 이때, 아주 조금, 그에게 추월당한 기분이 들
었다.

아직 자신보다도 훨씬 약한 그에게. 지나치게 높은 산의
꽃을 올려다보기만 하던 소년에게.

"……넌, 치사해."

"……미안해요."

그러므로 아이즈는 솔직한 마음을 입에 담았다.

"······좋아."

"······괜찮아요?"

"응······ 같은 눈을 하고 있어."

"?"

"내가, 거울 앞에서 늘 보는 눈."

하지만 아이즈는 안심했다.

"아······ 그치만, 넌 그러니까, 딱히······ 나처럼 이상하진 않고, 눈은 더 예쁘고, 그게."

"······풉."

"······왜 웃어?"

"죄, 죄송합니다!"

길이 달라져, 한번은 싸웠던 자신들의 유대는 아직 끊어지지 않았으므로.

"나······ 일이 있으니까, 늘 해줄 수 있을지는 모르지만."

"네, 괜찮아요······ 고맙습니다."

"아냐."

"······."

"······."

"아이즈 씨."

"왜?"

마지막으로, 소년은 말했다.

"저…… 강해지고 싶어요."

지금 아이즈의 가슴을 가장 강하게 두드리는 말이었다.
"…………그렇구나."
"네."
"가볼게."
"네."
"……또 봐."
"……네."
등을 돌리고, 걸어나간다.
멀어져가는 소년의 기척에, 지금만은 아이즈도 돌아보
지 않았다.
시선은 앞으로.
자신이 가야만 하는 장소로, 거짓 없는 길로.

"나도…… 강해지고 싶어."

소년과 만나, 아이즈가 손에 넣었던 것은 그런 말.
답은 나오지 않았다.
역시 망설임의 숲에서는 빠져나오지 못했다.
다만 자극을 받은 것은 분명히 있었다.
소년은 나아가야 할 『길』을 정했다.
그렇다면 자신도 소년에게 추월당하지 않도록, 앞으로

나아갈 의지를 새로이 다진다.

"지금…… 너를 만나 다행이었어."

소년은 달려나가려 하고 있다.

그러므로 나도 달려나간다.

망설임을 넘어, 지금만은.

'나도…… 본받자.'

그와 동시에, 아이즈가 얻은 것은 그런 마음가짐.

앞뒤 가리지 않고 강해지려 하는 소년의 자세. 그것은 지금의 자신에게 필요한 것이다.

강해져야만 한다.

크노소스에게 승리하기 위해—— 그 붉은머리 괴인에게 두 번 다시 패하지 않기 위해.

시벽의 계단을 다 내려간 아이즈는, 달려나갔다.

홈이 있는 북쪽이 아니라, 어떤 『최강』이 존재하는 방향으로.

결전 인터미션

Гэта казка іншага сям'і.

бітва антрактам

해가 완벽히 지평선에서 떠올라 시벽에서 고개를 내밀었다.

도시도 무거운 눈꺼풀을 뜨고 아침의 소란이 서서히 퍼져나가는 가운데, 아이즈는 오라리오의 남쪽, 제5구역에 있었다.

그녀 앞에 우뚝 솟은 것은 한참을 올려다봐야 할 정도로 높은 문에, 담장이라고 하기에는 너무나도 견고한 사방의 벽.

오라리오 내에서도 가장 붐비고 북적거리는 『번화가』의 중심에 있으면서도 『성벽』을 방불케 하는 장관을 자랑한다. 문지기는 없었으며 그저 『폭풍 전의 고요함』이라고 할 만큼 팽팽한 분위기가 감돈다. 그것은 『다가오지 마라』는 경고인지도 모른다.

그런 분위기를 전혀 읽으려 하지도 않고, 아이즈는 올려다보던 눈을 정면으로 향한 채 문 앞으로 다가갔다.

각오가 엿보인다, 라고 할 수 있는 진지한 표정으로, 마치 문을 노크하듯 두드렸다.

"……다 나와—."

콩콩. 장엄한 문에 절대 어울리지 않는 둔하고 얼빠진 소리가 울렸다.

아이즈는 『도장 파괴』……가 아니라 남의 집 문을 두드릴 때는 이렇게 말하라고 주신 로키에게 배웠다. 그러므로 이렇게 하는 게 맞을 것이다. 진지하기 그지없는 표정을 지은 천연산 얼빵이는 그렇게 믿었다.『이 상황』에서는 그것이 로키도 거품을 뿜을 만큼 치명적인 잘못이라는 사실을 알아차리지 못한 채.

이내.

무거운 소리를 내며 문이 좌우로 열렸다.

"……."

발을 내디뎌 문 안으로 들어선 아이즈의 시야에 펼쳐진 것은 녹색 들판이었다.

흰색과 노란색의 작은 고리가 일렁이는, 이것 또한 도시 내라고는 여겨지지 않을 정도로 아름다운 들판. 동시에 아무리 짓밟아도 꽃이 흐드러지게 핀 다부진 대지이기도 했다.

그리고 들판 안쪽, 부지의 중심에는 언덕이 보였으며 그 위에는『신전』혹은『궁전』과도 같은 거대한 저택이 우뚝 솟아 있었다. 번잡한 도시의 거리와 차단된 웅대한 광경은 한 장의 화폭을 연상케 했다.

처음 발을 들인 영역에 아이즈가 눈길을 빼앗기고 있으려니── 등 뒤에서 문이 큰 소리를 내며 닫혔다.

"!"

찰나, 아이즈는『포위』당했다.

하늘에서, 엄폐물 뒤에서 일제히 나타난 수많은 모험자. 원진을 짜고 모두가 무기를 든 채 그 끝을 아이즈에게

들이댄다.

일사불란한 포위망은 예술적일 정도여서 그들의 훈련도를 잘 보여주었다.

그와 동시에 풍기는 것은 험악한 『살기』.

"──혼자 쳐들어오다니, 항쟁이라도 시작하잔 거냐?"

수많은 무기에 에워싸인 아이즈에게 날아든 것은, 해의를 감추려고도 하지 않는 난폭한 목소리였다.

포위망 안에서 나타난 한 명의 수인.

검은색과 은색 털결을 가진, 키는 아이즈보다도 작지만 무시무시한 위압감을 풍기는 캣 피플 남성이었다.

아이즈도 본 적이 있다.

약 3개월쯤 전, 소년과 시벽 훈련을 마치고 왔을 때, 시내에서 블랙 레이드를 감행했던 자객 중 한 사람. 그때는 얼굴도 바이저로 가리는 야습용 장비였지만 지금은 평범한 배틀클로스 차림이며, 날카로운 두 눈과 날카로운 얼굴을 드러내고 있었다.

그의 이름은, 도시를 대표하는 **제1급 모험자**── 여신의 전차, 【바나 프레이야】아렌 프로멜.

"무슨 일이냐, 인형녀."

그렇다.

이 영역의 이름은 『폴크방』.

【프레이야 파밀리아】의 홈이었다.

"용건이 있다면 2초 이내에 답해. 자살하러 왔으면 입 다물고 가만히 있어."

가차 없는 통고.

투명할 정도로 푸른 하늘과 조용한 햇살과는 달리 살벌한 공간에 갇힌 아이즈를, 아렌은 창날처럼 날카로운 눈빛으로 꿰뚫어 보았다.

아니, 아렌만이 아니었다. 다른 모험자들――【프레이야 파밀리아】의 단원들도 부모의 원수처럼 적의가 넘치는 눈으로 아이즈를 노려보았다.

적대 파벌의 간부가 아침 댓바람부터 나타났으니, 그들의 반응도 지당하지만――

'……이상하다. 실례할 때 『다 나와―』하고…… 제대로, 말했는데…….'

천연산 얼빵이는 혼자 혼란의 극치에 빠졌다.

로키에게 배운 대로 했다.

그런데 왜 이렇게 살기애애한 분위기가 감돈단 말인가.

자신이 무언가 예의에 어긋나는 짓을 했을까.

아니면 날 함정에 빠뜨린 거야, 로키――?

천연산 얼빵이의 뺨에 식은땀이 흘렀다. 용종 소녀와의 사건 이후 사이가 어색해진 마음속의 어린 아이즈도 이때 만큼은 기괴한 포즈로 합장을 하고 있었다.

감정을 드러내지 않는 표정 안에서 하염없이 동요를 거듭하는 아이즈가 아무 말도 하지 못하고 있으려니,

"좋아, 죽어."

정확히 2초 후.

아이즈의 사정 따위 아랑곳 않고 아렌은 손에 든 은색 창을 눈에도 보이지 않는 속도로 내질렀다.

검도 뽑지 않고 저항도 하지 않는 소녀를 꿰뚫으려던——

"——뭐 하는 거지?"

그 순간.

하프를 울리는 듯 아름다운 목소리가 떨어졌다.

아이즈는 보았다.

시야의 정면, 언덕 위. 저택에서 뻗어 나오는 계단을 내려오는 인물을.

아직 거리가 있음에도 잘 울리는 목소리로 부른 그 상대는, 종자 한 사람을 데리고 그야말로 여왕처럼 그들에게 다가왔다.

주위를 에워쌌던 모험자들이 즉시 신하처럼 고개를 숙이는 자세를 취했다. 아이즈에게는 털끝만큼도 경계를 늦추지 않는 것은 역시 대단하다고 해야 할까.

아렌만이 아이즈의 눈앞에서 정지시킨 장창을 여전히 내민 가운데, 도시 최대 파벌의 주신, 프레이야는 눈앞까지 다가왔다.

"뭐가 이리 소란스럽나 했더니…… 후후, 이렇게 신기한

『손님』이 찾아왔으니 그것도 당연하겠지."

프레이야는 로브로 얼굴 이외의 모든 부분을 가리고 있었다. 『미의 신』이 변장도 하지 않고 시내에 나타나면 혼란이 일어나니, 아마 이렇게 이른 아침부터 외출이라도 할 예정이 있었던 것이리라. 그러고 보니 등 뒤, 문 옆에는 마차가 서 있다. 【프레이야 파밀리아】가 아이즈에게 과잉대응을 했던 것도 이 때문이 아니었을까.

"눈을 더럽혀서 죄송합니다, 프레이야 님. 당장 치우겠습니다."

"아렌, 됐어. 창을 내리렴."

"필요 없습니다. 여기서 목을 치겠습니다."

"아렌."

"⋯⋯."

프레이야가 미소를 지으며 이름을 불렀다.

그것만으로도 광견, 아니, 광묘와도 같던 아렌은 천천히 창을 내렸다.

절대적인 카리스마를 자랑하는 프레이야는 그야말로 권속들의 여왕이자, 숭배와 존경의 대상이었다.

수호해야만 할 상징이기도 한 그녀의 명령은 절대적이었다.

창을 내리고도 불만을 있는 대로 발산하는 캣 피플을 내버려둔 채, 프레이야는 아이즈에게 눈을 돌렸다.

"그래서, 무슨 볼일일까, 【검희】?"

"……부탁이, 있어서."

"네가 부탁? 그것도 우리에게? 후후, 우스워라. 대체 그게 무슨 부탁일까?"

아이즈의 대답에 프레이야는 처음에 순수한 호기심을 보였다가, 다음으로는 아이 같은 웃음을 지었다.

채근을 받은 아이즈는, 프레이야에게서 뗀 시선을 그녀의 대각선 뒤로 향했다.

종자의 위치에 서 있던 것은 한 보어즈 무인이었다.

동시에 『도시 최강』의 이름을 혼자 누리는 『정점』이기도 했다.

【맹자】오탈.

녹슨 색깔의 두 눈으로 이쪽을 바라보는 무인에게──
아이즈는 꾸벅, 고개를 숙였다.

"저를 훈련시켜 주세요."

바람이 불었다. 아름다운 들판을 지나가는 투명한 바람이.

오탈이 눈을 크게 뜨고, 아렌도 움직임을 멈추고, 프레이야조차 은색 눈에 경악을 띠었으며, 다른 단원들은 예외 없이 입을 딱 벌렸다.

그 유명한 【프레이야 파밀리아】의 시간을 얼어붙게 만든 아이즈는 발밑의 풀을 바라보며 고개를 숙이고만 있었다.

"훗…… 우후후후……!"

처음으로 목소리를 낸 것은 역시 프레이야.

입가를 가린 채, 작은 새가 지저귀는 듯한 웃음소리를 냈다.

이어서 입을 연 것은 짜증을 감추지 못한 아렌이었다.

"바보냐 너? 적대 파벌이랑 훈련을 하는 멍청이가 어디 있다고. 아, 됐어 됐어. 죽어."

아렌의 통렬한 매도는 모두 정곡을 꿰뚫고 있었다.

고개를 든 아이즈는 그의 말에 해명을 하는 대신 마음속에 있는 것을 토로했다.

아렌도 아니고 프레이야도 아닌, 그 무인을 향해.

"나는 이제, 질 수 없어. 아니, 지고 싶지 않아. 그 사람에게. ……만약 져버리면, 모든 것을 잃어버릴지도 몰라."

"……."

"그러니까…… 난 강해지고 싶어."

역시 아이즈의 말은 부족했으며, 크노소스와 괴인의 존재를 모르는 자가 보면 의미를 알아들을 수 없는 것이었다.

그러나 여기에 담긴 『각오』만은 진짜였다.

"그 사람에게는, 핀도 이기지 못했어."

"……."

"나보다…… 핀보다 강한 사람은, 당신 말고는 몰라. 그러니까 당신에게 배우고 싶어."

실룩, 아렌의 뺨이 떨렸다. 그것이 살의임은 아이즈도

똑똑히 알았다.

후안무치한 부탁임은 이해하고 있었다.

핀에 대한 배신이 될지도 모른다는 사실도.

그러나 아이즈는, 벨의 『강해지고 싶다』는 말을 듣고——
체면이니 갈등이니, 그런 것을 모두 내팽개치기로 결심했
던 것이다.

크노소스에게 승리하기 위해.

'나도—— 강해지고 싶어.'

고개를 들고, 그 의지를 다시 한번 반추했다.

검을 들었을 때 품었던 가장 순수한 초심으로, 자신의
원점으로 돌아갔다.

아이즈의 눈빛에, 과연 도시 최강의 모험자가 무엇을 생
각했을지는 알 수 없었다.

그러나 그는 다른 단원들과는 달리 잔잔한 표정으로 아
이즈의 『각오』를 받아들이고 있었다.

마치 세상에서 유일하게 아이즈를 이해한 것처럼.

"——좋아. 허락할게."

그리고 또 한 사람.

지켜보던 여신 또한 아이즈의 『행동』을 평가했다.

"프레이야 님!"

아렌과 그 외의 단원들은 눈빛을 바꾸었다.

당연한 노릇이다. 도시의 쌍두라고 불리는 최대의 라이
벌에게 훈련을 청하다니. 굳이 도움을 줄 이유가 없다.

아렌의 거친 목소리는 동요라기보다는, 역시 짜증이었다.

아이즈가 크게 민망함을 느낄 정도로.

그러나 프레이야는 아렌의 나무라는 듯한 눈빛에도 개의치 않고 아이즈의 눈을 바라보았다.

"검희? 확인하겠는데, 너의 목적은 크노소스를 공략하기 위한 게 맞지?"

"……네."

프레이야의 입에서 나온 크노소스라는 단어에 한순간 망설이면서도, 고개를 끄덕였다.

여신의 눈도 아이즈가 거짓말을 하지 않는다는 사실을 간파했으리라. 프레이야는 더욱 짙게 웃으며, 홀로 이의를 제기한 아렌을 돌아보았다.

"로키에게 한마디 들었거든. 여유 있는 척하다가 넘어지지 말라고. 말 그대로 오라리오가 사라진 후에 후회하게 될 거라고 말이지."

프레이야는 변덕스러운 바람처럼 말을 이었다.

"아렌? 나는 로키가 말하는 그런 얼빠진 여왕이 되고 싶지는 않단다. 아니면 너희가 로키의 아이들과 『공동투쟁』을 해주겠니?"

"……죽어도 싫습니다."

"그럼 이런 『협력』이라면 그나마 받아들일 수 있겠지?"

주신의 말에 아렌은 입을 다물었다. 하지만 표정에는 노기가 어려 있었다.

숫제 발톱으로 주인의 손을 할퀴어버릴, 기질 거친 고양이 같은 기척이.

그러나 결국 아렌은 더 이상 아무 말도 꺼내지 않았다.

"오탈, 너는 괜찮겠어?"

"프레이야 님께서 허락하신다면…… 일개 모험자로서 받아들이지 못할 이유도 없다고, 그렇게 생각합니다."

오탈의 대답에 프레이야는 만족스럽게 고개를 끄덕였다.

마음속으로는 마른 침을 삼키며 상황을 지켜보던 아이즈가, 어떻게든 될 것 같구나, 하고 조마조마하고 있으려니── 갑자기 프레이야가 몸을 불쑥 내밀었다.

"하지만 거저는 안 돼."

"……!"

"다른 아이들의 말도 지당하거든. 그러니까 나름대로 『대가』가 있어야지."

얼굴을 가까이 가져온 프레이야에게 기습을 당한 아이즈가 동요했다.

아이즈의 턱에 가느다란 손가락을 가져다 대 시선을 올리고, 여신은 눈을 가늘게 떴다.

"『계약』하자, 검희."

"계, 약……?"

"그래. 네가 말하는 훈련에 오탈을 빌려줄게. 그 대신 너는 우리에게 『빚』을 하나 져야겠어."

"……."

"그렇게 경계하지 마. 『빚』으로 언제, 어디서, 무얼 지불해줄지는 정하지 않았지만, 무리한 요구는 하지 않을게. 적어도 네 요청에 부합하지 않는 일을 바라진 않아. 내 이름에 걸고 맹세할게."

프레이야의 달콤한 목소리가 아이즈의 귓전을 간질였다.

신마저도 황홀하게 만드는 눈빛이 아이즈의 눈을 꿰뚫었다.

그녀가 무엇을 생각하는지는 알 수 없었다. 그 정도의 『빚』이, 모든 것을 손에 넣을 수 있는 그녀의 『무엇』을 만족시켜줄지는 감도 잡히지 않았다.

하지만 이것은 상응하는 대가다. 상응할, 것이다. 아마도.

『미의 신』의 매력에 저항하듯, 아이즈는 이를 꽉 악물고 바라보았다.

"……【파밀리아】가 아니라…… 나만의 『빚』으로, 해줘요……."

아이즈가 간신히 쥐어 짜낸 그 말에 프레이야는 웃음을 지으며 고개를 끄덕였다.

가녀린 손가락을 턱에서 떼고, 몸을 다시 일으키며 가만히 바라본다.

아이즈는 무의식중에 자신의 목에 손을 가져다 댔다.

있을 리도 없는 『목줄』이 채워진 것 같은 기분이 들었다.

아무도 모르게, 금발금안의 소녀와 은발은안의 여신 사

이에서 『계약』이 맺어졌다.

"벌써 시간이 이렇게 됐구나. 나는 가야겠어. 오탈, 뒷일은 맡길게."

"예. 그러나 프레이야 님…… 종자 쪽은……."

"회른에게 부탁할게."

프레이야는 한 여성 단원을 데리고 마차에 올라탔다.

아이즈에게서는 이미 관심을 잃은 것처럼, 여신은 눈길한 번 주지 않은 채 열린 문을 통해 밖으로 사라졌다.

"……네 바람대로, 너와 검을 겨뤄주마. 준비는 됐겠지?"

"네."

프레이야가 떠나간 후, 종자의 임무에서 풀려난 오탈은 아이즈에게 다가가 내려다보았다. 허리에 애검을 찬 아이즈는 망설이지 않고 고개를 끄덕였다.

"너희들, 이번 일은 절대 발설하지 마라. 이것은 그분과 【검희】가 맺은 밀약이다. 절대 천박한 소문의 먹이가 되지 않게 해라. 이『폴크방』에서 정보가 새어 나가서는 안 된다."

"예!!"

오탈은 무뚝뚝한 단장답게 단원들에게 엄명했다.

주신이 사라진 순간 당혹감의 소란에 휩싸였던 【프레이야 파밀리아】의 단원들도 차렷 자세로 대답했다.

그런 가운데 단 한 사람, 아렌만이 분노로 끓어오르는 등을 두 사람에 돌리고 있었다.

이미 저택으로 발을 돌린 그를 오탈이 불러 세우려 했다.

"아렌, 너도 끼어라."

"명령하지 마, 개자식아. 너희끼리 알아서 하든가."

오탈은 언짢은 기분을 숨기려고도 하지 않고 떠나가는 캣 피플 청년을 잠자코 지켜보았다. 아이즈도 아이즈대로 무리한 부탁을 했다는 자각이 있었으므로 민망하게 생각했다.

"그건 그렇다 쳐도……."

오탈이 이제까지와는 다른 목소리로 말했다.

"핀이, 용케 허락했는걸."

"......................."

솔직하게 감탄하는 오탈에게서 아이즈는 가만히 눈을 돌렸다.

이마에 식은땀을 흘리며.

──어떡해. 아무 말 안 하고 왔어.

"아이즈가 수행을 시작했나 보더군."

리베리아는 펼쳐놓은 스크롤을── 자신의 앞으로 온 편지를 보며 말했다.

장소는 【로키 파밀리아】의 홈 『황혼관』, 리베리아의 집무실.

『제노스』와 손을 잡겠다고 선언한 지 이미 이틀이 지났다. 라울과 아나키티를 비롯한 제2군 멤버들이 잘 활약한 덕에 【파밀리아】가 단결의 방향으로 나아가는 가운데, 아이즈가 혼자 소식 불명이 되었지만── 바로 조금 전에 편지가 도착했던 것이다.

"꽁꽁 틀어박혀만 있길래, 작전에서 아이즈를 제외하자는 리베리아의 요청도 어쩔 수 없다고 생각했는데…… 보아하니 회복된 모양이지?"

"게다가 이 시기에 수행이라니, 완전히 평소의 분위기를 되찾았구먼. 크하하하!"

"역시 리베리아 엄마데이!"

"내가 말을 걸었던 건 사실이지만…… 뭘 어떻게 하면 수행이라는 발상에 이르게 되는지 이해할 수 없군."

핀, 가레스, 로키가 말을 잇는 가운데 리베리아는 복잡한 표정으로 편지를 내려다보았다.

거기에는 『찾지 말아 주세요 열심히 비밀 훈련하고 이써요』라고, 어째서인지 굉장히 부들부들 떨리는 글씨가 적혀 있었다. 맞춤법도 심하게 틀렸다. 이미 초 가혹한 특훈을 시작한 탓에 깃털 펜을 쥔 손에도 힘이 들어가지 않는 듯한 필적이었다.

리베리아는 기품 있게 눈살을 찡그렸으나…… 편지 자체는 본인이 직접 『길드 본부』에 맡긴 것이라고, 접수원인 미샤 플로트에게 들었다.

"어쩐지 너덜너덜한 게 엄청 피곤해 보이던데요~."

그녀도 그렇게 말했지만, 뭐, 괜찮겠지. 그만큼 그녀의 훈련이 『가혹』하다고 해석할 수 있다. 분명 던전에라도 드나드는 것이 틀림없다.

"아무튼 이로써 마지막 우려가 불식되었는걸."

핀은 그렇게 말하며 방 중앙의 탁자를 내려다보았다.

리베리아, 가레스, 로키, 이 자리에 있는 모두가 함께 보았다.

그들이 에워싼 테이블 위에는 여러 장의 지도와 다양한 정보가 열거된 『작전서』가 펼쳐져 있었다.

그들이 시작하려는 것은 그야말로 『작전 회의』였다.

얼마 전에 고했던 『제노스』와의 결탁을 듣고도, 탈퇴하겠다는 사람의 수는 0.

【로키 파밀리아】는 독을 마실 각오로 크노소스 공략에 임하게 되었다.

"4일 전의 기습에서 리베리아가 맵을 작성한 덕일세. 몬스터의 플랜트도 없었다고 하지 않았나?"

"그렇기는 하지만, 매핑한 에어리어는 광대한 크노소스의 일부일 뿐이다. 플랜트도 그것이 전부는 아닐 테고. 적에게는 충분한 지리적 이점과 잔존세력이 있다고 봐야 한다."

"리베리아 말이 맞지만, 나나 가레스가 쳐들어갔을 때의 정보도 있어. 그것도 합쳐서 작전 개요를 정리할게."

파벌 수뇌진끼리 작전 회의를 이어나가며, 활발한 정보 확인과 의견교환이 이루어졌다.

하지만 역시 중심이 된 것은 핀이었다.

"전제조건은, 지금 우리에게는 여러 개의『열쇠』가 있다는 거야.『제노스』…… 신 우라노스 측이 소유한 것도 포함하면 모두 5개. 이 5개의『열쇠』를 구사해 공략을 진행해야만 해."

우선은 아나키티가 릴리를 돕게 해 빼앗았던 최초의『다이달로스 오브』, 두 번째는 리베리아가 크노소스 내에서 탈취한 것, 세 번째는 지하통로 내에서 접촉했던 헤르메스가 크루스 일행에게 주었던 것——프레이야가 몰래 보관하던 것이기도 하다——, 그리고 나머지 두 개는『제노스』가 가지고 있던『열쇠』다.

로키는 거의『어드바이저』의 입장이 되어 지켜보는 가운데, 파룸 두령은 뇌리에 그린 전략을 설명했다.

"공략 작전을 펼칠 때 가장 필요한 것은 크노소스의 완전한 지도야."

테이블 위에 펼쳐놓은, 라크타가 매핑해온 지도를 통통 손가락으로 두드렸다.

"경로, 만에 하나의 사태에 필요한 퇴로, 무엇보다도『목표』까지 직행할 수 있는 최적의 잠입 루트. 이걸 파악하지 못하고선『데미 스피리트』를 박멸하기란 매우 어려워."

지도 옆에는 던전 제59계층과 첫 크노소스 공략에서 가레스 일행이 교전했던『데미 스피리트』의 묘사도가 있었다. 핀이 그린 것으로, 식물형과 황소형 양쪽 모두 리베리아 일행의 기억 속에 있는 것과 흡사했다. 그림 옆에는 공격수단과 약점, 특징 등 세세한 정보가 기재되어 있었다.

오라리오 붕괴를 초래할 수 있는 이 『데미 스피리트』가 핀 일행이 쳐야만 할 가장 큰 『목표』였다.

"크노소스에는 성가신 함정도 있지. 가능하다면 이것도 무력화해야 한다."

"들으면 들을수록 시간과 노력이 필요하겠구먼……."

"그리고 인원도. 던전의 중층 영역까지 닿을 정도니. 각오했던 바이기는 하지만……."

이미 추방된 신 이켈로스나 우라노스 측의 정보를 통해, 크노소스의 심도는 던전 제18계층에 이른다는 사실이 판명되었다. 도저히 【로키 파밀리아】만으로는 공략할 수 없다. 그렇기에 『제노스』와 공동투쟁을 하는 것이기도 하지만.

만만치 않은 적 거점의 규모에 가레스와 리베리아의 탄식이 겹쳐졌을 때, 핀은 작전의 핵심을 거론했다.

"그러니까——— 작전은 『2단계』로 나눌 거야."

리베리아와 가레스가 슬쩍 눈을 크게 뜨고, 로키는 재미나다는 듯 휘파람을 불었다.

"크노소스의 구조를 망라하기 위한 제1공략. 그리고 루트를 장악하고 나서 목표 토벌에 착수하는 제2공략. 말하자면 전자가 『위력정찰』, 후자가 『총력결전』이 되겠지."

핀은 논리정연하게 작전의 방침을 설명했다.

제1공략『위력정찰』에서는 매핑과 병행해 적의 전력과 장애물을 없앤다.

제2공략『총력결전』은 말 그대로. 제1공략에서 벗겨버린 적의 거성을 유린하고『데미 스피리트』를 토벌한다.

핀의 작전 방침을 들은 가레스와 리베리아가 신음했다.

"대담한 방법을 취하는구먼. 적의 준비가, 아니,『데미 스피리트』의 지상소환이 완료되어버리면 사실상 우리의 패배니…… 시간과의 싸움이라고 하지 않았던가?"

"응. 하지만 다이달로스 거리에서 싸우면서, 아키가 적의 별동대에게『열쇠』를 탈취할 때 얻은 정보가 있거든. 계획 내용의 상세한 부분까지는 알려지지 않았다지만,『데미 스피리트』에 의한 파괴작전 개시는 적게 잡아도 20일 후를 상정하는 듯했어. 아직 여유가 있지."

"그렇구먼……. 참고로, 사로잡은 포로는 지금 어떻게 됐나?"

"**자해당했다.** 한패 중에【커스】를 구사하는 자가 있었는지……. 놈 자신은 커스의 대가로, 다른 자는 강력한 저주에 살해당했다. 단원들의 눈앞에서 말이다. 죽음을 두려워하지 않는 적…… 아니, 신 타나토스와의『계약』을 믿고 솔선해 죽어가는 사도…… 정말 끔찍한 것들이지."

리베리아가 혐오를 참을 수 없는 표정으로, 사로잡았던 적 별동대의 말로를 고했다.

가레스도 낯을 찡그리고, 핀은 탈선한 이야기를 본론으

로 되돌렸다.

"아무튼. 유예는 있지만 느긋하게 굴 시간은 없어. 제1 공략이 완료되는 대로 즉시 제2공략에 들어갈 거야."

"핀, 어데까지나 첫 번째 작전은 준비고 진짜는 두 번째 작전이라 보면 되나~?"

"응. 제1공략에서 목표를 함락시킬 수 있다면 시도해봐야겠고, 그 점은 임기응변에 맡기겠지만…… 59계층에서 만났던 『데미 스피리트』와 동등한 개체가 이미 『우화』했다고 치면, 어지간한 모험자는 대응할 수 없어. 만전을 기한다면 역시 제2공략 쪽에 부대를 아껴놓고 싶어."

늘어지는 로키의 질문에 대답하며, 핀은 그녀의 주황색 눈을 바라보았다.

"따라서 『길드』를 통해 최대한 전력을 모을 거야."

"다른 【파밀리아】와 협력한다 카는 그거 말이가. 마, 도시의 존망이 걸렸다 카는 웃지 몬할 얘기 아이가. 다른 애들 힘을 빌리지 않을 이유가 없제."

비장한 척 【로키 파밀리아】만 짊어질 사안은 아니라며, 로키도 찬성했다.

리베리아와 가레스도 이의 없이 고개를 끄덕였다.

"사정을 알고 도와줄 곳이라 카믄 파이양네하고 가네샤. 그리고 강제 참가로 헤르메스네 아이겠나. 맡은 일 때문에 발도 가볍고, 매핑 쪽에선 엄청 도움 될기라."

"『제노스』와 관련해서 여러모로 일을 저질렀던 듯하던

데, 믿어도 되겠나?"

"신용이야 없지만서도, 역시 이제 와서 먼 일을 저지를 수야 없겠제, 그 여리여리한 넘이."

"【프레이야 파밀리아】는…… 기대해봤자 소용없을 거고."

"맞아, 리베리아. 도시의 위기라고 말해봤자 고분고분 움직여주진 않을 거야. 움직일 때는 신 프레이야의 의지 아니면 변덕이 작용할 때겠지."

"그 색골은 왕따시켜서 아싸 만들어삘란다. 거들먹거리 는 벌거숭이 임금님은 전~부 끝난 다음에 푸풉 킥킥 비웃 어줄기라."

"하하하……. 아, 그리고 로키. 【디안 케흐트 파밀리아】 에도 협력을 요청하고 싶어. 이렇게 된 이상 형식은 『퀘스 트』여도 상관없어."

사무적인 수속은 길드에 맡긴다 해도, 주신으로서 다른 파벌의 신들과 교섭하는 일은 로키에게 떨어졌다. 세 사람 과 이야기를 나누며, 협조를 청하고 싶은 파벌을 선출해나 갔다.

사태가 사태인 만큼 이번 건을 함부로 많은 파벌에게 알릴 수는 없다. 이블스의 잔당이 다시 악행을 꾸민다는 사실이 새나가면 온 도시가 공황에 빠질 우려가 있기 때 문이다.

오라리오의 주민들은 『악』이 만연하던 『암흑기』를 아직 기억하고 있다.

"……이블스가 설치던 당시에도 그랬지만, 【파밀리아】간의 관계가 참 답답하군. 명확한 도시의 위기가 코앞까지 다가왔는데도 신속하게 일치단결할 수 없다니."

문득 리베리아는 5년 전까지 이어졌던 『암흑기』와 지금의 상황을 비교해보았다.

신들도 생각은 제각각이다.

【프레이야 파밀리아】가 현저히 그런 경향을 보이듯, 무언가 명분이 없고서는 서로 손을 잡지 않을 거라고 답답하다는 듯 말했다.

"지금은 탄식해봤자 소용없어. 우리는 해야 할 일을 하자."

핀이 선을 그으면서 제1작전의 논의를 재개시켰다.

"제2공략에 전력을 아껴두고 싶다고는 했지만, 우리 【로키 파밀리아】는 역시 양쪽 작전에 모두 참가해야만 해. 말을 꺼낸 당사자여서이기도 하지만, 크노소스의 위협을 경험한 것은 현재 우리뿐이니까."

혼합부대를 이끄는 가이드 역할을 맡아야만 한다. 핀은 행간으로 그 전제를 지적하면서 작전 내용에 대해 언급했다.

"조금 전에도 잠깐 말했듯, 제1공략에 필요한 건 질이 아니라 숫자. 던전에 필적하는 크노소스를 매핑하기 위한 인원이야."

"부대를 여럿으로 쪼개갖고 공략할라믄…… 초 울트라 인해전술이 되겠구마."

"응. 지름길은 존재하지 않아. 많은 선구자들이 던전의 길을 기록해왔듯, 이번 공략 작전으로 크노소스의 루트를 파악하겠어."

"목표는?"

"8할. 최소 7할."

가레스는 핀의 대답에 입을 딱 벌렸다.

"그 광대한 미궁의 7할 이상을 매핑하다니…… 솔직히 말해 현기증이 나는구먼."

"하지만 두 번째 공략 작전에서 결판을 내야 하는 이상 이번에는 그만한 성과가 필요해. 뭐, 『비기』가 있기는 하지만…… 이건 【헤르메스 파밀리아】에 맡겨야지."

벌써부터 진저리를 내는 가레스에게 핀이 어깨를 으쓱하며 대답했다.

그때, 잠자코 있던 리베리아가 『최대』라고도 할 만한 우려 사항을 언급했다.

"예의 괴인은, 어떻게 할 텐가?"

괴인—— 붉은 머리 여자, 레비스를 말한다.

"네가 원하는 성과를 내려면, 언뜻 생각해봐도 장기전이 되겠지…… 시간이 걸릴 거다. 그리고 그 괴인에게 시간을 주는 것은 곧 우리의 위험성이 크게 올라간다는 뜻이고."

"……"

적의 품속에서, 레비스는 그야말로 여왕이었다.

종횡무진 터무니없는 위협. 그녀의 습격은 맞닥뜨린 자의 죽음을 뜻한다. 매핑을 위해 인해전술을 구사해야만 하기에, 사방으로 흩어진 부대 따위 레비스 앞에서는 버티지 못한다. 오히려 각개 격파당할 가능성이 훨씬 크다.

하물며 광대한 미궁 속에서 레비스 한 사람의 동향을 포착하고 충분한 전력으로 대응할 방법 따위 존재하지 않는다. 상황이 꼬이기만 할 뿐, 피해는 확실하게 늘어난다.

한번 입을 다문 핀을 보며 리베리아는 나직하게 억누른 목소리로 물었다.

"……희생을 각오하고 작전을 완수할 생각인가?"

목적을 위해 일부의 아군을 『버릴 것이냐』.

그렇게 행간으로 묻자, 핀은.

"버릴 생각은 없어."

딱 잘라 말했다.

"인원을 잃어서는 안 돼. 하나의 부대가 궤멸하면 그 부대가 작성한 매핑도 물거품이 되니까. 사기는 말할 것도 없어. 괴인의 유린을 용서하면 아군은 눈 깜짝할 사이에 와해될걸."

"……!"

"잃어버릴 것을 전제로 작전을 전개하진 않아. 괴인에게 줄 희생 따위 없어."

핀은 그렇게 단언했다.

리베리아와 가레스는 이번에야말로 눈을 크게 떴다.

움직임을 멈추었던 로키는 입가를 틀어 올렸다.

직접 입 밖에 내지는 않았지만, 핀은 『최선』이 아니라

『최고』의 방법을 모색하겠다고, 그렇게 말한 것이다.

과거의 핀 디무나라면 틀림없이 목적을 위해 희생을 치렀을 것이다. 『현실』에 승리하기 위해 처음부터 『이상』 따위 추구하지 않았을 것이다. 희생을 최소한도로 억제하는 제어에 힘썼을 것이다. 그 전제를 버린 것이다.

그 자세는 낙관론자가 되었음을 의미하는 것이 아니었다.

희생을 치르는 것보다도 어려운 길을 택해 이상을 붙잡겠다는 『각오』의 표현이었다.

핀은 현실주의자인 자신의 내면에 선택이라는 이름의 저울을 때려 부수는 『용기』를 가지게 되었던 것이다. 비정함으로 희생을 치르지 않게 되었다.

리베리아와 가레스는 『제노스』 사건을 거치면서 핀이 내린 해답의 성과를 피부로 느꼈다. 동시에 그들에게는 그것이 눈부시게 비쳤다.

이러니저러니 해도 파벌 수뇌진 내에서는 핀이 가장 소년이다.

연장자인 리베리아와 가레스도 이때만큼은 자식의 성장을 기쁘게 여기는 부모의 심정을 느끼고 말았다.

로키 또한 핀의 변화를 환영하듯 씨이익 웃고 있었다.

"아이즈가 작전에 참가할 수 있다면 괴인에 대해서는 생각이 있으니까. 일단은 나한테 맡겨주겠어?"

의연하게 말하는 핀의 눈빛에 이제까지보다도 한층 든든함을 느끼며, 리베리아와 가레스는 웃음을 짓고 신용했다.

핀은 그대로 공략작전의 설명을 이어나갔다.

"당장 갖춰야 할 『필수품』이 있어. 이게 없으면 작전은 결행하지 못해."

"안티 커스 비약 말이지?"

"그래. 전투는 제1공략부터 더없이 치열할 거야. 『불치의 저주』에 완벽히 대응할 만한 물자가 반드시 필요해."

크노소스의 병사는 커스 웨폰을 장비하고 있다. 유일하게 이를 해제할 수 있는 성녀 아미드의 『비약』은 말 그대로 없어서는 안 될 아이템이었다.

"준비가 부족해서 적과 함께 죽어봤자 본전도 못 찾아. 작전에는 충분한 시간을 들이겠어. 그때까지는 크노소스에게 『시비』를 걸도록 하지."

크노소스에 틀어박힌 적은 『농성』 중인 것과 마찬가지다.

병량 공세, 기습적이고도 지속적인 습격으로 정신적 고통을 주는 것 등등, 공격수단은 얼마든지 있다.

아직 그들이 파악하지 못한 던전의 출입구도 있겠지만, 바벨에 『검문소』를 설치해 막아버리면 지상으로는 나오지 못한다. 기껏해야 던전에서 얼마 안 되는 식량을 채집하는 것이 고작이다.

핀은 【가네샤 파밀리아】와 연계해 포위망을 철저하게 다지겠다고 말했다.

"제1공략에 참가할 멤버는 우리 【로키 파밀리아】와 【헤르메스 파밀리아】. 그리고 될 수 있는 대로 인원이 많은 파벌에 협조를 요청하고 싶은데……."

여기서 말을 끊은 핀은 주신에게 천천히 눈을 돌렸다.

"로키. 【디오니소스 파밀리아】는?"

그들과 동맹관계에 있는 【디오니소스 파밀리아】는 구성원의 Lv.로 따지면 실력이 부족한 것은 사실이지만, 단원의 수는 매우 많다. 매핑을 돕기 위해서는 제격이다.

확인하듯 묻는 핀에게 로키는 잠시 간격을 두고 대답했다.

"……보류데이."

"어째서지? 이제는 서로 속셈이나 캐며 발목을 잡아당길 때가 아닐 텐데. 우라노스의 가장 큰 비밀도 해소된 지금이라면 신 디오니소스가 『길드』를 경계할 이유도 없지 않나."

옆에서 리베리아가 의문을 제기했지만 로키는 대답하지 않았다.

입을 다물어버린 주신을 바라보던 핀은 말을 끊었다.

"뭐, 됐어. 그 건에 관해서는 로키에게 맡기지."

그리고 또 다른 『파트너』에 대해 언급했다.

"제1공략에는 그들…… 『제노스』도 참가시키자."

"다이달로스 거리, 그리고 18계층에서 『협공』한단 말이지……."

"그렇다."

확인하는 펠즈의 목소리에 우라노스는 엄숙하게 고개를 끄덕였다.

길드 본부 지하, 『기도의 방』.

네 자루의 횃불이 타오르는 제단에서, 우라노스와 펠즈는 【로키 파밀리아】에게 받은 편지를 읽고 있었다.

"모험자와 『제노스』는 혼성하지 않고 각각 다른 부대로 운용…… 다시 말해 『제노스』는 18계층에서, 모험자들은 지상에서 크노소스로 쳐들어간다……. 정말로 행동이 빠른걸, 【브레이버】는. 아군으로 두면 이보다 든든할 수가 없어."

완전히 받아들일 수는 없는, 몬스터에 대한 악감정이 있는 만큼 모험자들과 『제노스』를 따로 운용하겠다는 생각은 합리적이다. 『이상』을 추구하는 한편 【브레이버】는 결코 『이상』을 맹신하지는 않았다. 게다가 편지에는 『제노스』 측의 지휘를 펠즈가 맡아달라고 적혀 있었다.

메이거스로서 지닌 실력까지 내다본 핀의 작전에, 펠즈는 칠흑의 로브 속에서 감탄한 기척을 풍겼다.

"나는 이 제안을 받아들이겠어, 우라노스. 당신은?"

"이의는 없다."

"그렇다면 이쪽에서는 『오쿨루스』를 제공하지. 크노소스 내에서 서로 연락을 취할 수 있다면 제1공략의 매핑도 정밀도가 늘어날 거야."

펠즈는 흑의 속에서 주먹 크기의 물건을 꺼냈다. 시각정보와 음성을 전달할 수 있는 수정이다. 귀중한 매직 아이템을 맡긴다는 것은 펠즈가 보이는 신용의 증표이자, 동시에 무슨 수를 써서라도 크노소스에 도사린 자들을 타도하겠다는 결의의 표명이기도 했다.

"펠즈. 『제노스』의 전력은 어느 정도까지 참가할 수 있겠나?"

"리드, 레이, 그로스를 포함해서 움직일 수 있는 『제노스』는 서른 정도 되겠지. 다만 아스테리오스는 말릴 틈도 없이 『심층』으로 가버렸다고 해. 언제 돌아올지 알 수 없으니, 제1공략에 참가할 거란 기대는 접는 편이 좋을걸."

길드의 공식 발표에 따르면 Lv.7에 해당한다는 칠흑의 미노타우로스. 그의 힘을 운용하지 못하는 것을 아쉬워하면서도 펠즈는 집착하지 않고 의식을 전환했다.

이번 크노소스 공략전에 한한 것이지만, 핀이 『결탁』을 제안해 우라노스 측과의 응어리는 사라졌다. 도시를 지키기 위해서라도 【로키 파밀리아】와의 연계와 협력을 아낄 마음은 없었다.

펠즈와 우라노스가 이야기를 진행하고 있을 때, 새로이 제단에 찾아오는 그림자가 있었다.

"여어, 작전 회의 중이었어? 보아하니 로키네하고는 손을 잡을 모양이네."

"신 헤르메스……."

그 자리에 나타난 신물을 보고 펠즈가 돌아서고, 우라노스가 눈을 향했다.

"야아~ 큰 짐 하나 덜었지 뭐야. 이제까진 이중 첩자 같은 심정이었거든."

"……."

"앞으론 로키네한테 의심 사지 않게 됐으니 위장 시킨거릴 일도 없겠네."

머리 위에서 모자를 벗고 이죽거리듯 말했다. 시비조로 들리지 않는 것은 그가 정말로 안도했기 때문일까.

실제로 『제노스』건에 관여했던 헤르메스가 찾아왔다는 것은 이와 거의 같은 뜻이었다. 로키 측과 동맹을 맺으면서 이블스의 잔당을 추격하던 그의 활약은 우라노스와 펠즈도 높이 평가할지언정 책망할 수는 없었다. 그가 독단으로 『제노스』를 매장하려 했다는 사실을 제외하면.

펠즈는 다이달로스 거리 공방전 건도 있고 해서 헤르메스를 좋게 여기지 않는지 반발하는 기척을 풍겼다. 우라노스는 역시나라고나 해야 할까, 꿈쩍하는 기색도 보이지 않는다.

"……여러모로 하고 싶은 말은 많지만, 신 헤르메스. 왜 얼굴에 발자국이 찍혔는지 물어봐도 될까? 그야말로 깔끔한 드롭킥을 맞은 듯한데……."

"핫핫핫, 그런 건 내 마음을 헤아려서 물어보지 않았으면 좋겠는데. 구태여 설명하자면 모 어린 여신과 매듭을 잘 짓고 왔다고 해둘게."

얼굴에 뚜렷하게 뻘건 자국을 새긴 여리여리한 남신은 의아해하는 펠즈에게 헛웃음을 지었다.

"용건은 무엇인가, 헤르메스."

"정말 잡담 한마디 안 하네, 도시의 창설신님은. 그럼 나도 사양 않고 본론으로 들어갈까."

우라노스가 묻자 헤르메스는 너스레를 떠는 분위기를 지우고 말을 꺼냈다.

"조만간 크노소스 공략이 시작될 텐데…… 벨 군이 있는【헤스티아 파밀리아】는 제외시켜줬으면 좋겠어."

펠즈가 흠칫 반응하거나 말거나 헤르메스는 말을 이었다.

"미궁거리의 싸움을 통해 그는 또 한 계단을 올라갔어. 그야말로 광대가 된 나 같은 놈의 신의를 뛰어넘어버릴 정도로. 그렇게 막 한 꺼풀 벗은 그를, 쉴 새 없이 이렇게 살벌한 싸움에 말려들게 하고 싶진 않아. 적어도 **아직은**."

벨 크라넬의『Lv.4 도달』소식은 이미 길드를 통해 공식 발표되었다.

무시무시한 속도로『성장』하는 소년을 생각해, 그의『광채』가 무뎌지게 해서는 안 된다는 듯 헤르메스는 벨 크라넬을 이번 작전에서 떼어놓을 것을 제안했다.

움직임을 멈추었던 우라노스와 펠즈 또한 이를 거부하지 않았다.

오히려 찬동하는 뜻을 보이듯 제안을 받아들였다.

"좋다. 『제노스』건에서 애쓴 벨 크라넬에게 이 이상의 부담을 강요하는 것은 우리도 내키지 않으니."

"하지만 제외시키려 해도, 구체적인 방법은 어떻게 하지, 신 헤르메스?"

"【헤스티아 파밀리아】에게 『원정』을 가라고 미션을 내리면 돼. 벨 군이 랭크 업해서 이제 파벌의 랭크는 D, 던전 공략 의무가 발생했을 거 아냐."

펠즈의 물음에 헤르메스는 가벼운 어조로 대답했다.

우라노스와 펠즈가 공동으로 진행 중인 대규모 작전, 크노소스 공략 기간 중에 던전으로 보내버리면 된다고.

"이제 막 랭크가 올랐는데 성급하다는 생각도 들지만…… 『길드』측도 【헤스티아 파밀리아】에 기대하고 있으니, 대외적으로는 이해해줘야겠지. 알았어. 수배해볼게."

"응, 부탁해."

소년의 이야기를 마치고, 우라노스가 화제를 본론으로 되돌렸다.

"헤르메스. 크노소스 공략작전은 어떻게 할 생각인가?"

"물론 우리 【파밀리아】도 참가할 거야. 그렇다기보다, 여기서 발뺌하는 건 로키네도 너희도 용납하지 않겠지?"

짐짓 어깨를 으쓱한 헤르메스는 문득 등황색 눈을 가늘게 떴다.

"먼 길을 돌아오기도 했지만, 드디어 마무리 단계야. 이번 싸움에서 『에뉘오』의 정체를 밝혀내겠어."

『에뉘오』.

신들의 말로는『도시의 파괴자』를 뜻한다.

이블스의 잔당은 물론이고『더럽혀진 정령』과 관련된 지하세력과도 결탁해『오라리오 붕괴』를 목표로 삼은 수수께끼의 인물. 이번 사건의 시작이자 주모자로 여겨지고 있다.

"화려한 공략작전 그 자체는【로키 파밀리아】와『제노스』에게 맡기자고. 내 아이들은 뒤쪽에서 몰래 움직일 테니까. ……단서를 확보하기 위해."

헤르메스가 품에서 꺼낸 것은 체스의 말이었다.

검은색 킹.

마치 그것이『에뉘오』인 것처럼, 손안에서 이리저리 가지고 놀다가 꽉 쥐었다.

크노소스를 포위해【헤르메스 파밀리아】는 체크를 건다.

그리고 그대로 체크메이트까지 나아가는 것이다.

일련의 사건에서 자신의 아이들을 잃었던 헤르메스 또한 눈에 강한 신의를 담고 있었다.

우라노스와 펠즈는 말없이 수긍하는 뜻을 보였다.

"그래서 개전 일시는? 마지막 작전이니 준비할 것도 많겠지?"

헤르메스가 다시 표표한 분위기를 풍기고, 펠즈가 손에 든 편지로 시선을 보냈다.

핀의 작전 개요가 적힌 편지에 눈을 떨군 흑의의 메이거

소드
오라토리아 11
Sword Oratoria

그것은 거짓을 구분하는 신들에게 대항하는 하계의 주민이 가진 유일한 저항이며 유효타다.

거짓이나 숨기는 것은 알 수 있지만, 가슴속에 숨겨둔 것만은 신이라 할지라도 볼 수 없다. 천계에서 있던 디오니소스 님의 좋지 않았던 일. 그것과 관련된 것. 전부 들었다. 하지만 지금 그것을 말하여 로키에게 쓸데없는 불신감을 줄 순 없다.

피르비스가 주신을 지키기 위해 침묵으로 일관하자, 로키는 결국 한숨을 내쉬었다.

어깨를 으쓱이더니 무언가 취조하던 분위기를 일소했다.

"그럼 이게 마지막이데이. ……니 레피야헌티 왜케 신경쓰는기가?"

피르비스는 눈을 뜨고 붉은 눈동자를 바라보았다.

이 질문에 피르비스의 대답은 이미 정해져 있었다.

"저는 레피야를 지키고 싶습니다."

이 대답에 결코 거짓 따위 없다.

피르비스 셜리아는 레피야 비리디스를 지키고 싶다. 죽게 놔두지 않겠다고 생각한다.

사로잡히고 말았다. 변명의 여지가 없을 정도로. 이렇게 주신의 명령을 어길 정도로.

그 소녀는 전혀 모른다.

동포인 그녀에게 【아름답다】고 들었던 그 순간, 피르비스가 어떤 생각을 했는지, 무엇을 느꼈는지. 그녀의 거짓 없는 말이 얼마나 자신을 바꿔놨는지, 전혀 알지 못한다.

피르비스 셜리아는 레피야 비리디스를 사랑하고 있다.

친구로서, 동포로서, 그 착한 소녀를.

이것만은 피르비스의 진심이다.

누구에게도 부정당할 수 없는 피르비스의 본질이다.

이 마음이 로키에게도 전해진 것인지 그녀는 파티에 동행하는 것을 허가받았다.

"피르땅은 레피야의 기사님이구만."

마지막에 그런 말을 덧붙여 피르비스의 얼굴을 붉게 달아오르게 했다.

"…………."

왜 지금 그런 게 생각나는 거지.

두 번째 크노소스 공략 작전『제1공략』개시 하루 전. 그날 그때 이야기를 나눴던 지하 통로 안에서 피르비스는 그 대화가 떠올랐다.

긴장이 감도는 공기, 가슴 졸이며 출발할 준비를 한 많은 모험자들.

작전 개시의 신호를 기다리는 사람들에 둘러싸여, 피르비스는 자신의 감정을 알지 못한 채 옆을 살짝 보았다.

지팡이를 양손으로 꽉 쥔 동포 소녀는 긴장한 표정으로, 하지만 결연히 마굴의『문』을 바라보았다.

『작전 개시!!』

수정에서 울려 퍼지는 지휘관의 목소리.

포효하며 달려나가는 모험자들.

피르비스도 소녀와 어깨를 나란히 하고 달려가면서 마음속으로 중얼거렸다.

──너만은 내가 지킨다.

각오를 가슴에 새기고 피르비스와 레피야는『운명』이 기다리는 지하 미궁으로 뛰어 들어갔다.

돌아올 수 없는 추억

"잠깐 괜찮나, 피르땅."

그것은 2개월도 전 이야기.

【로키 파밀리아】가 크노소스에 첫 공략을 준비하던 때였다.

그들과 함께 행동하던 피르비스는 미궁의 입구인 지하 통로 앞에서 로키에게 불려갔다.

"힘을 빌려주는 기 고맙기는 한데이…… 그 재수 없는 넘은 어데 갔나?"

"……디오니소스 님은 안 계십니다. 다만 로키 파밀리아에 협력하라고 지시를 남기셨습니다."

평소와 다르지 않은 미소를 띠며 로키가 묻자 피르비스는 그렇게 대답했다.

그러나, 그 대답엔 거짓이 있었다.

이 동행은 주신의 지시가 아니라 피르비스의 독단으로 결정한 것이다.

왜냐고 묻는다면 이유는 하나다.

"호오~…… 그럼 하나만 더 알려도."

그런 피르비스에게 붉은 머리의 여신은 한쪽 눈을 살짝 뜨면서 물었다.

"디오니소스헌티 뭔가 켕기는 일이 있는 거 아이가?"

예상치 못한 날카로운 질문에 피르비스는 어깨를 떨고 말았다.

동요라고 해도 무방할 것이다. 동맹인 파벌의 주신이 자신의 속을 떠보고 있으니.

하지만 그것도 잠깐.

피르비스는 신 앞에서 눈을 감고 침묵을 지켰다.

【묵비】

스는 고개를 끄덕였다.

"그래. 작전 개시 예정일은——"

"레레, Lv.4……!! 따따따, 따라잡혔어……?!"

레피야는 어떤 모험자의【랭크 업】소식이 기재된 정보지를 두 손으로 움켜쥐고 부들부들 온몸을 떨었다.

지면에는 백발 소년의 정밀한 초상화, 그리고『원정』미션이 발령되었음이 대대적으로 보도되어 있었다.

"레피야, 아까부터 뭐 해?"

"아르고노트 군이【랭크 업】해서 기뻐하는 거 아닐까~?"

얼굴 앞에 든 정보지를 고속으로 진동시키는 레피야에게 티오네가 의아하다는 표정을 짓고, 티오나가 깔깔 웃었다.

오늘까지 아이즈만 신경 쓰느라 불안해하던 소녀가 기운을 되찾았다고 아마조네스들이 착각하거나 말거나, 당사자인 엘프는 충격과 전율에 휩싸였다.

"——너희들, 다 모여있었군."

그때 리베리아가 나타났다.

세 사람이 있던 곳은 홈의 대식당.

중요한 정보전달이 있다는 말에 간부에서 하위 구성원까지【파밀리아】의 거의 모든 단원이 모여 있었다. 없는 사람은 아이즈 정도였다.

"크노소스 공략 작전의 전모가 구체적으로 정해졌다. 지금부터 하는 말을 한 글자도 놓치지 마라."

다망한 핀을 대신해 단원들 앞에서 리베리아가 작전 내용을 전달했다.

단원들은 숫제 험악한 표정을 띠며 그 말에 귀를 기울였다.

"리베리아~ 그 작전 언제 시작해?"

분위기를 파악할 줄 모르는 티오나가 손을 들고 물었다.

그 말에 리베리아는 고개를 끄덕이며 대답했다.

"작전 개시는―― 열흘 후."

3장

신의 민낯

Гэта казка іншага свету.

Сапраўдны твар Бога

아침 안개에 덮인 길을 한 명의 신과 한 명의 권속이 나아간다.

한쪽은 금발에 단아한 얼굴을 가진 남신.

한쪽은 젖은 까마귀 깃털색 장발과 붉은 눈을 가진 엘프 소녀.

신이 든 것은 여러 개의 꽃다발이었다. 흰색을 베이스로 한 커다란 꽃이 가늘게 흔들렸다.

그런 그들을 길 너머에서 기다리는 그림자가 있었다.

"……로키?"

중얼거린 디오니소스의 말에, 호위로 레피야를 데려온 로키는 "여" 하고 한쪽 손을 들어 대답했다.

"니 여그 자주 오나?"

꽃다발을 바치는 남신의 등을 바라보며 말을 건넨다.

디오니소스와 피르비스를 따라온 로키와 레피야는 도시 남동쪽 구역 『제1묘지』—— 통칭 『모험자 묘지』에 있었다.

목숨을 잃은 모험자들을 위해 마련된 매장지에는 흰색 비석이 헤아릴 수 없을 정도로 늘어서 있다. 이른 시간대이기도 해서 그들 말고는 아무도 없었으며 고요했다.

"그래……. 이 마음을 잊지 않도록, 시간을 내서 찾아오곤 하지."

일어난 디오니소스 앞에는 여러 개의 묘비가 있었다. 권속들이 묻힌 묘표였다.

약 4개월 전, 디오니소스는 권속들을 잃었다. 아마도 『극채색 몬스터』에 얽힌 사건을 목격해버렸기 때문에.

그는 권속의 억울함을 달래주고자 로키, 헤르메스와 손을 잡고 원수를 추적하고 있다.

"……."

꽃을 바친다는 행위가 무의미하다는 사실을 신인 로키는 잘 안다.

아이들의 영혼은 이미 하늘로 돌아갔다. 이 묘비 밑에 묻힌 것은 그저 고깃덩어리일 뿐이며, 달래주어야 할 원한도, 구원을 받을 자도 없다. 디오니소스의 행동은 하계인들의 관습을 따른 것뿐이다.

그러나 로키는 이를 쓸데없는 행위라고는 생각하지 않았다.

로키 또한 사랑하는 권속들을 크노소스에서 잃었으므로.

"얼라들한테 머라캤노?"

"사죄지. 그것 말고 무엇이 있겠나."

지상에 남은 신들이 유일하게 보이는 아이들에 대한 사죄의 표현.

로키도 이를 따라 하려다 그만두었다.

그런 감상적인 행동은 아이들을 앗아간 악의 근원을 처단한 후에 해야 한다고, 그렇게 결심했다.

대신 곁에 있던 레피야가 눈을 내리깔고, 피르비스는 감정을 드러내지 않도록 두 눈을 감았다.

한동안 묘를 바라보던 디오니소스는 의사표명과도 같이 입을 열었다.

"로키, 내가 말했지. 도시에 있는 신은 모두 용의자, 아이들의 원수라고."

"……캤지."

"나는 반드시 아이들의 원수를 갚겠어. 모든 일을 꾸민 신에게 대가를 치르게 하고."

그것은 그가 가슴속에 감추었던 맹세의 말처럼 들리기도 했다.

"로키, 네가 생각하는 것을 맞혀볼까. 우리【파밀리아】는 방해만 되니, 조만간 치러질 크노소스 공략 작전에 끼워줄 생각은 없겠지."

"……."

"하지만 구태여 말하겠어—— 작전에 참가시켜다오."

천천히 돌아선 디오니소스의 눈이 똑바로 로키를 꿰뚫어 보았다.

로키는 실처럼 가는 한쪽 눈을 가만히 떴다.

"우라노스의 이야기는 들었어. 그들의 비사는 내가 쫓던 진상이 아니었다는 것도. 결국 나는 현장을 어지럽히는 광대였을 뿐이었지. 신용이 없다는 것도 잘 알아……. 하지만 데려가 주었으면 해."

그것은 절박한 애원처럼 들렸다.

이제까지는 달콤한 가면을 쓰고 언동으로 얼버무린 채

속내를 보이려 하지 않던 디오니소스가 드러낸 강한 의지.

결코 목소리를 높이지 않은 채, 한 마디 한 마디에 힘을 실었다.

"이건 이블스의 잔당과 『더럽혀진 정령』을 쓰러뜨리는 이야기만은 아니야. 『에뉘오』라는 놈의 정체를 밝혀내야만 해."

"……마, 니 말마따나 근본을 밟아삐지 않으면 또 이런 소동이 일어나긋제."

"그래. 그리고 신을 없애려면 신의 손이 필요하고. ……아이들에게는 짐이 지나치게 무거워."

"……."

그것은 공략작전에 디오니소스 자신이 직접 참가하겠다는 암묵적인 말이었다.

하계인이 신을 죽이는 것은 최대의 금기, 하계의 대죄로 여겨진다.

만일 『에뉘오』의 정체가 신 중 하나라면, 권속들이 위해를 가하지 못하고 망설이다 놓쳐버리는 일 또한 충분히 있고도 남는다. 그렇기에 신이 동행하는 것이다.

생각지도 못한 요청에 레피야와 피르비스가 흠칫 고개를 드는 가운데, 디오니소스는 결연한 표정을 지었다.

"모든 흑막을 파헤치고 처단하기 전까지 내 목적은 이뤄지지 않아. ……부탁한다, 로키."

거대 시벽의 그림자에 가려진 묘지 한 귀퉁이에도 한 줄기 아침 햇살이 스며들기 시작했다.

한시도 시선을 떼지 않으려 하는 남신의 유리색 눈동자를 바라보던 로키는, 잠시 후 입을 열었다.

"……알았데이."

『모험자 묘지』를 떠나 시내로 돌아갔다.

하루의 시작을 맞은 사람들이 북적거리기 시작하는 거리를 넷이 나란히 이동했다.

"작전 결행일은 언제지?"

"아직 정확한 날짜는 안 정해졌데이. 캐도 언제든 움직일 수 있게 해놓그라. 이번엔 피르땅만이 아이라 【디오니소스 파밀리아】 얼라들 힘도 다 빌리게 될기라."

"알았어. 즉시 준비를 갖춰놓을게. 【파밀리아】 아이들에게는 대체적인 사정을 전달했다만, 상관없겠지?"

걸음을 멈추지 않으며 두 주신이 서로 확인사항을 이야기한다.

그 바로 뒤에서 걷는 레피야는 두 신의 대화에 긴 귀를 기울이다 어라 하며 고개를 갸웃했으나,

"피르땅……."

부끄러운 애칭이 정착되는 바람에 옆에서 풀이 죽은 피르비스를 보고 황급히 위로했다.

"앗, 디오니소스 님이다!"

"정말이네! 아침부터 만나다니!"

그리고 그때.

스쳐 지나가려던 데미휴먼 소녀들이 말을 걸었다.

주로 디오니소스에게.

"이렇게 아침 일찍 데이트하세요? 미녀를 셋이나 거느리고!"

"아니면 혹시 외박하고 지금 돌아오시는 길? 야해~!"

"아나, 관두그래이?! 이 예쁜 아가씨들이 머라카노?! 내를 이딴 얼뜨기의 하렘 요원으로 꼽지 말그래이!"

"하하하, 그렇다면야 나도 기쁘겠지만 애석하게도 그녀들과는 그런 사이가 아니란다. 게다가 받아들이기 힘든 남신인지 여신인지 모를 이도 약 1명 끼어있고 말이지."

"니 맞는다?!"

로키의 비명과 노성에도 아랑곳하지 않고, 디오니소스는 발을 멈춘 채 달콤한 미소 띤 얼굴을 뿌려댔다. 여기에 소녀들이 새된 목소리로 소란을 떨어댄다.

한참을 까악까악 떠들어댄 후, 일터로 가는 도중이었던 소녀들이 아쉬워하며 떠나는 가운데, 당황하던 레피야는 곁에 있던 피르비스가 이제까지 본 적도 없는 영하의 눈빛으로 주신의 등을 쏘아본다는 사실을 깨닫고 히익 작은 비명을 질렀다.

디오니소스는 강철의 정신력으로 피르비스의 눈빛을 의

식 밖으로 밀어내며 소녀들에게 손을 흔들었다.

"아나, 지금 그거 머고."

"뭘, 나와 교류가 있는 아가씨들이지. 그녀들의 가게에 꽃을 사러 자주 가거든."

"칵 죽어삐라……."

"어쩔 수 없어, 로키. 나도 신이라고. 그리고 다른 장난스러운 신들보다 내가 그나마 신사적이고 매력적으로 비쳤던 것뿐이겠지."

"걍 죽어삐라, 훈남 사기꾼. 앤드 쓰레기."

"왜 말을 반복하고 심지어 내용이 더 심해지지, 로키?"

우아하게 앞머리를 쓸어넘기는 디오니소스에게 로키는 진지한 표정으로 폭언을 토했다.

하지만 이것으로 끝이 아니었다. 근처를 지나가는 주민 대부분이 디오니소스에게 말을 걸었던 것이다.

이것이 여성뿐이었다면 로키도 '원래는 수상한 주제에 미스테리한 척하는 훈남 사기꾼'이라고 매도했겠지만——

"오, 디오니소스 님! 오랜만입니다!"

"아, 간도. 아침부터 수고가 많군."

"덕분에요! 아, 맞아. 한 잔 시음하고 가십쇼! 지지아의 항아리 제법을 시험해봤는데, 이게 아주 근사한 맛이 나오더라고요!"

"뭐, 정말인가? 어디, 좀 마셔보세!"

"디오니소스 님~! 우리 가게에도 좀 들려주십쇼!"

——디오니소스는 남성들에게도 인기였다.

주로 굵은 목소리를 내는, 체격이 다부진 휴먼이나 드워프들에게.

로키는 여기에도 "아앙?" 하는 표정을 짓고 몸을 멈춰버렸다.

"……놀랐어요. 디오니소스 님은 이렇게나 신망이 있었네요……."

"신망이라기보다…… 전부 포도주 관련한 것뿐이지만……."

레피야가 눈을 연신 깜빡이는 옆에서 피르비스는 뭐라 형언할 수 없는 표정으로 탄식했다.

시선 너머에서는 디오니소스가 눈을 빛내며 잔에 따른 포도주를 혀 위에 굴리고 있었다. 이내 감탄하는 말이 이어진다. 그 목소리의 분위기는 조금 전에 소녀들과 나누었던 것보다 살짝 들뜬 것 같았다. 마치 아이들처럼.

의외의 모습을 보이는 디오니소스에게, 그의 새로운 면모에 놀라던 레피야가 키득 웃음을 지었다.

"어머, 디오니소스 님. 와주셨어요?"

"아, 제나. 수우하고 홀리가 벌써 다섯 살이 됐지?"

"아니…… 기억하고 계셨나요?!"

"맛있는 포도주를 만드는 양조장과 그 가족을 내가 잊을리가 있나."

"분에 넘치는 영광입니다! 수우, 리나. 이리 오렴!"

"앗, 디오니소스 님이다!"

"저기요 저기요, 우리도 파밀리아에 넣어주세요!"

장소는 보도블록과 석조 건물이 이어진 상점가.

다양한 가게가 존재했으며, 가족 단위로 경영하는 자들이 많은 듯했다. 길거리에서는 이리저리 뛰어다니며 놀다 꾸지람을 듣는 아이들의 모습이 자주 보여 서민 마을이라는 표현이 딱 어울렸다.

그런 곳에서 밝은 목소리가 몇 번이나 디오니소스의 이름을 불렀다.

남녀노소, 종족에 관계없이.

모두가 디오니소스라는 신을 흠모하는 것을 알 수 있었다.

로키는 반쯤 어이없어하며, 양조장 가족에게서 겨우 해방된 남신의 옆에 섰다.

"……의외구마, 진짜."

"나에게 이런 아이들과의 교류가 있는 게? 뭐, 나도 중소【파밀리아】의 주신이니 지역 활동 정도는 하고 있지. 게다가…… 이런 아이들의 재롱도 하계의 참맛 중 하나 아니겠어?"

앞부분은 어깨를 으쓱하며, 뒷부분은 어딘가 고결한 것을 대하는 듯한 감정을 담아 말했다.

활발한 상점가를 바라보던 디오니소스는 문득 눈을 날카롭게 떴다.

"행복하지 않아? 지금 우리의 눈 앞에 펼쳐진 이 광경이. 그러나 이 광경을 파괴하고『오르기아』를 일으키려는 자가 있어."

디오니소스가 꺼낸 말은 신들의 언어.

그 단어의 의미를 로키가 중얼거렸다.

"『오르기아』…… 광란의 연회 말이제."

던전의『뚜껑』인 바벨, 그리고 오라리오 그 자체가 붕괴되면 지상은 다시 몬스터로 넘쳐난다. 그야말로 모든 존재가 유린당하던『고대』처럼.

그때 찾아올 사태는, 디오니소스의 말대로 분명『오르기아』일 것이다.

남자들은 괴물들의 가엾은 먹이가 되고, 여자와 아이들은 울부짖으며 등 뒤로 달려오는 발톱과 이빨을 피해 도망다닐 것이다. 아비규환의 외침은 피로 물들고, 이성과 질서는 하계에서 사라진다.

로키의 곁에서 디오니소스가 의분에 사로잡힌 듯 눈앞의 광경을 바라보고 있었다.

"……마, 그딴 것보다도 내는 니가 마을의 인기인이라카는 기 마음에 안 든데이~. 머고, 저 장래 유망한 귀여운 로리들!『크면 【파밀리아】에 들어갈래~』는『크면 아빠랑 결혼할래~』다음으로 신나는 소리 아이가!"

대중의 이목이 있는 곳에서 로키는 목소리를 바꿔가며 너스레를 떨었지만,

"그들에게는 미안하지만 나는 권속을 고르는 편이야. ……지금 같은 상황이라면 더더욱."

디오니소스의 반응은 조금 전까지 아이들에게 보여주었던 웃음과는 전혀 다른, 냉담하기 그지없는 것이었다. 숫제 현실적일 정도였다.

로키는 그 모습이 박정하다고 생각하지는 않았다.

일구이언이나 가면외교는 신이 아니라도 하는 일이고, 오히려 이편이 훨씬 신답다.

자애로 넘쳐나며, 늘 싱글벙글, 겉과 속이 같은 신이 더욱 수상쩍게 여겨진다.

"으아아아아! 알바 지각하겠다~?!"

……어디에나 예외가 있는 법이지만.

"니는 늘 소란스럽구마…… 땅꼬마."

"허걱, 로키?! 아침 댓바람부터 만나다니…… 서, 설마 지각하는 날 비웃기 위해 매복했던 거냐?!"

"퍽이나 할일도 읎데이."

"오늘은 도우미로 자매 가게에 첫 출근하는 날이란 말이다! 하필이면 그런 모습을 비웃으러 오다니, 이 악마! 할일 없는 신!"

"듣고 싶지도 않은 설명 집어치라 마! 내 알 바 아이다!"

자애로 넘쳐나며, 늘 겉과 속이 같은, 미소가 됐든 분노가 됐든 돌직구 일직선으로 던져대는 여신 헤스티아는 감자돌이 노점의 제복 차림으로 로키를 삿대질해댔다.

"흥, 글쎄다! 너 같은 건 하루 종일 술에 쩔어 사는 할 일 없는 신의 표본 아니냐!!"

"대충 맞아서 부정은 몬하겠지만서도 단정 짓지 말그라 문디야! 요즘은 내 바빠서 죽겠데이! 도시의 존망이 걸린 싸움에 말려들어가꼬 밤낮으로 바쁘다 아이가!"

"응 거짓말—!! 할 거면 좀 제대로 된 거짓말을 하시지 바~보 바~보!"

"이기 머라카노 썩은 습가~~~~?!"

가는 말이 고와야 오는 말이 곱다. 그 말을 증명할 의무라도 있는 것처럼 로키와 헤스티아는 드잡이질을 시작했다.

신장 차이를 살려 "으라으라으라아!" 하며 두 뺨을 잡아당기는 로키. 헤스티아는 헤스티아대로 저항하지만 저항하지 못하고 "흐뮤구구우?!" 괴성을 지르며 떡처럼 뺨을 늘렸다. 레피야가 당황해서 말리려 하지만 여신들의 다툼은 그치지 않고, 어이가 없어진 피르비스는 넋이 나갔다.

그때, 놀란 표정을 보이던 디오니소스가 웃음을 지으며 인사를 했다.

헤스티아에게.

"이런 데서 만나다니. 헤스티아, 잘 지냈나?"

"아, 디오니소스! 오랜만이야!"

적대시한 나머지 로키밖에 시야에 눈에 들어오지 않았는지, 붉게 부어오른 두 뺨을 문지르던 헤스티아는 그제야 디오니소스를 알아보았다.

반면 로키는 레피야와 함께 놀라고 있었다.

다른 이도 아닌 디오니소스가, 그야말로 귀족처럼 공손하게 헤스티아에게 고개를 숙여 예를 표했기 때문이다.

"아나, 디오니소스…… 니 땅꼬마하고 무슨 관계고?"

"뭘. 천계에서 영지가 가까웠던 것뿐이야. 굳이 말하자면 이웃사촌 관계지."

"그러고 보니…… 니는 땅꼬마하고 동향이었제."

"맞아. 올림포스의 영광이 이곳까지 미치는도다. 후후."

디오니소스의 동향이라고 하면 헤스티아 말고도 로키와 동맹을 맺은 헤르메스, 헤파이스토스나 데메테르, 얼마 전에 도시에서 쫓겨난 이켈로스도 있다. 가장 유명한 신은 제우스와 헤라일 것이다. 로키는 떠올리기만 해도 속이 끓었지만.

그렇게 생각하니 이 오라리오에는 헤스티아와 디오니소스의 동향 출신이 많다 싶었다.

"에엥~~?! 디오니소스, 로키하고 같이 다녀?! 같이 놀 상대는 좀 고르는 편이 좋을걸! 아니, 진심으로! 진짜진짜!"

"이 썩을 땅꼬마가……."

고함을 지르며 오버 리액션을 보이는 어린 여신에게 로키는 부들부들 떨며 주먹을 들었다.

다시 싸움을 시작할 것 같은 두 사람에게 쓴웃음을 지은 디오니소스는 험악한 분위기를 무마하고자 설명했다.

"헤스티아는 훌륭한 신이야. 나도 그녀의 자애에 힘입었던 신 중 하나고. 천계에 있을 때의 은혜는 아무리 감사해도 모자랄 지경인걸."

디오니소스는 진심을 담아 말했지만, 로키는 안면 근육이 무너져버린 것처럼 요란하게 낯을 구겼다.

최대한 조심스럽게 말하자면 끔찍한 얼굴이었다. 도저히 여신이 지어서는 안 되는 그런 표정이다.

반면 헤스티아는 허리에 손을 척 얹은 채 으스대고 있었다.

"당시 우리의 영지에서는 12신…… 대표자를 선출하는 규칙이 있었거든. 그 12석에 오르지 못했던 나는 크게 절망했지만…… 그때 헤스티아가 손을 내밀어주었지."

신들이 사는 천계에도 하계의 나라들과 마찬가지로 저마다 『영역』이 있고 규칙이 있다.

디오니소스가 있던 『영역』에서는 12신이라는 직함이 무엇과도 바꿀 수 없는 중요한 직함이었는데, 헤스티아는 아무 미련 없이 이를 휙 던져버리고 디오니소스에게 양도했다는 것이다.

"그렇고말고! 내가 바꿔주었지!"

"니는 분~명 신전에 틀어박혀가꼬 게으름부리고 싶었던 거겠제."

"무, 무슨 멍청한 소릴!"

정곡을 찔린 것처럼 로키에게서 시선을 피한 헤스티아는, 문득 감개무량하다는 듯 디오니소스를 올려다보았다.

"그땐 디오니소스 성격 참 안 좋았지. 당장이라도 『내 오른팔에 잠든 사악한 기운이 네놈들을 파멸의 저편으로 없애버릴 것이다아~!』그럴 것 같았다니까. 아~ 눈 뜨고 봐주기 힘들었어~."

"헤스티아, 내 이미지를 박살 내는 발언은 관둬주겠어……? 아니, 정말. 진짜로."

디오니소스는 두 눈을 감고 훗 웃으며 앞머리를 쓸어넘겼지만, 손은 떨리고 있었다.

정말 저 두 사람 사이에 무슨 일이 있었던 걸까.

"디오니소스 님~ 여기요 여기~!"

그때 어린아이들이 연신 그를 불러댔다.

"이런 이런…… 실례."

디오니소스는 로키와 헤스티아에게 양해를 구하면서도 전혀 싫지 않다는 듯 흔쾌히 아이들에게 향했다.

피르비스도 호위하기 위해 그를 따라갔다.

"……보아하니 디오니소스는 신망이 있는 모양이네."

"그렇데이. 의외도 이만저만이 아이데이."

어깨를 으쓱하는 로키와는 대조적으로, 헤스티아는 가만히 남신을 바라보고 있었다.

그리고.

"디오니소스의 『병』은 이제 나은 모양이야."

그런 말을 했다.

"……『병』?"

멈칫.

움직임을 멈춘 로키는 천천히 헤스티아 쪽을 보았다.

어린 여신은 웃음을 짓거나 낯을 찡그리지도 않은 채, 하물며 농담을 하는 기색도 없이 그저 남신을 보고만 있었다.

"……땅꼬마. 『병』이라 카는 기 머고? 니 무신 소리 하노?"

로키가 묻자 헤스티아가 돌아보았다.

어린 여신은 의아하다는 듯 눈살을 찡그리며 한 단 낮은 시점에서 올려다보았다.

"로키도 디오니소스와 동류여서 같이 다니고 있었던 거 아냐?"

"동류……? 내랑? 디오니소스가?"

"이상한 조합이다 싶었지만, 금방 수긍했는데."

"아나, 문디 바라. 니 진짜 무신 소리고?"

로키는 지금 자신이 당황하고 있다는 사실을 깨달았다.

묘한 불안감이 생겨났다는 것도.

무슨 소리지?

자신과 디오니소스가 동류?

자신들에게 공통점이 있나?

남을 휘둘러대고 다닌다는 점에서? 아니면 술을 좋아한다는 점에서?

헤스티아가 무슨 말을 하는 거지?

말문이 막힌 것처럼 몇 번이나 더듬으며 눈앞의 여신에

게 힐문했다.

"목숨을 내놓고 싸웠던 것 말이야. 신들끼리."

"!!"

"그러니 너와 『동류』라고 했던 거고. 로키도 다른 신들에게 그런 싸움을 부추겼지?"

부릅, 하는 소리가 들릴 정도의 눈빛으로 헤스티아가 올려다본다. 하지만 로키는 그녀의 나무라는 듯한 눈초리에 신경을 쓸 여유가 없었다.

분명 로키는 천계에서 신들의 살육을 선동한 적이 있다.

하계에 내려와 【파밀리아】를 얻으며 성격이 둥글어진 그녀에게서는 도저히 상상할 수 없는, 그야말로 흉포하고 혼란스러운 신이었다. 천계 최고의 트릭스터라는 멸칭을 얻을 정도로.

그런 그녀가 한 번도 들어본 적이 없었던 정보에 로키는 경악했다.

그것은 곁에서 이야기를 듣던 레피야도 마찬가지였다.

"……디오니소스가 『싸움』 걸었던 넘들, 니 누군지 기억하나?"

"누구라기보다는, 전부라고 해야겠지? 그 무렵의 디오니소스는 예민해서 닥치는 대로 주위에 화풀이를 했어. 평소의 온화한 모습이 거짓말인 것처럼."

"……."

"뭐, 굳이 말하자면 제우스나…… 12신 이외에서는, 우라노스였지."

입을 꾹 다문 로키의 분위기는 알아차리지 못한 채, 헤스티아는 가녀린 턱에 손가락을 가져다댔다.

'이런 데서 우라노스 이름이 나왔네…….'

디오니소스는 로키와 결탁하기 전부터 『길드』를 수상하다고 지목했다.

정확히는 그 배후에 있는 우라노스를.

『제노스』건이 발각될 때까지는 한사코 신용하려 들지 않을 정도였다.

디오니소스와 우라노스 사이에는, 천계에서 살의를 들이댈 정도의 무언가가 있었던 걸까?

"디오니소스가, 우라노스나 다른 넘들한테 싸움 건 이유는 머고?"

"그러니까 『병』이었대도. 아니면 『발작』이라고 해야 하려나. 디오니소스는 옛날에 성격이 안 좋다고 했잖아?"

"……."

"우라노스한테 대든 것도 사소한 이유였어. 디오니소스가 일방적으로 대들었고. 뭐, 그래도 당사자들에게는 『발작』을 일으킬 만한 이유가 있었는지도 모르지."

헤스티아는 아무리 그래도 개인의 악연까지는 파악하지 못했다며 가벼운 어조로 말했다.

동시에, 당시의 험악하던 광경이라도 떠올렸는지 탄식하는 이들의 비호자인 어린 여신은 조금 슬퍼하는 기색을 보였다.

지루하기 그지없는 천계에서 쌓였던 『고름』이 하계에 내려오며 사라지는 경우는 신들 사이에서도 의외로 많다. 다른 이도 아닌 로키부터가 그랬다.

그러나, 하지만, 이제까지의 디오니소스는 전혀 그런 기미를 보이지 않았다. 로키도 상상하지 못했을 정도였다.

"……니는, 천계 시절의 디오니소스 보고, 어케 생각했노?"

로키는 질문의 방향을 바꾸었다.

동향 출신이라 그를 가까이에서 보았던 여신의 눈에는 당시의 디오니소스가 어떻게 비쳤느냐고.

"음～…… 나는 디오니소스가 『무서웠지』."

로키는 다시 한번 놀랐다.

헤스티아가 『무섭다』는 표현을 썼던 것이 의외였기 때문이다.

이 게으름뱅이 여신은 이상한 데에서 신망이 있다.

유명한 예를 들자면 천계에서 가장 완고하다고 알려졌던 헤파이스토스가 있다. 그리고 빈궁의 신 페니아도 그렇다. 그 유명한 크레이지 사이코, 하이퍼 울트라 히스테리 여신 헤라도. 다른 신들에게는 로리신이라고 바보 취급을 당하지만, 묘한 데서 신들과 친교가 있다.

좋은 의미에서도 나쁜 의미에서도 헤스티아는 평등했던 것이다. 아무도 차별하지 않고, 구별하지 않는다. 물론 로키처럼 싸움을 거는 상대나 바보 취급하는 자들에게는 분명히 화를 내지만.

그녀 자신의 권능도 있고 해서, 기억하기로는 우라노스나 제우스도 함부로 대하지 못했던 것 같았다.

수수해 보이지만, 성화를 꺼뜨리지 않는 『불멸』을 관장하는 그녀는 원래 『신격』이 높다.

그런 헤스티아가…… 디오니소스를 『무섭다』고 말했다.

"그래서 12신의 자리로 다퉜던 그때도, 싸울 거면 차라리 내가 내려가겠다고 했던 거야. 그렇게 살벌한 공기는 싫었거든."

당시의 헤스티아는 12신의 의자에서 폴~짝 내려온 후 "다들 사이좋게 지내~" 하며 허둥지둥 신전을 떠났다고 한다. 그 광경이 선명히 떠오른 로키는 자기도 모르게 어깨에서 힘이 빠져버렸다.

그러나 그녀가 사퇴해 공석이 생겼으므로 디오니소스의 『병』도 도지지 않았던 것이다.

"뭐, 아무도 몰랐던 걸 보면 내 착각일 수도 있지만."

헤스티아는 그렇게 마무리를 지었다.

고개를 들고 앞을 보니, 아이들의 웃음 속에 묻힌 디오니소스가 있다.

"그래도 저러는 걸 보면 이젠 걱정 없을 것 같아. 다행이야."

곁에 선 로키는 아무 대답도 하지 못했다.

대신 다른 정보를 얻고자 입을 열려 했으나,

"아나, 땅꼬마. 니 쫌 자세히 말——."

"어, 아아아아?! 어떡해, 알바 지각하겠다~~~?!"

자신의 상황을 떠올리고 비명을 지른 헤스티아는 째앵!
달려가고 말았다.

"지 하고 싶은 말만 하고 가뺐다……."

말릴 틈도 없이 가버리는 조그만 뒷모습을 보며, 내밀려
던 손을 축 늘어뜨렸다.

홀로 남은 로키는 아직까지 갈팡질팡하는 레피야와 함
께 디오니소스에게 시선을 돌렸다.

귀공자와도 같은 남신은 지금도 태연자약하게, 그러나
사랑스럽다는 듯 아이들과 어울리고 있었다.

태양이 중천에서 서쪽으로 기울어가는 오후.

도시의 메인 스트리트는 많은 사람들로 붐볐다.

종족이 서로 제각각인 데미휴먼의 왕래는 평소보다도
어딘가 많은 것처럼 보였다. 이를 증명하듯 슬럼 출신
사람들이 모여 다니며 최소한도의 물건만을 구입하고 있
었다.

『다이달로스 거리』가 『무장한 몬스터』의 출현으로 전장
이 되었던 것은 아직도 사람들의 기억에 생생하다. 길드나
【가네샤 파밀리아】, 그리고 【로키 파밀리아】가 중심이 되어
복구작업을 진행하는 가운데, 미궁거리의 주민들에게는

수복이 끝날 때까지 임시 주거가 제공되었다. 그들은 슬럼에서 벗어난 대로변의 생활을 할 수밖에 없었다.

하지만 미궁거리의 주민을 비롯해 길을 가는 사람들의 얼굴에는 고통과 비탄 같은 빛은 볼 수 없었다.

지상에 진출한 몬스터의 위협이 사라지고 편안한 일상이 돌아와 안도한 것이다.

그렇다. 모두가 평화를 누리고 있다.

진정한 위협―― 시시각각 다가오는 『도시 붕괴의 카운트다운』을 모른 채.

"천계 시절의 디오니소스 님이 위험한 신이었다니…….."

웃음이 피어나는 인도를 멍하니 바라보며 레피야가 중얼거렸다.

대형 마석 가로등 밑에서, 솟아났다가는 사방으로 퍼지는 목소리의 파편이 인파에 스며들어 사라졌다.

'피르비스 씨는 이 이야기를 알고 있을까……?'

여신 헤스티아의 말을 돌이켜보며 그런 생각을 하고 있을 때.

"미안하다, 레피야. 오래 기다렸나?"

"아…… 피르비스 씨!"

당사자인 엘프가 인파를 누비며 눈앞까지 다가왔다.

"……? 왜 그러지. 무슨 일 있었나?"

"아, 아뇨, 아무것도 아니에요."

디오니소스에 대한 이야기가 뇌리에서 어른거린 레피야

는 얼버무리며 웃음을 지었다.

그를 경애하는 피르비스에게 이런 이야기를 하면 기분이 상할 것이라 생각했기 때문이다. 게다가 고결한 그녀라면 주신의 과거에 무슨 일이 있었더라도 끝까지 지지해주리라는 이해도 있었다.

"죄송합니다, 억지로 시간을 내게 해서……."

"아니, 나도 너와 이야기를 나누고 싶었으니까. 크노소스의 작전이 시작되기 전에."

뒷말은 목소리를 낮추어 속삭이며, 약속장소인 대형 가로등 아래에서 이동을 시작했다.

의논을 마친 로키가 저택으로 돌아간 후, 레피야는 호위 임무에서 풀려났다. 지금은 피르비스가 디오니소스를 홈까지 바래다주고 오기를 기다리고 있었다.

먼저 제안하기는 했지만, 레피야에게 딱히 의논 거리가 있는 것은 아니었다.

다만 요즘 들어 바빠져 제대로 이야기를 나눌 기회도 없었으므로, 오랜만에 천천히 피르비스와 대화를 해보고 싶었다.

어딘가 카페에라도 들어가자고 제안하자, 피르비스는 고개를 가로젓고 레피야를 어디론가 안내했다.

시가지를 벗어나 도착한 곳은 시내가 내다보이는 높은 지대.

인기척도 없어 누군가가 엿들을 걱정을 하지 않아도 되

는 그런 곳이었다.

"조금 전에 나 이외의 단원…… 【디오니소스 파밀리아】의 작전 참가가 본격적으로 결정됐다."

"그렇, 군요…… 그렇겠네요."

시내를 내려다보는 피르비스의 말에 레피야는 깊이 고개를 끄덕였다.

이번 작전에는 인원이 필요하다. 전투능력은 【로키 파밀리아】와 비교할 정도가 아니라지만, 인원이 많은 【디오니소스 파밀리아】가 참가하는 것은 필연적이라 할 수 있었다.

이제까지처럼 피르비스 혼자가 아니다. 디오니소스도 진심으로 나섰다.

"레피야…… 너도 이번 작전에 참가하나?"

"……? 네, 물론이죠."

등을 돌린 채 물은 피르비스에게 레피야는 눈썹을 의아하다는 모양으로 구부렸다.

동시에 기시감도 들었다.

그렇다. 약 4개월 전, 『원정』전의 특훈 때에도 같은 말을 들었다.

그때 피르비스는 레피야에게 장벽마법 【디오 그레일】을 전수해주었다.

그리고 지금은──

"──레피야, 오라리오에서 떠날 수는 없을까?"

그런 제안을 했다.

"네⋯⋯?"

"이 작전이 끝날 때까지, 도시 밖에라도. 어딘가 먼 도시, 혹은 동포의 향리여도 상관없어. 혼자 가기 싫다면 어쩔 수 없으니 나도 따라가 주지. 디오니소스 님의 호위를 맡지 못하는 것은 안타깝지만, 아우라 같은 동료들이 작전에 참가한다면 맡길 수 있으니까. 너 한 사람 빠지더라도【로키 파밀리아】라면 큰 지장은——."

"자, 잠깐! 잠깐만요, 피르비스 씨!"

레피야는, 정신이 들고 보니 목소리를 높이고 있었다.

자신을 보려고도 하지 않고 말을 이어나가는 피르비스에게 몸을 내밀었다.

"왜 갑자기 그런 말씀을 하세요?! 그야 저는 아직 제 몫을 다하진 못하지만! 결전을 앞두고 혼자 도망치는 비겁한 짓은 할 수 없어요! 저도 자긍심이 있는 엘프라고요!"

갑작스러운 제안에 혼란을 느끼며, 무슨 소리를 하는 거냐고 발언의 진의를 캐물었다.

그런 레피야에게, 피르비스는 한동안 침묵한 후 돌아보았다.

"너는, 죽는다."

"네⋯⋯?"

"지난번 침입에서 그것을 잘 알았지."

그리고 피르비스는 진지하던 분위기를 날려버리고 비난

하듯 눈을 흘기며 레피야를 바라보았다.

"어, 어라?"

식은땀을 삐질삐질 흘리던 레피야는 피르비스가 무슨 말을 하려는지 이해했다.

첫 번째 크노소스 침입 당시, 레피야는 상당한 『막무가내』를 저질렀던 것이다.

그야말로 행동을 함께 했던 피르비스에게 큰 소리로 꾸지람을 들었을 정도로. 그 후에는 적대 파벌의 주신 타나토스와 맞닥뜨리고 포위당하고. 황소형 『데미 스피리트』 구갈라나와 대치하고. 아무리 좋게 말해봤자 죽어도 이상하지 않을 상황이었다.

피르비스는 당시의 일에 원한……이 아니라 우려를 품고 있는 것이다.

"너는 자신을 지나치게 경시하지. 그리고 희생을 치르려 해."

"그, 그렇지는……."

"아니, 맞아. 너는 반드시…… 절망할 거다."

그리고 처음으로, 피르비스는 감정을 드러냈다.

목소리에 담긴 그 감정은 비관 같기도, 애원 같기도 했다. 레피야에게는 그렇게 들렸다.

"나는 그날 이래 처음으로…… 그래, 처음으로, 잃어버리는 것이 두렵다는 생각이 들었다. 나의 집착은 디오니소스 님에게만 향한 것이었거늘…… 네가 사라져버리는 것이, 두렵다."

『그날』이란 바로『제27계층의 악몽』을 가리킴을 레피야는 깨달아버렸다.

『밴시』라는 기피의 별명으로 불리며 멸시의 대상이 되면서 마음이 차갑게 얼어붙었던 피르비스가, 이렇게나 레피야를 생각해주게 되었단 말인가.

"부탁이다, 레피야……. 나의 바람을 들어주지 않겠나?"

너무나도 기뻤다. 진심으로. 굉장히.

하지만.

피르비스의 절실한 눈빛 앞에 한 번 고개를 숙였던 레피야는, 얼굴을 들었다.

흔들림 없는 의지를 담아.

"미안해요, 피르비스 씨."

"……."

"저는 도망칠 수 없어요."

피르비스의 붉은 눈이 슬픔으로 가늘어졌다.

그 눈에 가슴이 시큰거리는 것을 느끼며, 레피야는 질끈 눈꼬리를 틀어 올렸다.

"게다가── 그 휴먼도 Lv.4가 됐단 말이에요!"

"뭐……?"

"벨 크라넬 말이에요! 벨 크라넬!! 새로운 별명까지 얻고『원정』강제 미션도 확정!『기대의 모험자』라고 코웃음이 나올 만한 소리까지 들어가면서요! 그 휴먼은 그런 게 아니라고요! 그 사람은, 좀 더, 좀 더……!! 피르비스 씨도 소문 정도는 들었겠죠?!"

"어, 응……."

"딱히 아무렇지도 않거든요?! 저도 로키에게 부탁하면 당장 Lv.4로 【랭크 업】 할 수 있거든요?! 절대 추월당한 게 아니거든요?! 추월당하고 말았지만……!! 아, 아직, 승부는 이제부터 시작이에요!"

"레, 레피야……?"

"맞아요, 그러니까 전 도망칠 수 없어요! 그 휴먼은, 검은 미노타우로스를 상대로도 도망치지 않았어요! 굉장히 뜨겁고, 강하고, 뱃속이 부글거릴 정도로 고결했어요! 저, 저도 그 정도는……! 아니면 뭔가요, 피르비스 씨도 그 휴먼은 할 수 있고 저는 할 수 없다고 생각하나요?!"

"그, 그런 소리 안 했어!"

"저도! 하면! 할 수 있어요! 아뇨, 해내고 말 거예요!!"

발을 동동 구르며 외쳤다.

눈을 질끈 감고, 두 주먹을 꼭 쥐고, 얼굴을 새빨갛게 물들이며.

중간부터는 분노와 분함이 다시 타올라 스스로도 제지를 할 수 없었지만, 거짓 없는 본심이었다.

후욱후욱 콧김을 뿜으며 뜻을 새로이 다지는 동족의 모습을 보고, 먼저 애원했던 피르비스는 식은땀을 흘리고 있었다.

"……그러니까."

이윽고.

겨우 머리에서 열이 식은 레피야는 눈앞의 붉은 눈을 바라보며 마지막으로 말했다.

"저는, 아이즈 씨나 다른 분들에게 힘이 되어드릴 거예요. 공포에도, 절망에도 맞서면서…… 모두를 구하고 말거예요."

그것은 마도사의 긍지이기도 했다.

자신을 지키는 모험자들을 구하는 검도, 방패도 되고싶다.

리베리아와 아이즈에게 배웠던 말이 지금은 레피야의『맹세』가 되었다.

과거의 마음 약한 마도사는 어디에도 없었다.

어떤 소년과 마찬가지로, 강하게 성장한 소녀는 피르비스의 청을 거절했다.

한순간 바람이 불었다.

비단처럼 매끄러운 흑발과 선황색 머리카락이 함께 나부꼈다.

도시의 소음이 멀리서 들려오는 가운데, 피르비스는 잠시 후, 웃음을 지었다.

"너는 정말로 제멋대로에, 고집쟁이에…… 자긍심 강한 엘프구나."

"어……."

마치 레피야의 대답을 다 알고 있었다는 듯 깔끔하게,

그리고 동시에 어딘가 덧없이.

"그렇다면 내가 너를 지키마. 너만은, 결코 죽게 하지 않겠어."

"피르비스 씨……."

"내 몸과 바꿔서라도."

그것은 언젠가, 어디선가 들은 적이 있는 것과 같은 말이었다.

레피야와 마찬가지로, 피르비스에게도 『맹세』가 된 것이 있다.

자신의 몸과 바꿔서라도, 라니. 그런 말은 하지 않았으면. 그렇게 말하려던 레피야는 입을 다물었다. 자신과 마찬가지로, 그것만은 양보할 수 없다고 붉은 눈이 말하고 있었다.

그러므로 레피야는 눈썹을 늘어뜨리며 웃었다.

"우리 이겨요. 이 싸움에. 그리고 둘이서…… 함께 돌아와요."

"……그래. 그렇게 되도록, 노력하지."

그녀다운 대답에 미소를 나누었다.

푸른 하늘 아래, 레피야와 피르비스는 누가 먼저랄 것도 없이 걸어 나갔다.

결의를 나눈 언덕을 뒤로 하고, 앞으로 나아가기 시작했다.

"하지만…… 도시 밖으로 나간다는 건 괜찮을 것 같아요."

"응?"

어깨를 나란히 하고, 레피야는 문득 그런 말을 입에 담고 있었다.

의외라는 표정을 하는 피르비스에게 웃음을 보였다.

"피르비스 씨랑 알게 된 후로는 계속 싸우기만 했으니까요. 그러니까 이 싸움이 끝난 다음에, 둘이 여행이라도 가지 않겠어요?"

"레피야……."

"기왕이면 저희 고향은 어떨까요? 앞으로 조금만 있으면 대성수가 『광관(光冠)』을 맺을 때거든요. 다른 마을에서는 볼 수 없는 『위세의 숲』만의 특징이라는데, 굉장히 아름다워요! 화관을 쓴 것처럼 반짝반짝 빛의 파편이 흩어지는 게……."

"……극동의 벚꽃처럼?"

"네! 게다가 저만 아는 화원도 있거든요! 거기도 깜짝 놀랄 정도로 아름다워요! 그러니까…… 함께 가요."

고향인 『위세의 숲』에 대해 이야기했다.

둘이서 보는 비장의 광경은 분명 훌륭할 것이다. 어쩌면 화원은 이미 누군가가 찾아냈을지도 모르지만, 그래도 상관없다. 그곳에서 만들 추억은 레피야와 피르비스, 두 사람만의 것이 될 테니까.

이 싸움을 넘어서서.

반드시 보러 가자고.

레피야는 약속을 제안했다.

"그래……."

꽃처럼 웃는 레피야의 눈앞에서.

피르비스는 투명한 웃음을 머금었다.

"모든 것이 끝나면, 가자. 약속하지."

【프레이야 파밀리아】의 홈 『폴크방』에서는, 전쟁의 평원이라는 이름 그대로 밤낮 단원들 사이에서 『치열한 싸움』이 펼쳐진다.

모의전이라 하기에는 지나치게 격렬한 전투. 단련이라는 이름의 목숨을 건 싸움. 주신 프레이야의 총애를 쟁취하기 위해, 모두가 누구보다도 강해지고자 격렬하게 무기를 맞부딪친다.

——그러나 그날, 【프레이야 파밀리아】의 단원들은 움직임을 멈추고 있었다.

벽으로 에워싸인 들판에서, 무장을 했으면서도 가만히 선 채 같은 방향을 바라볼 뿐이었다.

시각은 서쪽 하늘이 꼭두서니색으로 물들 황혼 녘.

그들은 하나같이 그 『싸움』에 눈길을 빼앗기고 있었다.

"으음!"

"크윽?!"

솟아나는 굉음, 깎여 올라오는 대지.

튕겨져 날아가는 풀꽃과 흙덩어리 속에서, 충격에 날아가 버린 금발금안의 소녀의 몸이 떠올랐다.

보어즈 무인이 펼친 높은 상단 내려치기를 아슬아슬하게 회피한 아이즈는 들판을 분쇄하는 일격에 전율할 새도 없이, 순식간에 측면으로 육박한 추가공격에 대처할 수밖에 없었다.

"흐으읍!"

밀려드는 대검에 애검《데스퍼러트》를 맞부딪친다.

아이즈는 눈을 가늘게 뜬 오탈을 보며 가속해, 주위에서 지켜보는【프레이야 파밀리아】단원들의 호흡을 빼앗을 정도로 장절하게 검을 얽고, 얽고 또 얽었다.

오탈과의『단련』.

도시 최강의 Lv.7에게 청한 훈련이, 오늘도 격렬한 선율을 울리며 이어졌다.

특훈 요청을 받은 오탈은 아이즈에게 조언 따위 해주지 않았다.

그저 하염없이 검을 겨루었다. 그뿐이었다.

가혹한 실전형식. 자신과의 싸움 속에서 모두 배우라는 양 검과 검을 맞부딪쳤다. 말주변이 없는 아이즈도 벨과의 단련에서 같은 형식을 취했으나, 이쪽에 비하면 압도적으로 귀여운 수준이었다.

그도 그럴 것이, 오탈에게는 이끌어주고자 하는 뜻이 없었다.

아이즈가 스스로 갈고 닦는 것이 당연하다는 양, 보어즈 무인은 그저 강하기 그지없는 힘을 부딪쳐댈 뿐이었다. 무기는 물론 진검이었으며, 잘못 맞았다간 목숨은 금세 사라진다. 실제로 오탈은 아이즈가 시시한 실수를 저지르면 가차 없이 일도양단해버릴 것이다.

아이즈는 매일 너덜너덜해졌다.

해가 뜨기도 전부터 특훈을 개시해, 해가 저문 후에도 싸우고 또 싸웠다. 땅바닥에 널브러진 채 달이 뜬 하늘을 올려다볼 수 있는 것은 날짜가 바뀔 무렵. 하루가 끝나면 들판에 드러누워 한순간 기절한 다음, 이른 아침부터 다시 특훈을 개시한다. 침대조차 주어지지 않았다. 프레이야의 종자인 회른이라는 소녀가 보다 못해 갈아입을 옷이며 젖은 수건 같은 것을 마련해주지 않았다면 몸도 제대로 씻지 못했을 것이다.

특훈이 시작된 지 이미 7일.

아이즈는 자신이 과거의 백발 소년과 같은 입장이 되었음을 깨달았다.

원래 같으면 그것이 우습고 멋쩍어서 조그만 웃음을 지었겠지만, 지금은 그런 여유조차 없었다.

끊임없이 밀려드는 강격의 폭풍에 오른손에 든 검을 번뜩이고만 있었다.

"느리다."

"~~~~~~~~~~?!"

강력한 일격이 날아들었다.

제대로 막지 못해 날아가버린 아이즈는 몇 번이고 땅바닥을 굴러, 겨우 멈추었을 때 한쪽 무릎을 꿇고 앉았다. 어깨로 숨을 몰아쉬는 그녀와 달리 오탈은 땀 한 방울 흘리지 않는 멀쩡한 얼굴이었다.

이미 아이즈의『바람』은 끊어진 지 오래였다.

훈련이 시작되었을 때부터 발동했던 【에어리얼】은 점심이 되기도 전에 마인드가 다해, 지금은 순수한 백병전만을 벌이고 있었다. 강력한『마법』이 가져다주는 육체의 부담만은 오탈이 강제로 떠안긴 수많은 엘릭서로 얼버무리고 있었다.

끝없는 저력을 가진 듯한 오탈의 강인함은 그야말로 경탄할 지경이었다.

자신이『바람』을 두르든 말든, 아이즈를 완전히 꺾고 압도하는 실력.

아이즈는 분한 마음을 내비치며, 상처를 억누르고 흙으로 지저분해진 얼굴을 팔로 거칠게 닦았다.

"……【검희】."

"……?"

그때.

자세를 푼 오탈이 웬일로, 아니, 처음으로 단련 중에 질문을 건넸다.

"네가 이렇게까지 해서 싸우고자 하는 상대는, 얼마나

© Kiyotaka Haimura

대단한 존재냐.”

오늘까지 특훈을 하면서 죽을 둥 살 둥 덤벼들던 아이즈의 각오와 박력은 오탈도 인정할 만한 것이었으리라.

자신과의 특훈 너머에 기다리는 『목표』에, 도시 최강의 Lv.7이 처음으로 관심을 보였다.

“……모르겠어. 상대의 저력이, 보이질 않아.”

반면 아이즈는 솔직한 감상을 말했다.

뇌리에 떠오르는 모습은 피처럼 붉은 머리카락을 출렁이는 괴인.

Lv.6으로 【랭크 업】해 따라잡았다 싶었더니, 그야말로 초인적인 속도로 아이즈를 웃돌아버린 『강화종』. 아이즈의 눈앞에서 그랬듯 『마석』을 먹어 더 큰 힘을 얻고 있다면 이제는 안이하게 전력을 예상해서는 안 된다.

아이즈는 몇 번이고 말을 흐리다가, 자신의 견해를 털어놓았다.

“하지만, 순수한 【스테이터스】만 보면…… 분명, 당신보다도, 강해.”

“…….”

아이즈는 크노소스에서 싸운 시점에서의 역량을 돌이켜보고 말했으며, 오탈은 두 눈을 가늘게 떴다.

마치 투쟁심에 자극을 받은 것처럼.

무서운 점은, 눈앞에 있는 보어즈 무인도 『전력』을 다하지 않았다는 것이다.

이 무인은 『마법』은 고사하고 『스킬』도 전혀 사용하지 않은 채, 순수한 【스테이터스】만으로 아이즈와 맞서고 있다. 아이즈의 필살 공격인 『바람』마저 육체만으로 짓눌러 버렸다.

가공할 전투경험에 기초한 압도적인 『기술과 허허실실』까지 구사해서.

무엇보다—— 아이즈는 오탈의 『종족』을 돌이켜보고, 그에게는 아직 『비장의 카드』가 있다고 확신했다.

"괴인, 말이군……. 탐무즈에게 듣기는 했다만……."

생각났다는 듯 중얼거리는 목소리에 괴인이라는 단어가 나와 아이즈가 놀라고 있으려니, 오탈은 아랑곳 않고 말을 이었다.

"【검희】. 너와 겨루면서 알아낸 것이 있다."

"?"

"너는 스스로 생각하는 것만큼 대인전에 뛰어나지 못해."

"?!"

느닷없는 말에 아이즈는 깜짝 놀랐다.

동시에 디딩—! 하고 충격을 받았다.

자만했던 것은 아니지만, 아이즈에게도 이제까지 열심히 싸워왔다는 자부심이 있었고, 뭐, 주위에서도 【검희】라 부르는 만큼 여러모로 자신감도 느꼈다.

그런데도 자신보다 격상인—— 도시 최강의 사내에게 부정을 당했으니, 충격 한두 번쯤은 받고도 남는다.

"주위와 비교하면 훨씬 뛰어나지. 너는 충분히 강하다. ……하지만 나나 핀 같은 놈과 비교하면, 미지근해."

"……!"

"우리 시절에는 제우스와 헤라가 있었다. 우리의 반격 정도는 아무렇지도 않게 여기던 괴물들……. 그 시절, 그때의 오라리오에 있던 자들은 싫어도 대인전 기술을 갈고 닦아야만 했다."

과거의 기억에 잠긴 무인의 말은 아이즈의 가슴을 후벼 팠다.

핀을 비롯한 수뇌진도 헤쳐 나왔던 격동의 시대. 도시의 『암흑기』—— 이블스와의 항쟁이 종결될 때까지 이어졌던 가혹한 시대다.

역시 『경험』의 무게는 뒤집을 수 없단 말인가.

모험자로서 레비스를 이길 수는 없단 말인가. 아이즈는 그렇게 생각하며 입술을 깨물었다.

그러나 그때, 오탈의 어조가 바뀌었다.

"하지만 착각하지 마라. 너의 본질은 그게 아니다."

그리고 말했다.

"네 검의 본질은 『사람과 싸우는 검』이 아니라—— 『괴물을 죽이는 검』이다."

"!!"

경악했다.

고개를 들자, 눈앞에는 여전히 아이즈를 꿰뚫어 보는 듯한 녹슨 색깔의 두 눈이 존재했다.

"던전에서 싸우는 너를 몇 번인가 본 적이 있지. 그리고 이번 단련을 거쳐 확신했다. 너의 검은 몬스터를 죽이기 위해서만 특화된 기술이다. ⋯⋯효율을 추구하고, 잡념을 배제하며, 상처를 돌보지 않은 채, 집념의 극한에 이른 경지. 그 한 점에 관해서 너는 나나 핀을 능가한다."

괴물을 죽이기 위해서만 휘둘렀던 검기.

수많은 몬스터를 없애고 괴물의 산을 쌓았던 살육의 칼날.

그 점에서만은 자신들조차 한 수 밀릴 거라고, 오탈은 그렇게 말한 것이다.

아이즈는 눈을 크게 뜨고, 동요하는 한편, 다음에 들려 올 오탈의 말을 예견하고 말았다.

"너는 예의 그 괴인과 싸울 때 상대를 『사람』으로 간주했던 것이 아닌가?"

"웃⋯⋯!"

그렇다.

아이즈는 레비스를 자신과 같은 모험자── 혹은 『전사』로 생각하고 검을 나누었다.

어디까지나 그것은 그녀가 인간의 형태를 띠고 있으므로. 의사소통이 가능했으므로.

괴인이라는 정체를 안 후에도 아이즈는 레비스를 전사로 생각하고 대치했다.

"실제로는 『괴물』인 적을 『인간』으로 생각하는 이상, 너에게 승산은 없을 거다."

단언하는 말에, 손에 쥔 검이 떨렸다.

오탈은 아이즈의 『능력』을 알지는 못할 것이다.

등에 새겨진 『스킬』의 전모에 대해서는.

분명 레비스에게 그 힘을 발휘하면, 이제까지와는 다른 싸움이 가능할지도 모른다.

그러나 아이즈가 가진 『힘』의 근원은——『집념』의 힘은 지금, 망설이고 있다.

다른 이유가 아니다. 그날 달빛 아래에서 싸운 소년의 각오와 용종 소녀의 눈물 때문에, 갈 곳을 잃어버렸다.

조금 전보다도 더 깊은 고뇌를 드러내는 아이즈에게, 오탈은 눈을 날카롭게 떴다.

"……『무장한 몬스터』와 상대하며, 망설임을 느꼈나."

"!"

이 사람은 어디까지——.

모조리 간파당한 속마음.

목이 바짝 마르는 것을 느끼며 식은땀을 흘린 아이즈는, 정신이 들고 보니 굳어버린 혀를 움직이고 있었다.

"당신은, 어떻게, 날……."

"너의 사정 따위 모른다. 모르지만, **알 수 있다**. 너의 펼펄 끓는 의지를, 다름 아닌 너의 검이 드러내고 있지."

불꽃을 튕기며 서로 맞부딪쳤던 검이 모든 것을 가르쳐 주었노라고, 무인은 그렇게 말했다.

아이즈는 시선을 손으로 떨구었다.

그곳에는 망설임을 담은 얼굴을 비추는 은색 검신이 있었다.

"나는 네 갈등에 결판을 내줄 대답도, 방법도 모른다. 애초에 흥미도 없다. 그러나, 할 말이 있다고 한다면——."

아이즈보다도 강한 도시 최강의 모험자는 말했다.

"——자신의 모든 것을 쏟아붓지 않고서, 어떻게 자신보다 강대한 적을 이길 수 있지?"

그 말은 아이즈의 마음을 더할 나위 없이 강하게 흔들었다.

아이즈는 망설이고 있다. 정확하게는, 고민을 미루고 있었다.

『제노스』라는 존재를. 몬스터는 반드시 격멸해야 할 절대악이라고 간주해야 할까.

하지만 눈앞의 무인은 그런 것조차 『사소하다』고 단언했다.

넘어서야 할 『벽』이 있다면 자신의 모든 것을 동원해 넘어서라고, 그렇게 말한 것이다.

다음 순간, 오탈은 몸에 두른 공기를 순식간에 바꾸며 날카롭게 한 걸음 파고들었다.

눈을 크게 뜬 아이즈는 어떻게든 《데스퍼러트》를 쳐올려 그 강력한 일격을 받아냈다.

"너에게는 『불꽃』이 있다. 자칫 잘못하면 자신을 태워버릴 수도 있는 『검은 의지』가."

"……!"

"거기에 휩쓸리지 마라. 제어해라. 그리고 떠올려라."

가차 없는 검격, 끊임없는 충격과 함께 들려오는 언령.

경악을 드러낸 소녀에게, 보어즈 사내는 그 『진리』를 쏟아댔다.

"앞으로 네가 맞설 적은――『통과점』에 불과하다는 것을."

"!!"

아이즈의 뇌리에 한 가지 광경이 재생되었다.

거친 겨울의 광경이. 모든 것을 잃고 울부짖던 한 소녀가.

그리고 도달해야만 하는 단 하나의 『비원』이.

"――아아아!!"

아이즈는 외치고 있었다.

굉음을 뿌리며 오탈의 일격을 튕겨내고, 열화와도 같은 반격에 나섰다.

등이 시큰거렸다. 등에 새겨진 신의 문자가.

하지만 그것은 아이즈를 집어삼키는 파멸의 불꽃이 아니었다.

그녀의 눈동자가 노려보는 건너편에 서 있는 『목표』――한 명의 적에게 향하는 전의의 맹렬한 불길이었다.

휩쓸리지 말고 제어해라.

결코 길을 잘못 들지 마라.

증오하기에 격멸하는 것이 아니다.

동료를, 가족을, 이 미궁도시를—— 지키기 위해 타도하는 것이다.

"아아아아아아아아아아아아아——!!"

아이즈의 의지에 불이 붙었다.

이제까지 없을 정도로 힘차게, 검의 폭풍을 일으켰다.

"그렇게 나와야지——."

그것은 오탈이 아니고서는 할 수 없었던『격려』.

아이즈의『과거』를 아는 리베리아나 가레스, 핀, 로키는 건넬 수 없었던 말.

소녀와는 무관하고 무엇보다도【맹자】인 그가 아니고서는 가르쳐줄 수 없었던『결의의 수단』이었다.

아이즈의 검기가 가속했다.

마땅히 쳐야 할 적을 노려보며.

눈앞의 무인에게, 한 여성의 그림자를 겹쳐보며.

눈을 가늘게 뜬 오탈은, 그저 자신의 힘으로 대응할 뿐이었다.

4장

어벤져스
~Knossos War~

Гэта казка іншага сям'і.

Мсціўцы
~ Кноскі вайны ~

아이즈 발렌슈타인

Lv.6

힘: H100 → 154 내구: H117 → 153 기교: H131 → 189 민첩:
H112 → 174 마력: H154 → G202

수렵인: G 내성: G 검사: I 정유: I

"숙련도 토탈 250 오버…… 어데서 멀 했는진 몰라도,
엄청난 수행을 했나보네."

로키의 웃음을 참는 목소리가 등 뒤에서 들렸다.

상반신에 아무것도 걸치지 않은 아이즈는 로키가 건네
준【스테이터스】갱신용지를 보며 조용히 주먹을 쥐었다.

종이를 촛불에 대 태웠다.

새빨갛게 모두 타버릴 때까지 지켜본 후, 배틀클로스를
입고 얼굴을 창밖으로 향했다.

"자, 이제 준비는 끝났데이. ──오늘이 전쟁의 시작인
기라."

크노소스 공략작전 개시 당일.

동쪽 하늘에서 아침놀이 시작되려 했다.

도시 남동부, 『다이달로스 거리』는 흉흉한 공기로 에워
싸였다.

무장한 모험자, 수많은 헌병. 전자는 도시의 질서를 지키는【가네샤 파밀리아】이며, 후자는『길드』의 직원이다.

현재 이 슬럼가에 주민은 한 사람도 없다.

표면상으로는 거리의 수복을 위해.『무장한 몬스터』의 지상진출로 인해 전장이 된『다이달로스 거리』의 복구를 진행한다는 명목으로, 일반인은『길드』의 지시에 따라 도시 북서부의 임시 주거로 옮겨졌다.

진상은, 지금부터 시작될『공략작전』에 말려들지 않게 하기 위해.

『제노스』가 지하로 돌아간 후에도【로키 파밀리아】가 다른 파벌과 함께 복구작업에 협조했던 이유는 여기 있었다. 위화감 없이 미궁거리에 주둔하며, 혼란을 초래하지 않고, 지극히 자연스럽게 일반인을 퇴거시킨 후, 엄중한『포위망』을 구축하기 위해. 지시에 응하지 않은 무법자들은 모조리 체포되어 강제 퇴거당했다.

현명한 자는 깨달았으리라.

소란이 퍼져가는 주위 구역과 달리, 이『다이달로스 거리』에서는 부자연스러울 정도로 일체의 소리가 사라졌다는 사실을.

"언니! 길드 직원들한테는 이번 작전이 얼마나 알려진 거야?!"

"목소리가 크다, 일타. 던전의 두 번째 출입구가 있다는 것만 슬쩍 알리고, 이번에는 그곳을 조사하러 간다는 명목이다. 직원들 사이에서도 쓸데없는 혼란이 생기지 않도록 로이만이 손을 잘 썼다고 하더군.”

『다이달로스 거리』의 중앙지대.

그곳에 자리한【가네샤 파밀리아】의 진지에서, 일타라 불린 붉은 머리의 아마조네스가 소란을 떨고 있었다.

“미안해, 언니……. 하지만 나는 짜증이 난다고! 제1공략인지 뭔지에 왜 우린 참가하지 못한다는 거야! 그 파룸 꼬마 자식, 언제나 우릴 편리하게 써먹기만 하지……!”

“우리의 임무는『다이달로스 거리』의 경비다. 일반인이 드나들지 못하게 하는 것은 물론 안에서 밖으로 도망치려 하는 자를 놓쳐서는 안 된다. 이것도『포위망』의 일환이다.”

그런 그녀에게 대답한 사람은 남색 머리카락을 출렁이는 장신의 여인.

【가네샤 파밀리아】의 단장, 샥티 바르마였다.

“게다가 우리 외에【헤파이스토스 파밀리아】도 제1공략에서는 제외되었다. 핀은 결코 우리를 경시하는 게 아니야. 반대로 이 다음을 내다보고 내린 판단이지.”

“……그러고 보니 정말【키클롭스】가 안 보이네. 다른 스미스는 그렇다 쳐도 그 여자를 쓰지 않을 이유가 없을 텐데. 뭔가 아는 거라도 있어, 언니?”

“얼마 전 이곳 미궁거리에서 벌어진 공방전 때【로키 파밀리아】를 습격했다더군. 신용을 잃은 것은 아니겠지만, 다른 단원들에게 보기 좋지 않으니 이번 작전 그 자체에서 제외되었지. 본인은 삐졌던걸."

"그 여자는 뭐 하는 거야……."

마스터 스미스이자 Lv.5의 전력을 가진 츠바키 콜브랜드의 사정에 일타는 어이없다는 표정을 지었다.

"……그래도 받아들이기 힘들어. 우리도 하샤나를 잃었는데."

일타는 입술을 깨물며 온갖 감정을 드러냈다.

제18계층 리빌라 마을에서 참살당한 강권투사 하샤나의 복수를 언급하는 그녀의 말에 샥티가 잠시 입을 다물고 있으려니.

"화내지 마라, 일타!! 쿨해져라!! 바로 나, 가네샤처럼!!"

"닥쳐 가네샤."

"시끄러워 가네샤."

괴상한 포즈를 짓는 코끼리 가면의 신이 등장했다.

쌀쌀맞은 권속들에게 전혀 주눅 들지 않은 가네샤는——자세를 바로 하고 분위기를 바꾸었다.

"우리는 복수자여서는 안 된다. 군중을 지키는 방패라면. 죽은 하샤나도 자기 탓에 우리가 길을 벗어나기를 바라지는 않을 거다."

그 말에 샥티와 일타는 슬쩍 눈을 크게 떴다.

그리고 주신의 그런 모습에 이내 고개를 끄덕여 대답했다.

돌아보는 그들의 시선 너머에는 벽에 뻥 뚫린 지하통로

의 입구가 있었다.

숨겨진 마굴, 『인조미궁 크노소스』였다.

"어, 아미드! 아미드도 이 작전에 참가해?!"

티오나의 놀란 목소리가 석조 통로에 메아리쳤다.

【가네샤 파밀리아】가 지상을 경계하는 동안, 【로키 파밀리아】를 중심으로 한 돌입부대는 지하에 있었다. 크노소스의 『문』과 인접한 『지하의 비밀통로』였다.

모험자가 들끓는 가운데, 티오나와 티오네는 은백색 장발을 출렁이는 미소녀를 맞이했다.

"예. 핀 단장님께 요청을 받아서, 이기도 하지만 저의 뜻이기도 하지요. 그보다도…… 먼저 사과를 드려야 할 것 같습니다. 저희의 제약 작업 탓에 작전 결행이 늦어져서 정말 죄송합니다."

"무슨 소리야. 아미드네가 안티 커스 비약을 마련해주지 않았으면 이 작전의 성공률은 뚝 떨어질 거라고 단장님도 말씀하셨는걸."

"맞아맞아! 상처 하나라도 입으면 낫지 않잖아! 쳐들어가봤자 자빡일 뿐이라구!"

"자폭이지, 바보야."

티오네와 티오나의 대화에, 고개를 숙이고 있던 아미드는 희미한 미소를 지었다.

도시 최고의 힐러로 명성이 자자한 그녀의 의상은 평소

의【파밀리아】제복이 아니었다. 함께 던전에 내려갈 때 곧잘 보았던 배틀클로스도 아니었다.

흰색을 베이스로 한『법의』.

계층 터주전을 비롯해, 아미드가 일개 힐러가 아니라【데아 세인트】로서 나설 때 입는, **진심을 드러내는** 전투의 복이었다. 손에는 수정 로드, 허리의 벨트며 파우치에는 치료계 아이템이 갖추어져 있었다.

신성한 옷을 입은 성녀를 보고【로키 파밀리아】의 단원들이 저도 모르게 넋을 잃어버린 것과 달리, 티오나와 티오네는 "그 차림 오랜만이네~" "평소의 제복하고는 달라서 어쩐지 대하기 애매한걸" 하고 여느 때와 같은 반응을 보였다.

그런 친구들의 모습에 아미드는 다시 한번 웃음을 흘렸다.

"아미드도 이쪽으로 왔어?"

"예. 핀 단장님과 협의해 이곳 북동쪽 부대에 배속되었습니다."

티오나에게 고개를 끄덕여 대답하며, 아미드는 여러【파밀리아】가 혼합된 부대를 둘러보았다.

모든 돌입부대가 한곳에 모인 것은 아니었다.

크노소스로 통하는 여러 개의『문』앞에 분산되어 있었다.

"베이트 로가!"

"어. 째. 서, 네가 여기 있는데! 꼬마조네스!!"

크노소스 남동쪽 문의 앞.

이쪽 부대에도 【디안 케흐트 파밀리아】의 힐러가 여럿 보이는 가운데, 베이트는 노성을 터뜨렸다.

눈앞에 나타난 소녀 아마조네스 레나 탈리에 대한 격분이었다.

"아이샤한테 물어봤거든! 【로키 파밀리아】가 뭐 하는 거야~ 하고!"

노출도 높은 의상에서 뻗어 나온 갈색 피부를 아낌없이 드러내며 귀여운 몸짓 손짓으로 과장되게 말한다. 아직 성숙하지 않은 매력을 뿜어내는 소녀 아마조네스는 눈동자를 별이 가득한 밤하늘처럼 반짝이며 흥분한 채 당시의 일을 들려주었다.

"나 있지, 말 안하면 【헤르메스 파밀리아】 밑에서 몰래 뭔가 한다는 거 다 까발리겠다고 엄청 떼썼다? 아이샤가 『알아서 하든가』라고 말할 때까지! 대단하지! 사랑이야!"

"그냥 생떼쟁이 꼬맹이잖아! 사랑은 개뿔!"

"일단 내 사랑 보급할래? 작전을 앞두고 흥분해서 견딜 수 없는 몸을 레나의 싱그러운 몸에 쏟아부어서 홀가분해지는 거야!"

뻐억! 지체 없이 날아든 철권이 소녀의 이마에 꽂혔다. 헛소리를 늘어놓던 아마조네스의 두개골에서 울려 퍼지는 무시무시한 소리.

"꾸뮤우와아아아아아아악?!"

뒷머리부터 쓰러진 레나는 이마를 움켜쥐고 데굴데굴 몸부림쳤다.

다른 파벌의 단원들은 일련의 대화를 들으며 소곤소곤 귓속말을 나누었지만, 【바나르간드】가 핏발 선 눈으로 노려보자 짧은 비명을 지르며 눈을 피했다. 【로키 파밀리아】의 단원들은 말할 것도 없이, 이제는 익숙해진 광경에는 신경도 쓰지 않고 긁어 부스럼 만들지 않겠다는 자세를 관철했다.

눈물을 머금으며 비실비실 일어난 레나는 굴하지 않고 웃음을 지었다.

"그래서 있지, 아이샤는 【헤스티아 파밀리아】의 원정에 따라가 버린 것 같은데! 나한테도 절대 얽히지 말라고는 했지만!"

"그럼 오지 마, 멍청아……."

"그래도 역시 안 오는 건 아니라는 생각이 들어서!"

물어보지도 않았는데 나불나불 떠드는 레나에게 베이트는 진심으로 진저리난다는 표정을 지었다.

그런 그에게 레나가 몸을 내밀었다.

"베이트 로가!! 나랑 같이……!"

"쓸데없는 짓 하지 마."

"꾸억?!"

지체하지 않고 덥썩, 소녀의 머리를 오른손으로 움켜쥐

었다. 괴성을 지르는 레나에게, 베이트는 살기마저 드러나는 진지한 표정으로 말했다.

"오지 말라고."

"우……."

"넌 잔챙이야."

"……."

"알았냐?"

"……응."

평소의 분위기는 어디로 갔는지, 레나는 얌전히 고개를 끄덕였다.

『약자』인 그녀는 그의 『잔챙이』에 담긴 말뜻을 잘 이해하고 있다.

회색 하늘 아래, 비를 맞으면서 베이트를 궁지에 몰아넣었던 적이 있는 레나는 분함과 슬픔, 애절함을 내비치며 물러났다.

"……지상에 남아서, 【가네샤 파밀리아】랑 같이 있어. 알았냐."

그렇게 말하고, 베이트는 냉큼 등을 돌렸다. 전혀 배려하는 기색도 없이 내쳐버렸다.

그렇게 쌀쌀하고 난폭한 등에, 레나는 부드러운 웃음을 머금고 고개를 끄덕였다.

"……베이트 로가, 꼭 돌아와야 해. 잘 다녀와."

그리고 등을 꼭 끌어안았다.

눈을 감고 수컷의 체온을 뺨으로 느낀다.

이내 흉악한 팔꿈치 지르기가 날아들어 "끼냐악—?!" 하고 나가떨어졌지만.

"저기, 저 아마조네스가 아이샤에 대해 나불나불 떠드는데……. 우리 【파밀리아】의 위법행위가 들키는 건 아닐까, 아스피~?"

"당신의 가벼운 입과 좋은 승부가 되겠군요, 루루네. 다시 말해 저의 두통만 심해질 뿐이므로 안심하십시오……."

한편, 떠들썩한 베이트와 레나의 대화를 멀리서 지켜보는 【헤르메스 파밀리아】의 무리가 있었다.

이봐이봐 어깨를 두드려대는 시앙스로프 소녀에게, 물색 머리카락을 출렁이는 아스피는 안경을 고쳐 쓰는 척하면서 눈가에 단단히 웅어리진 피로를 가렸다.

워타이거 팔거, 파룸 메릴 등 다른 단원들에게서 동정의 시선이 모여들었다.

"동맹을 맺은 이상 이 제1공략에 참가해야만 한다는 건 알겠지만…… 난 우울해~. 트랩 해제는 그렇다 쳐도 어마어마하게 커다란 미궁을 매핑하라니. 게다가 이 미궁 완전 위험하다며?"

"우리가 할 일은 【로키 파밀리아】의 뒤를 따라가는 것뿐, 그들이 청소해준 길을 **몰래 조사하**는 간단한 일…… 그 이상도 그 이하도 아닙니다. 어깨에서 힘을 빼세요."

벌써부터 우울한 소리를 하는 루루네에게, 아스피는 탄

식과 함께 의식을 전환시켰다.

이 『전초전』이 얼마나 중요한지를 잘 아는 헤르메스의 오른팔은 영리한 단장의 가면을 두른 것과 동시에 마음을 다잡았다.

"게다가…… 우리에게는 강력한 원군이 붙어있으니까요."

그녀가 시선을 돌린 곳.

등 뒤에는 후드를 깊이 눌러쓴 복면의 모험자── 한 엘프가 조용히 서 있었다.

"레피야!"

"피르비스 씨!"

남서쪽 문 앞에 전개한 부대에서.

이쪽으로 달려온 피르비스에게 레피야도 목소리를 높였다.

"피르비스 씨도 이 부대인가요?"

"그래. 디오니소스 님의 호위라는 사정상. 너도 이쪽에 있어서 다행──."

엘프들은 같은 부대에 배속된 기쁨을 나누려 했지만, 문득 피르비스의 말을 가로막는 이가 있었다.

"디오니소스 님의 호위라. 이제는 아주 그분의 오른팔 행세를 하는군요. 27계층에서 있었던 불행을 자기 것처럼 탄식해 동정을 유발하고 총애를 독점했던 주제에."

"아우라……."

© Kiyotaka Haimura

말 구석구석마다 비난의 빛을 드러낸 것은 레피야와 같은 엘프 소녀였다.

흑발의 피르비스와는 대조적으로, 한데 묶은 장발은 흰색. 눈동자는 깊은 자남색으로 나이는 레피야나 피르비스보다 한두 살 위일 것 같았다.

몸에 걸친 배틀클로스는 붉은색과 검은색을 기조로 했으며 마도사임을 증명하는 긴 지팡이는 월하미인 꽃을 본뜬 듯 특이한 구조였다. 일반적인 엘프와 마찬가지로 결벽성이 드러났으며, 바꿔 말하면 신경질적인 경향이 있었다.

아우라 모리엘.

【디오니소스 파밀리아】의 부단장이며 Lv.2. 별명은 【크라테르】.

입단 시기는 피르비스와 거의 동기이며, 【파밀리아】 내에서는 가장 고참이었다. 동맹을 맺으면서 【디오니소스 파밀리아】의 구성원에 대해 대강 알아두었던 레피야도 그녀를 기억했다.

"그분을 데리고 몰래 싸돌아다니는가 싶더니, 이렇게 【파밀리아】까지 끌어들이다니…… 이번에는 우리를 죽일 건가요, 『밴시』?"

"……!"

아우라가 내던진 『밴시』라는 말에 레피야는 민감하게 반응하고 말았다.

그것은 『제27계층의 악몽』 이후 자신 이외의 동료를 모조리 전멸시켰던 피르비스에게 붙은 별명이다. 파티 킬러 엘프라는 낙인이 찍혀, 그녀는 단장임에도【디오니소스 파밀리아】내에서 경원시당한다는 사실도 잘 안다.

"……미안하다, 아우라."

비난의 눈빛을 받아도 피르비스는 사과만 할 뿐 아무 말도 하지 않았다.

아우라는 6년 전『제27계층의 악몽』이 있었던 날 파티에서 제외되었다고 한다. 당시의 단장을 포함한 선배들을 죽게 만들고 홀로 살아남은 피르비스는 그녀에게 고개를 들지 못하는 것인지도 모른다. 그리고 실제로, 아우라도 원한을 품었을 것이다. 6년이 지난 지금도 두 사람 사이의 고랑이 메워지지 않을 만큼.

또한 아우라는 피르비스와 마찬가지로 디오니소스에게 심취했을 것이다.

그녀가 말했듯, 현재의 단장으로 지명되어 주신의 곁을 차지한 피르비스에게 질투의 감정을 내비치고 있었다. 고참인 그녀의 감정이 여러 가지 요소와 뒤얽혀 피르비스를 파벌에서 멀어지게 했으리라고 상상하기는 어렵지 않았다.

곁에서 고개를 숙인 피르비스를 대신해 레피야가 반론하려 했을 때.

"……하지만 지금만큼은 쓸데없는 갈등을 일으키지 않겠습니다."

"에?"

레피야와 피르비스가 동시에 놀랐다.

아우라는 본의가 아니라는 표정을 지으면서도 또박또박 말했다.

"사태의 심각성은 파악하고 있으니까요. 그리고 디오니소스 님께도 들었고요. 이것은 죽은 동료들의 넋을 위로하는 싸움…… 시시한 악연으로 같은【파밀리아】를 소홀히 할 이유는 없지요."

"아우라……."

"【로키 파밀리아】에게 방해가 되지 않을 만큼은 협력하겠습니다. 당신도 그 동포에게 매달리지만 말고 역할을 다 하십시오."

등을 돌린 아우라는 비아냥거리는 말을 남기면서도 분명히 협조의 뜻을 밝혔다.

레피야는 그것이 기뻤다.

같은【파밀리아】에게, 피르비스가 해왔던 일을 인정받았다는 것이.

"잘됐네요, 피르비스 씨."

"……그래."

레피야가 웃음을 짓자 피르비스도 웃었다.

그것은 오랜 시간을 거쳐 다가와 준 동포에게 감사하는 듯한, 그러면서도 『용서를 받고 말았다』는 사실을 슬퍼하는 듯한, 그런 웃음이었다.

"니 얼라들 괜찮은 기가?"

"피르비스와 다른 단원들 사이에는 고랑이 있지. 하지만 어떻게든 이번만은 그 고랑을 메워달라고 했어. 아우라도 똑똑한 아이니, 도시의 존망이 걸린 작전에 개인감정을 개입시키지는 않을 거야."

──그런 피르비스와 아우라의 대화를 멀리서 지켜보던 로키가 의문을 드러내자, 곁에 있던 디오니소스는 머리를 쓸어넘기며 대답했다. 어딘가 자신의 귀여운 권속들을 자랑하는 것 같기도 했다.

멋을 부리는 그런 몸짓에 로키가 혀를 날름 내밀었다.

"나는 오히려 자네들이 따라와도 괜찮을지 걱정이 되네만……."

"미안하데이, 가레스! 캐도 우리가 필요할 때가 꼭 올 기라! 절대로, 반드시, 아마도! 그러니까 열심히 지켜주그래이!"

신들의 말에 끼어든 것은 이곳 남서쪽 부대의 지휘를 맡은 가레스였다.

중장갑과 투구로 완전무장한 드워프는 눈을 흘기며 어깨에 감기는 주신의 팔을 덥다는 양 떼어냈다.

로키와 디오니소스 두 주신 또한 이번 제1공략에 가담했다.

이블스의 잔당을 통솔하는 타나토스, 그리고 모든 일의 흑막이라 여겨지는 『에뉘오』를 궁지에 몰아넣기 위해서는 신들의 힘이 필요하다고 판단했기 때문이다.

"미안하네, 【엘 가름】. 하지만 나는 둘째 치고 단원들은 마음껏 써주게. 아까도 말했듯 이번만은 나의 【파밀리아】도 한 덩어리가 되었으니."

디오니소스가 두 눈을 가늘게 뜨며 말했다.

"권속의 원수를 갚기 위해서도 말이지."

보통 감정을 내다볼 수 없어야 할 그 눈에는 한 가지 신의가 선명하게, 강렬하게 떠 있었다.

입을 다문 가레스와 나란히 그 눈을 바라보던 로키는 품에서 꺼낸 것을 던져주었다.

"혹시 모르니께…… 챙겨두그래이."

디오니소스가 받은 것은 수정이었다. 천연산과는 달리 결정 속에서 불가사의한 빛이 넘실거렸다.

로키의 손에도 같은 것이 있었다.

가볍게 눈을 크게 뜬 디오니소스는 무뚝뚝하게 자신을 바라보는 여신에게 웃음을 지었다.

"……고마워, 로키."

"──전원, 준비."

그리고.

시작을 고하려 하는 핀의 말은 짧았다.

크노소스 북동쪽 문 앞. 장창을 든 파룸의 주위에 있는 단원들이 일제히 강한 긴장과 용맹한 전의를 품었다.

핀은 『원정』 때처럼 사기 향상을 위해 연설을 하지는 않았다.

이제는 필요 없다는 양, 날카로운 눈빛만으로 말했다.

한번 시선을 떨구어 자신의 손을 본다. 로키와 디오니소스가 든 것과 같은 주먹 크기의 수정이다.

매직 아이템에서 빛이 솟아나는 것을 확인한 후, 고개를 들고, 굳게 닫힌 오리할콘 문을 향해 외쳤다.

"작전 개시!!"

선두의 단원이 『열쇠』를 내밀고, 문이 열렸다.

함성을 지르며, 모험자들은 크노소스로 돌입했다.

"시간이 됐다."

손에 든 매직 아이템 『오쿨루스』에서 쩌렁쩌렁 울려 퍼지는 모험자들의 노호, 그리고 무수한 발소리를 듣고 펠즈가 고개를 들었다.

던전 제18계층, 『밤』의 언더 리조트.

국화꽃처럼 천장에 돋아난 백수정이 침묵하고 한낮의 지상과는 달리 계층 전체가 암흑에 잠긴 가운데, 괴물들의 그림자가 꿈틀거렸다.

무장한 『제노스』는 계층 동쪽 끝, 크노소스의 출입구 앞에 자리하고 있었다.

정보는 펠즈의 『오쿨루스』로 전달된다. 다른 부대를 맡은 가레스나 핀도 이 매직 아이템을 가지고 있으며, 작전 개시의 신호에 호응하고 있다.

　지상과 던전 사이의 거리조차 무시하고, 인간과 괴물의 연합군은 다방면에서 공략을 개시했다.

　무장한 리저드맨의 발톱이 지면을 밟고, 가고일과 세이렌의 날개가 펼쳐진 순간, 펠즈가 호령했다.

　"이 모든 싸움에 결판을 짓자. ──가자!"

　괴물들 또한 포효를 올리며 마굴을 향해 쳐들어갔다.

　"크르어어어어어어어어어어어어어어어어어어!!"

　흉포한 웨어울프의 포효가 진로 위의 장애물을 섬멸했다.

　물거미 형태의 극채색 몬스터『바르그』의 대군은 처절한 발차기에 비유가 아니라 폭발해버렸다.

　"베이트에게서 떨어지면 안 돼! 단숨에 돌파하자!"

　무시무시한 진격으로 몬스터의 벽을 무너뜨리는 베이트의 뒤를 따르는 것은 아나키티가 지휘하는【로키 파밀리아】. 쐐기와도 같이 대형 통로를 따라 돌진하는 베이트와는 달리 가련한 캣 피플의 검은 옆길에서 넘쳐나는 몬스터를 질주하며 그대로 그어버렸다. 설령 그와 그녀가 적을 놓친다 해도 Lv.3을 자랑하는 상급 모험자들이 물 흐르듯 몬스터를 없애나갔다. 핏덩어리로 전락한 괴물의 주검, 헤아릴 수도 없는 극채색『마석』, 대량의 재를 밟아 뭉개며 격렬한 군화 소리를 울린다.

크노소스 제1층 남동부.

『열쇠』로『문』을 연 순간, 돌입부대는 온 힘을 다한 돌진으로 전투의 막을 열었다.

그곳에 대기하던 이블스의 잔당을 전율케 하고 단숨에 쳐부술 정도의 돌격. 그야말로 축적된 분노와 증오를 폭발시키며 크노소스로 침입한 것이다.

단원들에게는 핀이 작전 내용을 전달해두었다.

위력정찰이자 공략전.

메인은 제2공략이라 해도, 적의 본거지에 발을 들인 이상 유린하지 않을 이유는 없다. 광대한 미궁을 최대한 매핑한 후 주요 시설에 타격을 입히는 것이다.

최우선 목표는 둘.

하나는『데미 스피리트』의 발견.

또 하나는 적 우두머리의 확보.

여기서 말하는 우두머리란 크노소스의 설계를 도맡았으리라 여겨지는 바르카, 그리고 이블스 잔당의 주신 타나토스다.

그들을 사로잡는 것이 미궁 정보의 파악, 나아가 이블스 잔당의 무력화로 이어진다. 몸의 구조를 망라하고 머리를 없애버리면 생물이든 조직이든 더 이상 위협이 되지 못한다.

핀은 이 제1공략에서 『속도』가 가장 중요하다고 말했다.

적이 태세를 회복할 틈을 주지 않고, 반격의 기회조차 용납하지 않는다.

이번 공략으로 사실상 이블스의 숨통을 끊어버리겠다는 것이었다.

단장의 명령에 따라, 무엇보다도 잃어버린 동료의 원한을 갚겠노라며【로키 파밀리아】는 노도의 행군을 이어나갔다.

"정면 안쪽, 그리고 오른쪽에 『문』이 있다!"

"오른쪽부터 열게!"

"잡졸들 『냄새』가 나는구만! 『함정』에 걸려 뒈지지 마!"

"그쪽이야말로 타이밍 잘 맞춰!"

두 손에 장비한 쌍도《듀얼 롤랑》을 들고 몬스터를 해체해나가는 베이트의 외침에 아나키티가 지체 없이 대답했다. 그녀가 든 『다이달로스 오브』가 『문』을 열자, 베이트의 선언대로 그곳에 대기했던 이블스의 잔당이 일제 포격을 가했다.

이를 미리 읽었던 베이트가 메탈 부츠《프로스빌트》로 『마법』을 흡수하고, 그렇게 생긴 허점을 찔러 아나키티와 후속부대가 적에게 돌격했다.

"아악?!"

눈 깜짝할 사이에 혼란에 빠지는 잔당들.

탁월한 전투능력을 자랑하는 제1급 모험자를 필두로 아

나키티 부대가 적의 세력을 무력화해나간다. 자폭 돌격을 감행하는 자에게는 『마법』이나 『마검』으로 대처해 가차 없이 자멸시켰다.

베이트를 중심으로 편성된 님동쪽 부대에는 주로 수인이 배치되어 있었다.

뛰어난 오감을 구사해 함정이나 미궁의 구조를 탐지하는 매핑이 주요 임무인 부대. 이전에 『페어리 포스』에 가담해 능력을 유감없이 발휘했던 흄 바니 라크타도 참가했다.

그때는 리베리아 일행과 함께 개척했던 크노소스 남동쪽 영역을 그녀의 길안내에 따라 나아갔다.

"후속부대, 『기둥』 서두르지 말임다! 아키 부대를 놓치면 안 되지 말임다!"

베이트와 아나키티가 연 『문』은 후속 부대의 라울 일행이 즉시 『보강』했다.

위아래로 열리고 닫히는 『문』 밑에는 세 개의 금속기둥이 세워졌다.

왼쪽 끝, 오른쪽 끝, 중심에 설치된 굵은 기둥의 정체는 아다만타이트와 백강석이다.

기껏 열어놓은 『문』이 원격조작으로 닫혀 부대가 분산되는 것을 막는, 말하자면 『지지대』였다. 파괴가 불가능한 오리할콘 『문』이라 해도 닫히지 않는다면 무용지물. 중량이 무겁다지만 상위금속으로 만든 기둥은 파괴할 수 없다.

열흘이라는 준비 기간 동안【로키 파밀리아】가 갖춘, 크노소스 공략을 위한 물자 중 하나였다.

"거점을 설치한다! 지도작성자들은 그곳을 중심으로 작업을 진행해라!"

──한편, 남서쪽에서는.

가레스가 지휘하는 부대 또한 라울 일행과 마찬가지로『기둥』을 설치하고 있었다.

오리할콘이라는 초 희귀소재를 사용한 이상『문』의 밀집지대가 존재할 가능성은 한없이 낮다. 제대로 된 생각을 가진 자라면 루트의 중요 위치에『문』을 설치할 것이다. 주위의 안전성을 확보한 후 기둥을 세워 위치를 점거하고 지도작성자를 사방으로 파견했다.

"반드시 호위병과 함께 가야 한다!【디오니소스 파밀리아】단원들을 잃지 마라! 크루스, 나르비, 적은 반드시 퇴로를 차단하려 들 게다! 최후방 부대를 맡아다오!"

"""네!"""

Lv.3 이상인【로키 파밀리아】의 상급 모험자들과 함께 아우라를 비롯한【디오니소스 파밀리아】멤버들이 미로를 조사했다. 적의 복병을 경계하는 데에도 여념이 없는 가레스의 지시에 제2군 멤버인 크루스와 나르비가 대답했다.

전방에서 밀려드는 적의 대군을 가레스 부대가 격멸하고 차단하는 가운데, 주위 일대로 퍼져나가『문』이나 막다른 길에 접어들 때까지 미궁을 개척하는 것이다.

"가레스 씨! 조금 전의 갈림길에서 오른쪽으로 꺾었던 부대가 아래로 통하는 계단을 발견했어요!"

"잘 했다! 그쪽으로 가자!"

전령을 맡은 단원에게 큰 소리로 대답하고 부대를 반전시켰다.

주위의 매핑을 이어나가며, 남서쪽 부대는 신속하게 다음 계층으로 진출했다.

"으아아아아아아아아아아아아아아아아아아?!"

거친 비명이 솟은 것은 북동쪽 부대였다.

"오르바?!"

선두에서 적을 때려눕히던 티오나가 경악과 함께 돌아보았다.

기습을 가한 적의 복병이 대열의 측면으로 파고들자, 그치지 않는 출혈 속에 몸을 웅크리는 자가 속출했다.

"저, 적은 모두 커스 웨폰으로 무장했어요!"

소녀 단원의 비명 같은 보고가 부대에 긴장감을 유발했다.

이블스 잔당의 하위 구성원은 전투력이 낮다. 높아봤자 Lv.2. 식인꽃 비올라스만 조심하면 【디오니소스 파밀리아】 단원들도 대응할 수 있다.

하지만 그들은 손에 든 저주받은 무기로 단 한 차례 몸을 긋기만 하면 그만이었다.

『커스 웨폰』. 【로키 파밀리아】의 동료를 앗아간 『불치의 저주』.

흉흉한 칠흑색 검에 부상을 입으면 그것은 필살이 되어 【로키 파밀리아】를 전력저하로 몰아넣는다.

마치 죽음에 매료된 것처럼 두 눈에 핏발을 세운 이블스의 잔당들이 고함을 질렀다. 부상병을 감싸는 모험자들에게 자신의 몸과 맞바꾸어 저주의 일격을 가하려 했다.

그러나.

"【치유의 물방울, 빛의 눈물, 영원한 성역】──."

그런 저주의 자폭 돌격도 성스러운 노래 앞에 차단당했다.

"범위 5M, 모든 부상자는 효과 범위 내. 행사하겠습니다."

부대 후방, 모험자들에게 보호를 받으며 영창하는 한 명의 힐러가 있었다.

발생하는 『마력』의 빛에 은백색 머리카락을 나부끼며 아미드는 『마법』을 해방시켰다.

"【디아 프라테르】!"

그곳에서 발생한 것은 바닥의 돌판에 전개되는 마름모꼴의 매직 서클.

아름다운 순백색 광휘가 솟아나는가 싶더니, 【로키 파밀리아】 단원들의 부상이 예외 없이 **치유되었다**. 아물 리 없는 『저주의 상처』까지도.

모험자들은 경탄성을 내고, 이블스의 잔당은 생각지도 못한 광경에 아연실색했다.

© Kiyotaka Haimura

아미드의 『마법』은 **모든 것을 치유한다.**

비유가 아니라 상처의 치유, 체력회복, 그리고 『상태 이상』 및 『커스』의 해제까지도 가능한 것이다.

거의 최상위에 속하는 전치유마법. 충분한 『마력』이 담긴 그녀의 『마법』은 가장 효과가 빠른 『신비』라 불리는 만능약 엘릭서마저도 능가할 정도다.

도시 최강 마도사라 불리는 리베리아조차, 치유능력에 한해서는 아미드를 이기지 못한다.

"제가 모든 것을 치유하겠습니다. 모든 저주를 죽일 것입니다. 그러니 부디 여러분은 거리낌 없이 싸워주십시오."

【데아 세인트】, 아미드 테아사날레.

오버스펙의 힘을 자랑하는 『몬스터렉스』조차 지구력 싸움으로 꺾었던, 도시 최고위의 힐러였다.

"아미드 대단해~!"

"주문대로 날뛰어주지……! 간다아아이자식들아아아아아아!!"

원래 힐러는 철저히 후방에만 있는 존재다. 그러나 그런 힐러 단 한 명의 활약 덕에 모험자들의 사기는 상승한다. 환호하는 티오나와 함께 티오네는 입맛을 다시며 두 자루의 쿠크리 나이프를 들고 적진에 뛰어들었다. 비장의 카드였던 『커스 웨폰』이 의미를 잃으면 이블스의 잔당들은 절망과 함께 유린당할 수밖에 없었다.

공략 작전을 앞두고 핀 일행이 서둘러 준비했던 물자 중

하나에는 안티 커스 비약이 있었다.

적 세력이 『불치의 저주』를 들이대는 이상, 당연히 여러 부대에 『비약』을 보급해야만 했다. 예측하지 못한 사태에 대비해 대량으로 준비하는 것 또한 방법이다. 그래서라고는 할 수 없겠지만, 한정된 기간 내에 준비하기에는 예정했던 것보다 부대 하나 분량의 물자가 부족했다.

그렇기에 그녀가 왔다.

오라리오에서 유일하게 『불치의 저주』를 『마법』으로 해제할 수 있는 그녀가.

"【데아 세인트】……! 힐러가 이렇게까지 어마어마해도 되나요?!"

"마, 마도사도 아닌데 매직 서클이 펼쳐져…… 세상에~."

부대 중견 위치에 대기 중이던 엘프 아리시아가 자기도 모르게 신음하고, 소녀의 『진심』을 본 적이 없었던 마도사 엘피가 이런 상황임에도 넋을 잃었다.

베테랑이라 할 수 있는 아리시아도 지원이 아니라 『공세』에서 활약하는 힐러는 처음 보았다.

그런 경이로운 치유가 끊어지질 않는다. 단발의 『마법』── 광채가 사라지지 않는 매직 서클이 빛의 결계가 되어 『전치유효과』를 유지했다. 필사적으로 저항하는 이블스가 입히는 대미지를 『회복량』이 완전히 웃돌아버렸다. 상처를 입혔다 싶으면 순식간에 아물어버리는 광경은 상대에게는 악몽일 것이다. 『불치』를 들이대는 적에게 이쪽은 『불사』를 마련해온 것과도 같았다.

전열에 속한 단원들은 개개인이 일일이 아이템을 사용하는 수고에서도 해방되었다.

이제는 공격과 전진에만 전념하면 그만이었다.

아미드 자신은 『마도』 발전 어빌리티를 취득하지 않았음에도, 발밑에 매직 서클을 전개해 『마법』의 위력을 끌어올리고 있었다. 법의를 일렁이며 신성한 흰색 빛의 입자를 뿌려대는 그녀는 『신비』의 체현자였으며, 여신의 환생이라고 해도 분명 모두가 믿을 것이다.

"자기만 있으면 아이템 소비를 신경 쓸 필요는 없다더니…… 다른 사람이 말했으면 그저 헛소리가 됐을 텐데. 대단한 힐러야, 너는."

지휘관으로서 전체를 내다보고 있던 핀은 부대 편성 전에 들은 소녀의 말을 떠올리며 웃음과 함께 창자루로 어깨를 두드렸다.

믿을 수 없는 일이지만, 크노소스에 돌입한 파티 내에서도 가장 격렬한 교전이 펼쳐진 북동쪽 부대에서 현재 『일』을 하고 있는 것은 아미드 하나뿐이었다. 【디안 케흐트 파밀리아】에서 출장을 나온 나머지 두 명의 소녀 힐러는 그야말로 성녀의 수행원처럼 좌우에 대동한 채 눈을 감고 마인드를 아꼈다.

부대의 치유는 현재 아미드 한 사람만이 짊어지고 있었다.

──신들에게 받은 별명 【데아 세인트】는, **오직 홀로 계**

층 터주전의 전선을 유지했던 데에서 유래되었다.

이것은 아미드 혼자 대규모 파티의 회복을 도맡는 것이 가능하다는 뜻이다.

"부대를 지휘하는 몸으로서는 매우 고맙지만, 마인드는 괜찮은 거야, 아미드?"

"문제없습니다. 마인드 포션의 수는 충분하고, 보급 없이도 던전 20계층 분량의 여정이라면 유지할 것을 보장합니다."

찬란히 빛나는 순백색 매직 서클 속에서 아미드의 곁에 선 핀은 돌아온 대답에 쓴웃음을 지었다.

'그녀의 주신이 허락한다면 다음번 『원정』에도 진심을 발휘해 따라와 달라고 부탁해볼까.'

잠시 탈선된 생각을 하면서도 핀은 다음 지시를 내렸다.

"적의 공세가 느슨해졌는걸. 이제부터는 요격이 아니라 진행 위주로 전환하겠어. 준비해줘."

"알겠습니다."

투명한 눈빛으로 전장을 부감하던 힐러는 핀과 같은 생각을 했는지 겸허한 신도처럼 고개를 숙였다.

하지만 핀이 움직이기 직전, 그 조그만 어깨 너머로 목소리가 들렸다.

"핀 단장님. 저는 전선을 유지할 수는 있지만, 전황을 내다볼 수는 없습니다. 이대로 공략 작전이 순조롭게 진행되리라 보시나요?"

희생자를 내지 않겠다고 맹세하는 아미드의 물음에, 핀은 그녀를 흘끔 돌아보았다.

"이대로 압도할…… 수는 없겠지. 이 정도로 크노소스가 쓰러질 리 없으니까. 적에게는 괴인도 있고."

자신의 생각을 숨기지 않고 말했다.

조용히 귀를 기울이는 아미드에게서 시선을 뗀 핀은 미궁의 벽면에 새겨진 악마의 조각을 보고——『눈』에 해당하는 부분을 장창으로 힘차게 찔렀다.

"하지만 우리도 질 수는 없어. 이번에야말로——이길 거야."

『눈』의 시야 정보가 차단되었다.

차단되기 직전, 분명히 이쪽을 노려보았던 파룸의 푸른 눈에 타나토스는 웃음을 지었다.

"1층 북동쪽, 남동쪽, 남서쪽의 『문』으로 돌입했습니다!"

"진격이 너무 빠릅니다! 배속된 병사와 몬스터가 모두 돌파당해서……!"

"이, 이미 2층까지 진출했어!! 장난하나, 뭣들 하는 거야?!"

주위에서는 전에 없을 정도의 소란이 울려 퍼졌다.

인조미궁 크노소스의 심장부, 『미궁주의 방』.

이블스의 거점이라고도 할 수 있는 이 공간에서는 타나

토스의 권속들이 끊임없이 비명을 질러대고 있었다. 목소리에는 하나같이 비관적이면서 강한 동요가 담겼다.

무리도 아니다. 지금 타나토스 일당은 그야말로 침공을 당하고 있었으므로.

【로키 파밀리아】의, 『파벌연합』의 본격적인 공략 작전.

이 공격이 어떻게 진행되느냐에 타나토스 일당의 비원이 달려 있다.

다시 말해, 승자와 패자가 결정된다.

"아주 제대로 준비해서 왔네에……. 역시 크노소스에서 한번 놓친 순간 불리해진 거라니까."

실내 중앙의 좌대에 놓인 수막── 미로 곳곳에 배치된 『눈』을 통해 비친 시각정보를 내려다보며 중얼거린다.

그들이 입수한 『열쇠』로 『문』을 제압하는 것은 물론이고 커스 웨폰 대책, 나아가서는 온갖 『함정』에까지 모조리 대응하고 있다. 이쪽에서는 명공 다이달로스의 자손 바르카가 원격조작으로 『문』을 개폐하거나 『함정』을 작동시키지만, 【로키 파밀리아】는 진행 루트에 있는 『눈』──조각상의 눈동자나 부조로 교묘하게 감춘 『감시장치』──을 눈치 빠르게 발견해 모조리 파괴하고 있었다. 상대의 정확한 동향을 좇지 못하면 『함정』을 원격조작할 방법이 없다.

참패를 맛본 첫 번째 공략, 그리고 얼마 전 『페어리 포스』에 의한 기습. 이를 통해 얻은 모든 정보를 음미하고 고찰한 끝에 이번 공략 작전의 초석으로 삼은 것이다.

좌대의 수면에 비친 파룸 용사의 옆얼굴을 바라보던 타나토스는 적이지만 경탄과 칭송을 금할 수 없었다.

"타, 타나토스 님?! 적의 진격을 막을 수가 없습니다······! 몬스터는 고사하고 동지들까지도 계속 잃고 있어요! 이대로 가다간?!"

"전선에 나간 애들한테서 『열쇠』는 전부 모아왔지? 『열쇠』만 안 뺏기면 돼. 길을 차단할 오리할콘『문』이 있는 이상 적이 분산시킬 수 있는 부대의 숫자에는 한계가 있어."

타나토스 일당은 미로 곳곳에 배치한 병사들에게서 모든 『열쇠』를 몰수해 이곳에 모아두었다.

본거지를 침공당한 타나토스 일당이 지금 가장 주의해야 할 점은 적에게 아군의 『열쇠』를 빼앗기는 것이다. 그야말로 『페어리 포스』를 지휘하던 리베리아에게 탈취당했듯.

더 많은 『열쇠』를 빼앗기면 크노소스는 완전히 적에게 넘어간다. 그렇기에 취한 조치였다. 바르카가 원격으로 조작한다지만 병력의 자유로운 이동까지 제한되므로 고육지책이라고도 할 수 있다.

지금 『열쇠』의 소지가 허락된 것은 타나토스와 레비스뿐. 【로키 파밀리아】와 맞닥뜨리면 순식간에 패배할 가능성이 있는 이상 간부급 이상이라 해도 예외는 아니었다.

타나토스는 앉아있던 좌대에 두 손을 짚고, 꼬았던 오른쪽 다리 끝을 달랑달랑 흔들었다.

심각한 사태임에도 불구하고 평소의 분위기를 무너뜨

리지 않는 신의 모습에, 보고하러 왔던 간부 사내는 당황했다.

"그보다는, 곁눈질도 하지 않는 이『속도』가 마음에 걸리는걸~ 나는."

타나토스는 다시 좌대에 비친 모험자들을 보았다.

이 진행속도. 타나토스 일파의 머리를 없애는 것도 전제로 삼았겠지만── 아마 【브레이버】는『데미 스피리트』의『위치』까지 어느 정도 감을 잡았을 것이다.

타나토스는 눈을 가늘게 떴다.

"상대의 침입경로와 수는 알겠어?"

"아, 예. 1층 북서쪽을 제외한『문』을 통해 3개 부대가, 그리고 18계층에서 몬스터들까지 쳐들어왔습니다."

"이켈로스의 장난감들 말이구나……. 【브레이버】가 괴물들하고 결탁한 게 제일 예상 밖이었지만……. 크노소스 최상층하고 최하층에서 쳐들어오다니, 협공이라도 할 생각일까?"

가늘고 긴 손가락을 중성적인 얼굴에 얹으며, 타나토스는 깊은 생각에 잠겼다.

'적의 부대는 현재 넷……. 이쪽이 빼앗긴『열쇠』는 지난번 싸움에서 잃은 두 개, 그리고 부이브르가 있던 몬스터들 쪽에 둘…… 숫자는 맞는데 말이지.'

다이달로스 공방전 당시 크노소스에 침입했던 【로키 파밀리아】의 파티 수에『제노스』를 더해보면 적의 부대 수는 타당하다. 하지만 타나토스에게는 우려의 요소가 있었다.

타나토스 일당이 파악하지 못한, 행방불명된 『열쇠』의 존재가——.

"타나토스 님?! 12층에서 새로운 적의 부대가 나타났습니다!!"

"——역시 왔구나."

절규하는 부하에게는 아랑곳하지 않고 타나토스는 허무한 웃음을 지으며 돌아보았다.

"구성원은?"

묻자마자 타나토스가 좌대에 비춘 광경을 본 것과 동시에, 전령 사내는 창백해진 얼굴로 외쳤다.

"【나인 헬】, 그리고 【검희】입니다!"

"【눈을 뜨라, 폭풍】!"

아이즈는 미궁에 발을 들인 것과 동시에 【에어리얼】을 **최대로** 전개했다.

"모두 죽을 각오로 아이즈를 따라가라!"

""예!""

등 뒤에서 울려 퍼지는 리베리아와 단원들의 목소리.

그 소리가 등을 밀어주는 것처럼, 아이즈는 석조 통로를 달려나갔다.

진로를 가로막은 거대한 문에 『열쇠』를 쥔 오른손을 내밀어 입을 열게 한다.

아이즈가 가진『열쇠』의 정체는── 헤르메스가 거래로 크루스에게 주었던 것.

다시 말해 이슈타르를 송환시킨 프레이야가 숨겨놓았던 『다이달로스 오브』였다.

이미 이 세상에는 없는 적 간부 바레타 그레데를 비롯한 타나토스 일파 이블스가 행방을 추적하지 못했던 마지막 『열쇠』였다.

공략부대의 수를 넷이라 지레짐작했던 이블스에게 기습을 가하는 5번째 부대였다.

"아이즈, 우리에게서 멀리 떨어져도 상관없다! 헤집고 돌아다녀라!"

"응!"

부대의 구성은【로키 파밀리아】뿐. 리베리아를 비롯해 엘프가 많았으며, Lv.3 이상의 발이 빠른 자들이 모여 있다. 그런 기동성을 중시한 부대에서 아이즈는 혼자 크게 앞질러 나와, 『문』을 발견하는 대로 열어대며 무시무시한 기세로 미궁 안쪽 깊은 곳을 향해 돌진했다.

"사소한 이변도 놓치지 마라! 아이즈의『바람』에 반응하는 것이 있다면── 그것이 우리의 최우선 목표다!"

이번 작전에서 아이즈에게 주어진 역할은 탐지기, 신들의 표현을 빌자면『레이더』였다.

『정령』의 피가 흐르는 그녀의『마법』을 광범위하게 전개해 미궁을 돌아다니면『더럽혀진 정령』이 터뜨리는 반응을 포착하겠다는 생각이었다.

'핀이 예상한『데미 스피리트』의 위치는 8층에서 10층……! 다시 말해 크노소스의『중층』!'

핀은 현재 던전 제18계층 위치까지 지어진 크노소스 내에서『중층』에 해당하는 플로어에『데미 스피리트』가 숨어 있을 가능성이 높다고 계산했다.

전에 침입했던 리베리아의『페어리 포스』가 얻은 정보를 토대로 한 계산이었다. 제12층까지 주파했을 때, 적병과 몬스터의 배치가『제8층에서 제10층』에 걸쳐 가장 많았기 때문이다.

핀이나『제노스』가 미궁 공략 및 타나토스를 비롯한 주요인물을 추적하는 본대라고 한다면, 아이즈 일행은『데미 스피리트』라는 폭탄의 위치를 찾는 첩보부대였다.

핀의 본대가 돌입한 후 시간차를 두어 기습의 형태를 취한 아이즈 부대는 이미 발견했던 던전 제12계층의 출입구를 통해 침입한 것이었다.

──명심해, 아이즈.

──『데미 스피리트』발견은 급선무지만, 최악의 경우 **찾아내지 못해도 상관없어.**

──네가 해야 할 일은──.

아이즈는 작전 전에 핀에게 들은 명령을 떠올렸다.

아이즈에게는『레이더』의 역할과 병행해 또 한 가지 중요한『역할』이 있었던 것이다.

"나는—— 그 사람을 유인할 거야!"

"아리아가?"

침입자를 섬멸하기 위해 출격하려던 레비스가 눈살을 찌푸렸다.

"네, 넷! 12층에서 【검희】와 【나인 헬】의 부대가……!"

이블스 측에서 보낸 잡병은 두려움과 초조함을 함께 드러내며 전달할 내용을 쏟아냈다.

"타나토스 님께서도 최우선적으로 대처하라고, 마, 말씀을……!"

"……아하, 그렇게 된 거군."

말 속에서 이해를 얻은 것처럼 레비스는 지겹다는 듯 내뱉었다.

아이즈가 『정령』의 위치를 밝혀낼 생각임을 정확하게 간파한 것이다.

아이즈의 전력을 다한 『바람』은 『탐지기』의 역할을 맡기에 충분하다는 사실을 레비스는 잘 안다. 다른 곳도 아닌 이 크노소스에서, 아이즈는 믿을 수 없는 출력의 『바람』을 소환해 사방에 흩어진 동료들에게 자신의 위치를 알리는 막무가내를 저지른 적이 있다. 계층이 조금 떨어져 있어도 이 거리라면 정령들도 아이즈의 『바람』에 반응할 것이다.

그리고 한번 정령들이 소란을 떨기 시작하면 쉽게는 진정시킬 수 없으므로 위치에 대한 중대한 힌트를 적에게 제공하고 만다.

크노소스의 입장에서는 아이즈를 방치해둘 수 없었다.

그리고 『바람』을 두른 【검희】에게 대응할 수 있는 사람은 레비스 말고는 없다.

"내 『주의』를 아리아에게 돌리는 것도 작전의 일부일까……?"

모험자들이 설치는 크노소스 상층으로 향하려던 레비스는 몸을 돌렸다.

분명 그 파룸의 간계가 틀림없었다.

자신과 몇 번이고 상대했던 자의 얼굴을 떠올린 레비스는 혀를 차는 소리와 함께, 아이즈가 있는 제12층으로 서둘러 달려갔다.

"이블스 및 괴인은 아이즈에게 대응할 수밖에 없을 거야."

달려가는 부대 속에서 핀이 말했다.

"오히려 **그렇게 되도록** 리베리아에게 부대 운용을 맡겼거든. 아이즈의 고삐를 쥔다는 의미에서도, 이 미궁을 한 차례 여기저기 물어뜯는다는 의미에서도 별동대를 지휘할 수 있는 사람은 그녀뿐이야."

"그러면 아이즈 씨네 부대는……."

"사실상 『미끼』지. 괴인이 아이즈를 상대하려고 나서면 다른 부대가 각개 격파당할 위험성은 현저히 낮아질걸."

곁에서 나란히 달리는 아미드에게 핀은 자신이 그린 작전을 털어놓았다.

무수한 갈림길에서 나타나는 몬스터를 티오네의 전열 지휘에 따라 티오나와 모험자들이 신속하게 휩쓸어버리는 가운데, 핀은 끊임없이 머리를 굴리고 있었다.

"만약 괴인이 우리에게 온다면 그때는 최선을 다해 철수할 거야. 시간을 끌면 아이즈의 『바람』이 『데미 스피리트』의 위치를 찾아내겠지."

핀은 양자택일을 들이댄 것이다. 타나토스, 그리고 레비스에게.

어느 쪽을 선택할지는 상대에게 달렸다. 핀은 아이즈를 상대할 거라고 내다보았지만, 만약 상대가 **이성을 잃기 시작했을** 경우에는 어떻게 될지 알 수 없다.

그렇기에 각각의 부대에는 그만한 준비를 시켜놓았다. 도주는 하더라도 전멸은 하지 않을 준비다.

『희생』을 막고, 최선이 아닌 최고의 가능성을 추구한다.

이러한 생각의 변화가 『성장』인지 『퇴화』인지는 핀도 알 수 없었다.

그러나 처음부터 희생을 결심하고 나아가는 안온한 길보다는, 이상을 추구하는 높고 험준한 낭떠러지길이 훨씬 어렵고 힘들고 의미가 있다.

실패했을 때는 『최고』가 『최선』으로 정착할 뿐이며.

성공했을 때는 『최고의 이상』이 결실을 맺는다.

그렇다면 【브레이버】는 가혹한 길을 선택하리라.

핀은 많은 사건을 거치며 그렇게 생각하게 되었다.

주신이 이곳에 있었다면 이렇게 말하지 않았을까.

그것은 틀림없는 핀의 『성장』이라고.

"어쨌거나 여기서부터는 시간의 승부가 될 거야."

던전 중층 영역에 필적하는 규모의 『인조미궁 크노소스』.

이 광대한 영역을 앞에 두고 핀이 선택한 것은 장기전,
지구전이 아닌——『단기결전』이었다.

"달려라! ·나아가라! 한 걸음이라도 많이, 1초라도 빨리!
이 진군이 적의 목숨을 깎아낼 테니까!"

""예!!""

아미드를 비롯한 힐러들과 함께 달려가며, 핀은 부대 전
체를 고무시키는 고함을 질렀다.

"던전 출입구를 발견했습니다!"

"그대로 확보해! 얼뜨기 토끼 너는 위치 확인하고!!"

"네, 네에엣!"

암반을 부순 일격이 석조 통로와 진짜 던전 사이에 구멍
을 뚫었다.

입을 벌린 『문』 너머에 도착한 모험자들 속에서 베이트

가 고함을 지르고, 흄 바니 라크타가 황급히 던전 쪽의 맵을 펼쳤다. 특징이 있는 지형을 보고 위치를 읽어냈다.

"현재 위치 던전 3계층, 북동쪽 에어리어입니다!"

크노소스 3층.

베이트를 중심으로 한 수인부대는 무시무시한 기세로 플로어를 내려가 『외부』의 풍경을 발견했다. 『정령』의 위치 및 하층으로 이어지는 길은 아니었지만 던전으로 통하는 출입구는 철수할 때 유용한 퇴로가 된다. 선택지를 늘려두기 위해 베이트는 빈틈없이 명령을 내렸다.

그들의 앞에 나타난 던전은 심플한 미로 구조였으며 조성의 색은 엷은 푸른색.

크노소스 측의 현재 위치로 판단해봐도 십중팔구 상층 영역 제3계층일 것이다.

출입구가 있던 곳은 던전의 소규모 룸으로, 그곳에는 우연히 계층 가장자리에서 몬스터를 사냥하던 하급 모험자들이 있었다. 벽을 부수고 나타난 【로키 파밀리아】를 보고 놀라 『고블린』과 함께 입을 딱 벌린 채 굳어버렸다. 혼란의 극치에 빠진 Lv.1 파티는,

"구경났냐! 냉큼 꺼져!"

"죄, 죄송합니다아아아아아아아아?!"

Lv.6 웨어울프의 노성에 부조리하게 룸에서 쫓겨났다. 몬스터와 함께.

"난 다음으로 간다! 나머진 네가 알아서 해! 못 쫓아오면

두고 간다!"

"알고 있어!! ──모렐! 여기를 통해 지상으로 돌아가서 가네샤와 헤르메스의 예비부대에게 연락해! 이 에어리어에서 보급로를 만들고!"

"알겠습니다!"

매도처럼 들리기도 하는 웨어울프의 지시에, 캣 피플 소녀는 다 안다는 듯 고함을 질러 대답했다. 그의 흉흉한 돌파력으로 부대의 선봉을 지키는 베이트를 대신해, 사실상 지휘를 맡은 부관 아나키티가 빠르게 지시를 내렸다. 『문』이 내려오지 못하도록 『기둥』을 설치하고 【로키 파밀리아】의 Lv.2 단원을 시켜 예비전력에게 전달하도록 명령했다.

던전 안쪽으로 사라지는 동료의 뒷모습을 지켜보지 않은 채 즉시 다른 루트를 통해 진군하는 베이트의 뒷모습을 따라간다.

"──부디 저의 희생이 헛되지 않기를! 타나토스 니이이이이이이이임!"

한편 베이트가 이끄는 선행부대로부터 조금 떨어진 후속 부대에서는.

라울이 지휘하는 부대 앞에서 사신의 사도들이 잇달아 자폭의 불꽃을 터뜨리고 있었다.

"우욱……?!"

"우웨에에에에에에엑……!!"

철저하게 자폭 대책을 세워둔 덕에 직접적인 피해는 없

었다.

하지만 폭풍이 걷힌 곳에서 피어나는 살점이 타는 악취, 사방에 흩어진 팔다리, 그리고 보기에도 처참한 시체에 아직 어린 소녀 단원들이 견디지 못하고 몸을 꺾으며 구토했다. 그것은 지도 작성 요원으로 동행했던【디오니소스 파밀리아】도 마찬가지였다.

"우욱…… 토하지 말고 일어나지 말입다! 우리가 늦으면 그만큼 베이트 씨네 발도 둔해짐다! 그러니까…… 눈 돌리지 말고! 싸워!!"

후속 부대의 지휘를 맡은 라울은 말을 잃으면서도 주먹을 부르쥐고 외쳤다.

바닥에 손을 짚은 단원의 팔을 잡아 강제로 부대에게 행동을 지시했다. 자신의 뱃속에서도 치미는 구역질에 저항하며, 자신의 책무를 다하고자 눈에 힘을 주었다.

'평범한 던전의 싸움하고도, 【파밀리아】간의 항쟁하고도 달라……! 이게 진짜 이블스! 단장님이나 간부들이 싸웠던 상대! 수많은 선배들이…… 죽었던 전장!'

입단 당시 신입이었던 라울은 가장 격렬했던 시절 이블스와의 항쟁에 나갔던 적은 없었다. 라울이나 아나키티가 가세하게 된 것은 형세가 길드 산하의 파벌연합으로 기울어진 후의『암흑기』후반부터였다.

그러므로 라울은 이 가혹한 전장을 모른다.

가차 없이 버려지는 목숨. 적의 생명을 빼앗지 않고 무

력화하기란 도저히 불가능하다. 이 전장은『위선자』로 있
는 것조차 허락하지 않았다.

　시커멓게 탄 통로를 달려나간다. 마치 진짜『전쟁』의 광
경과도 같았다. 참호전, 공성전, 제압전, 무엇이든 상관없
다. 적의 본거지를 함락시키기 위해 대가를 치르고 있다.
던전을 탐색하는 모험자와는 무관하던『사람들』이 그곳에
있었다.

　"『기둥』세워어어! 오른쪽 옆길에서 몬스터 출현! 전면
수비수 전개! 시간을 끌어야 한다! 이네스, 마도사들 영창!
식인꽃의 주의를 끌어!"

　그래도 라울은 흐트러지지 않고 지휘를 이어나갔다.

　자신이 동요하는 모습은 부대의 기세를 깎으리라고 확
신하며.

　최선을 다하는 자신의 목소리가 단원들의 용기가 되리
라 믿고.

　실제로 다른 단원들 못지않게 창백해진 라울의 얼굴과
떨리는 손은 도저히 카리스마가 있는 지휘관이라고 할 수
는 없었으나—— 단원들의 이를 악물게 만들었다.

　이 못 미더운 청년이 분발하고 있으니, 우리도.

　그 한마음으로 젊은 단원들은 토사물에 물든 입을 팔로
거칠게 닦고, 억지로 몸에 힘을 주어 움직였다.

　'나에게도, 나에게도『용기』를……! 사람들을 이끌 수 있
는 단장님의 뒷모습을!'

늘 시선 너머에 있던 그 조그만 뒷모습을 자신의 등에 투영한다.

저항하는 적의 군세를 베어 쓰러뜨리며 라울은 용감하게 달렸다.

"【방패가 되어라 파사의 성배】──【디오 그레일】!"

밀려드는 강렬한 폭염을 순백색 장벽 마법이 가로막았다.

"피르비스, 더 빨리 전개하세요! 디오니소스 님에게 피해가 미치면 어떡할 겁니까!"

"나는 최고 속도로 하고 있어! 너야말로 매핑만 하지 말고 반격 정도는 해봐라, 아우라!"

"두, 두 분은 다투지 말고 반격을 하세요!"

【디오니소스 파밀리아】의 부단장 아우라와 단장 피르비스의 말다툼에 레피야가 포격과 함께 비명 섞인 고함을 질렀다. 장소는 크노소스 제3층. 이블스의 인원과 몬스터의 수가 서서히 늘어나고 적의 반격이 격화되는 최전선이다.

"워어어어어어어어어어어어어어어어!!"

격렬한 저항에 내몰린 엘프들의 전방으로 드워프 가레스가 돌진했다.

두 개의 대형 방패를 들고 돌격하는【로키 파밀리아】최강의 육체 포탄에 타나토스의 권속들은 당황하지 않고 ──죽음에 대한 공포를 한순간 드러내고는── 연쇄 자폭했다.

"쳇, 정말 마음에 안 드는 전법이구먼……. 하지만 싸움을 일찌감치 포기해주는 만큼 전진하기는 편하지."

방패 위에서 폭염을 뒤집어쓰고도 꿈쩍하지 않는 거구를 한번 흔들며, 가레스는 제대로 싸우지도 않는 적들에게 분개했다. 그러나 상대의 자폭은 뒤집어 말하면 전장의 포기라고도 할 수 있었다.

주위 일대를 휩쓰는 폭염의 위력은 위협적이지만, 보통때 같으면 다소는 버텼을 전선도 붕괴시켜버렸다. 이에 따라 부대의 피해도 늘어났으나 가레스 일행의 진격은 물살처럼 멈추지 않았다.

"……철저하게 자폭하고 있구마. 일정 거리에 들어오면 즉시 꽈광이데이."

"그래. 우리의 포로가 될까 두려워서겠지. 크노소스의 중요 거점을 우리에게 들키지 않도록……."

엄중한 호위와 함께 후열 위치에 대기한 로키와 디오니소스의 신안은 이블스의 거동과 의도를 정확히 간파하고 있었다.

전모를 알 수 없는 적 거점의 구조를 파악하는 가장 빠른 방법은 포로에게서 정보를 수집하는 것이리라. 아무리 적의 입이 무거워도 수단만 고르지 않으면 입을 열 사람은 반드시 나온다.

타나토스는 이를 근본부터 배제해버렸다.

자폭이라는 입막음 겸 폭격으로.

정보누설 방지가 전제이며 적에게 확실하게 피해를 주

는 막무가내 전법. 『사후 진로』를 권속에게 약속한 사신이기에 가능한 전술이었다.

"핀은 속도가 생명이라 캤는데…… 나아가기만 해도 피해가 쌓이는구마. 회복이 딸릴지도 모르고, 이거 역시 여간내기가 아이데이."

주황색 눈을 살짝 가늘게 뜬 로키는 동시에 입술을 핥았다.

"캐도 그건 상대도 마찬가지 아이겠나."

『──아아아아아아아아아아아아아아아!!』

『끼익?!』

무시무시한 괴음파에 바르그가 움츠러들었다.

돌격에 실패하거나 주저앉는 극채색 몬스터가 속출하자 두 손에 검을 든 리저드맨이 이를 가차 없이 베어버렸다.

"자, 다음!"

"전진, 전진!"

"와아아아아아아아아아아!"

인간어가 섞인 고함을 끊임없이 지르는 그들은 무장한 『제노스』의 집단이었다.

바르그는 물론이고 비올라스마저 단숨에 쓰러뜨리는 돌파력은 방어에 나선 크노소스 세력에게는 확실한 위협이었다.

일개 파티라고는 하지만 진행속도는 【로키 파밀리아】보

다도 **빨랐다.**

"레이, 길은?!"

『다음 갈림길에서 오른쪽! 새로운 대형 룸으로 들어갈 거예요!』

괴물들의 오감이 웬만한 모험자보다 뛰어나서이기도 하다. 그러나 가장 큰 요인은 세이렌 레이의 『반향추적』이었다.

무시무시한 고주파로 복잡한 미궁의 구조를 파악하는 초인적인 기술은 『문』이 있든 말든 상관없이, 적의 대군에게 걸려들지도 않고 『제노스』의 무리를 앞으로 앞으로 인도해주었다.

우두머리인 리저드맨 리드는 그녀의 정보를 얻을 때마다 동포들에게 방향전환을 지시했다.

"——!! 리드, 플랜트다!"

"좋았어, 없애버려!"

그렇게 도달한 대형 공간의 중심에는 뒤집어진 깔때기 형태의 그로테스크한 장치가 있었다.

녹색 살덩어리로 만들어졌으며, 바르그에게 달린 것과 비슷한 크리스탈이 여기저기 박혀 있다. 중앙 내부가 연신 빛을 내며 맥동하는 모습은 생물의 심장 같기도, 내용물이 새어 나오는 석류 같기도, 혹은 『알』 같기도 했다.

바닥 전체에는 녹색 카펫이 깔렸으며 중앙의 『알』에서 점액을 끌며 여러 마리의 바르그가 태어나곤 했다. 이내

가고일 그로스의 목소리와 리저드맨 리드의 호령이 떨어지고, 레드 캡이, 하피가, 트롤이 몬스터와 함께 유린하기 시작했다.

아무리 극채색 몬스터를 만들어낸다고는 하지만 제대로 된 방어능력이 없는 플랜트는 눈 깜짝할 사이에 수복 불가능 상태에 빠졌다.

"이제 넷! 이 정도로 끝나진 않았겠지……!"

『제노스』는 하나같이 분노의 불꽃에 타오르고 있었다.

최악의 헌터들, 【이켈로스 파밀리아】에게 동료를 잃었던 원한과 회한은 어떤 의미에서는 모험자보다도 깊다. 【로키 파밀리아】를 능가하는 노도 같은 기세에는 그런 원인도 있었다.

【로키 파밀리아】 측에 맞서기 위해 이블스의 인력을 이용하는 만큼 크노소스 하층의 방비는 거의 몬스터뿐이었다. 반대로 말하자면 『제노스』가 몬스터를 한 몸에 도맡으며 하층부터 공급을 차단하고 있기에 중층 이상에서 활약하는 모험자들의 부담이 격감한 것이다.

모험자들로 편성된 돌입조의 파죽지세는 『제노스』가 참가한 효과였다.

아직까지 받아들여지기 힘든 몬스터가 다른 전장에서 싸우면서 생겨난 상호작용은 매우 컸다. 이 모든 것을 계획한 핀의 작전 입안능력이 얼마나 뛰어난지를 엿볼 수 있었다.

핀과 펠즈가 힘을 합쳐 펼친 철저한『협공』은 여실히 크노소스에 대미지를 입히고 있었다.

"방심하면 못써요, 리드."

"오, 레이! 나도 알아! 그런데 펠즈는 어디 있지? 아까부터 보이질 않는데……."

흥분한 리저드맨의 곁에 금색 깃털을 가진 세이렌이 내려앉았다.

『제노스』내에서도 실력자이며 가고일 그로스도 포함하면 최고참인 ──그야말로【로키 파밀리아】의 핀과 리베리아, 가레스와 같은 관계── 리드와 레이가 이야기를 나누었다.

"단독행동 중이에요. 몬스터의『보관고』를 발견했다고 그러던데요……."

마지막 부분은 목소리를 줄여, 레이는 흑의의 메이거스에게 들은 말을 전달했다.

"이 에어리어를 중심으로 해서, 위로 이어지는 계단을 수색하라고 펠즈가 그랬어요. 얼른 돌아오겠다고도 했고요."

"또~ 혼자서 뭔가 꿍꿍이를 꾸미는군! 못 말리겠다니까!"

"그리고, 여기서부터 **13층**까지의 공략을 허가한대요."

현재 위치는 크노소스 16층.

아이즈 부대가 침입한 12층 직전까지 진격을 허가한다는 명령에 리저드맨 전사는 이를 드러냈다.

인간 중에서는『어떤 소년』정도만이 알아볼 수 있는, 리드의 흉흉한 웃음이었다.

"리드…… 먼저, 가?"

"비네……."

두 사람의 대화를 들은 용종 소녀가 다가왔다.

벨이 끝까지 지켜내고 아이즈가 놓아주었던 부이브르였다.

"나도, 가고 싶어. 주신님 있는 곳…… 나도, 지키고 싶어!"

어떤 어린 여신의 【파밀리아】와 나눈 추억을 가슴에 품은 용종 소녀는 아름다운 호박색 눈에 의지를 담고 있었다.

인간형이라고는 하지만 검은 로브에 싸인 몸은 어엿한 『용종』. 몬스터 중에서도 특히 우수한 오감을 가진 소녀는 반향추적이 가능한 레이에 이어 『위화감』을 감지하는 중요한 역할을 했다.

이 위험한 임무에 부이브르인 비네는 스스로 참가를 희망했던 것이다.

소년에게 보호를 받기만 하던 소녀는 이미 없었다.

인간도 몬스터도 마찬가지다. 『인연』을 위해, 소중한 무언가를 위해 싸울 수 있다.

우연찮게도 그녀의 모습은 싸우기로 결의한 아이즈와 거울에 비친 것처럼 흡사했다.

"비네…… 좋아, 따라와! 모험자들하고 같이 헤스티아님도 지켜주자!"

"응!"

"그로스, 이곳을 맡길게요! 우리는 탐색 범위를 넓히겠어요!"

남은 극채색 몬스터의 소탕을 가고일 일행에게 맡기고 리드, 비네, 레이가 움직였다.

이마의 붉은 돌을 번뜩이는 부이브르는 지상에 『은혜』를 갚고자 최선을 다하고 있었다.

"——!! 온다!"

그리고.

선풍과도 같이 달려나가는 아이즈의 후방에서 매직 서클을 전개하던 리베리아가 외쳤다.

『대기상태』로 지속 중인 이 마법은 광범위 섬멸주문 【레아 레바테인】. 그녀의 발밑에 펼쳐진 비취색 매직 서클은 장애물 및 모든 적과 아군을 식별할 수 있다.

그런 매직 서클의 바깥쪽 가장자리에 닿은 강대한 반응—— 무시무시한 속도로 육박하는, 틀림없는 괴인의 기척.

리베리아의 경종이 터져나온 순간 부대의 긴장감이 치솟았다.

선두에서 달리던 아이즈는 눈을 크게 뜨고 눈꼬리를 틀어 올리는가 싶더니, 콰드드득! 돌바닥을 깎을 정도의 무시무시한 급제동을 걸었다.

"물러나라! 아크스 부대가 대기하는 룸까지! 서둘러!!"

그때까지 전진만 하던 부대가 리베리아의 호령에 따라 재빨리 역류를 시작했다.

마치 밀려들던 파도가 물러나듯 흐트러짐 없는『후퇴』였다.

아이즈가『정령』의 위치를 찾기 위한『레이더』및 레비스를 끌어들이는『미끼』라면, 리베리아는『사이렌』이었다.

지속적으로 마인드를 깎아내며 전개하던 초광역 매직 서클은 오버스펙의 적이 다가오는 것을 가장 먼저 감지하고 재빨리 철수시키기 위한 조치였다. 리베리아에게 지휘가 맡겨졌던 데에는—— 도시 최강의 마도사가 아이즈와 대동하게 된 데에는 그런 이유도 있었다.

"아이즈, 쓸데없는 마음 품지 마라!"

"……나도 알아!"

괴인을 낚아 그대로 아이즈가 1대 1로 싸우는 것은 가장 어리석은 방법.

적어도 핀은 이를 용납하지 않았다. 미리 부대를 대기시켜놓은 룸에서 맞서 싸우도록 엄명을 내렸던 것이다.

【맹자】와의 실전 속에서 함양한『힘』도, 지금만은 투쟁심과 함께 가슴속에 담아놓았다. 아이즈는 리베리아에게 대답하며 단원들의 뒤를 따라갔다.

한편 리베리아는 조금 전과는 정반대로 부대의 최후방 수비를 맡은 아이즈를 돌아보며 손에 쥔『수정』을 입가에 가져다 댔다.

"핀—— 걸려들었다."

『잘했어, 리베리아.』

그녀의 목소리를 총지휘관에게 전달해준 것은 매직 아

이템『오쿨루스』.

리베리아의『양동부대』는 괴인을 낚고 유인해 핀이 있는 본대에게서 될 수 있는 대로 멀리 떨어뜨리는 것이 목적이다.

최대의 위협이었던 레비스의 위치가 밝혀졌으므로, 최대의 우려 요소가 제거된 것이다.

『전 부대, 속도를 높여라! 이제부터가 작전의 명암을 가를 거다── 단숨에 밀어붙여라!』

매직 아이템에서 파룸의 호령이 쩌렁쩌렁 울려 퍼졌다.

레비스의 위치를 포착한 각 부대가 일사불란하게『가속』했다.

정확하게 말하자면, 퇴로를 확보하던 움직임에서, 철수라는 선택지를 버린『공세』일변도의 움직임으로.

베이트가 울부짖고, 가레스가 일갈하고, 티오네와 티오네의 목소리가 그 뒤를 따랐으며,『제노스』의 포효가 터져 나왔다. 더 깊이, 더 처절하게, 각 부대가 크노소스를 물어뜯기 시작했다.

작전이 바뀌었다.

핀의 지휘, 아이즈 부대의 일기당천 같은 활약, 그리고 시간과 장소의 개념을 때려부수는 펠즈의 반칙 같은 매직 아이템. 이 모든 것이 한데 어우러져, 공략전을 빈틈없이 격렬하게 진행시키고 있었다.

마굴과도 같이 광대한 미궁 속에서, 사방에 흩어진 모험자들은 마치 하나의 생물과도 같이 일제히 포효를 터뜨리며 나아갔다.

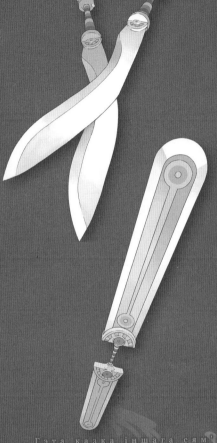

5장

망집의 현현

Гэта казка іншага сям'і.

бяздомная праява

© Kiyotaka Haimura

"……."

명공『다이달로스』의 자손이자 사실상 크노소스의『지배권』을 쥔 바르카는 눈앞의 광경에 입을 다물었다.

'……**지나치게 빨라.**'

적의 공략속도가.

모험자들의 계층 돌파가.

파벌연합의 공략작전이 시작된 지 이미 한나절. 아니, 이제 겨우 한나절이라고 해야 할까.

【로키 파밀리아】를 중심으로 전개된 모험자들은 그야말로 열화와도 같이 크노소스의 계층을 공략해나갔다.

가장 발이 빠른 수인부대가 **第8층**, 그 이외의 부대도 제7층까지 진격 중이다. 솔직히 말해 믿을 수 없는 속도였다. 철저한 탐색 끝에 충분한 매핑이 이루어진 던전이라면 그나마 이해할 수 있다. 하지만 이곳은 크노소스.【로키 파밀리아】에게도 아직『미지』의 영역이 많을 텐데.

그런데도.

'레비스가【검희】의 부대에 달려간 순간…… 그때부터 각 부대의 움직임이 **돌변했어.** 최하층 언저리에 있던 몬스터들까지도.'

바르카는 알 도리가 없지만, 이는 모두 펠즈가 제공한 매직 아이템『오쿨루스』의 효과였다.

멀리 떨어진 장소에 정확한 정보를 전달할 수 있는 힘은 전략적으로 막대한 의미를 가진다. 전장의 동향을 읽고 적확한 지시를 내리는 핀의 목소리가 시간 손실 없이 모든 부대에 전달된다면 그것만으로도 수많은 무기를 능가하는 힘이 된다. 이『오쿨루스』야말로 크노소스를 공략하는 마지막『열쇠』였다고 해도 결코 과언이 아니다.

그 위협이 어느 정도인지는 바르카의 눈앞, 좌대의 수막에 비친 유린의 광경이 말해주었다.

파괴된 플랜트는 헤아릴 수도 없다.

새로운 몬스터의 생산은 이미 손실을 따라잡을 수 없다.

모험자들의 연계로 비올라스가 퇴치되고, 격렬한 전열의 돌격으로 바르그가 섬멸되었다.

이블스의 잔당도 분전하지만 대항하지 못한 채 헛된 자폭만을 거듭했다.

'두 번에 걸친 크노소스 침입으로 얻은 정보를 모조리 이용해서…….'

【로키 파밀리아】는 오늘까지 얻은 모든 것을 초석으로 삼았다.

동료의 희생을 치렀던 첫 번째 철수전도, 바르카와 타나토스의 허를 찔렀던 두 번째 기습전도, 모두.

제1급 모험자들이 격렬한 전투를 펼치는 동안, 다른 단원들이 기록하고 기억한 루트가 이번 공략의 방침이 되고 마굴을 비추는 빛이 되었다.

동료를 잃은 분노, 모험자의 지혜.

모든 것을 무기로 바꾸어, 이곳 크노소스를 때려 부수고자 하는 것이다.

"혈족이 세운 천 년의 역사조차 짓밟힌단 말인가……."

그들은 여실히 보여주고 있었다.

신들의 의도조차 배신하는 『초세계』인 던전과, 인간의 손으로 만든 『가짜』, 인조미궁 크노소스의 차이를.

인조인 이상 여기에는 모종의 규칙성과 질서가 생겨나게 마련이다. 석재의 배치, 통로, 『문』의 위치. 여기에는 반드시 인간의 『의도』가 있다. 그리고 만든 자가 신이 아닌 이상 『완벽』하지 않다. 바르카는 완벽한 혼돈을 추구하던 다이달로스의 고뇌를 이해할 것 같았다.

【로키 파밀리아】는 두 번의 교전으로 이 규칙성에 육박하고, 거듭 대책을 세워 『순응』해낸 것이다.

50계층도 넘는 던전의 심연에 도전해왔던 그들이, 어떻게 18층밖에 안 되는 인조의 영역을 버거워할 수 있겠는가.

좌대의 수막에 비쳤다가는 사라지는 온갖 광경—— 감시의 『눈』을 없애며 진격하는 【로키 파밀리아】의 속도에, 바르카는 분명히 전율했다.

이것이 성의 함락을 앞둔 자의 마음일까. 마치 남의 일처럼 그런 생각을 하고 말았다.

"8층까지 왔어!"

"어쩌지, 어떻게 해야 하지?!"

"이젠 간부도 나가는 수밖에는……!"

"…………."

이제는 그의 주위, 『미궁주의 방』 내에서도 간부들이 야수처럼 소란을 떨어댔다. 그들의 모습을 흘끔 쳐다본 바르카는 조용히 생각했다.

이블스가 자랑하는 본거지는 공략되려 하고 있다. 규율이 없는 『악당』들 중에서는 이미 가망이 없다 판단하고 미궁에서 탈출하는 자도 나오기 시작했다.

결론을 내리기에는 아직 이르다. 그러나 이대로 『정령』이라는 비장의 카드를 꺼내지 않는다면 크노소스는 틀림없이 함락될 것이다.

바르카의 목적은 결코 사신의 사도들과 말로를 함께 하는 것이 아니다.

바르카는 『비원』을 위해서라면 수단을 가리지 않는다.

그렇다면 바르카가 취해야 할 행동은——

"바르카~."

그때.

생각에 잠겨있던 바르카의 어깨에, 어느새 다가왔는지, 타나토스의 팔이 감겨 있었다.

"크노소스의 **정보를 팔아** 【로키 파밀리아】에 붙으려는 거야?"

"………… ."

"크노소스를 지키기 위해…… 우릴 배신할 거야?"

바로 옆에 있던 얼굴이 웃음을 흘린다.

어깨에 감긴 가느다란 팔은 뱀과도 같았다.

그리고 신의 음성은 적확하게 바르카의 심중을 꿰뚫어 보고 있었다.

바르카의 바람은 다이달로스의 비원을 달성하는 것. 다시 말해 이 크노소스를 완성하는 것이다. 그것을 이룰 수 있다면 이블스에 집착할 필요가 어디 있겠는가. 이제까지 타나토스의 권속이었던 것도 어디까지나 크노소스의 확대를 위해서는 그편이 유리했기 때문이었다.

바르카에게 충성심은 없다.

바르카에게 있는 것은 선조에게 물려받은 『천 년의 망집』뿐.

그렇기에 길드와 결탁한 【로키 파밀리아】가 도시 붕괴를 저지할 자들을 일소하려 한다면, 정보를 제공하고 투항하면 그만이다.

"그치만 말야. 만약 우리를 배신한다 치고, 목숨을 건졌다 해도…… 길드는, 우라노스는 크노소스를 이 이상 확장하도록 허락하지 않을걸? 절대로."

"…………."

"도시의 평화를 지키려면, 던전과 이어진 영역은 방해만 되니까."

타나토스는 마치 신탁을 내려주듯 바르카의 마음에 어두운 말을 새겨넣었다.

그의 말은 정곡을 꿰뚫고 있었다. 크노소스의 파괴는 모면한다 쳐도, 이 이상의 증축은 불가능하다.

『제노스』사건처럼 모종의 착오가 생긴다면 다시 몬스터가 지상으로 진출할 수 있다. 그런 영역을 길드가 좋게 여길 리 없다.

바르카는 이쪽을 보려고도 하지 않는 신의 옆얼굴을 흘끔 보았다.

중성적이며 퇴폐적인 사신은 아직도 웃고 있었다.

그것이 조소인지, 어리석은 아이에 대한 자비의 웃음인지는 알 수 없었다.

수면에 비친 광경을 들여다보던 타나토스는 천천히 바르카와 눈을 마주쳤다.

"바르카의 바람은 우리하고 같이 있어야만 이룰 수 있어. 알지?"

"……."

"게다가 바르카는 엘프가 아닌걸. 그러니까 크노소스의 완성을 지켜보는 건 무리지. 스스로도 말했잖아. 아니면 욕심이 생겼어?"

"……."

"자기 손으로 이룰 수 없다면…… 다음 대의 다이달로스를 위해 조금이라도 걸림돌을 치워놓자고. **무슨 수를 써서라도.**"

긴 침묵.

귀에 속삭이는 신의 말이 『진리』만을 고했다.

"……그래. 나도 안다."

이윽고, 신의 눈에 비친 자신의 얼굴은 무표정한 채 고개를 끄덕이고 있었다.

일심동체임을 호소하던 타나토스의 두 눈이 활처럼 구부러졌다. 어깨에 감겼던 팔이 풀리자마자 바르카는 그 자리에서 걸어 나갔다.

"바르카~ 뭐 도와줄 거 있어~?"

"없다. 내가 떠나면『문』은 조종할 수 없으니 지휘를 부탁하지."

등 뒤에서 들려오는 웃음기 머금은 목소리에, 바르카는 표정 하나 바꾸지 않고 대꾸했다. 유령 같은 발걸음에, 조바심에 빠졌던 단원들은 움직임을 멈추고 두려워하듯 길을 열어주었다.

바르카는 타나토스의『신의』를 적확하게 파악했다.

자신에게 무엇을 바라는지 이해했다.

그리고 크노소스의 지배권을 쥔 바르카가『문』을 조종하는『미궁주의 방』을 떠나면서까지 할 일이 있다면, 그것은 침입자들을 없애는 것 말고는 있을 수 없다.

그야말로 **무슨 짓을 해서라도, 무슨 수를 써서라도.**

"…………."

어두운 복도를 걷는다.

벽에 반사된 발소리가 표정 없는 사내의 고막을 두드렸다.

이 세상에 태어나 이제까지 겪은 것 중에서 가장 불안정해진 사내의 정신을 미궁의 어둠이 드러내 주었다.

——바르카 베르딕스는 **철이 들었던 기억이 없다.**

다시 말해 나이만을 따지면 초로에 접어들려 하는 지금이 되어서도 여전히, 그는『유아기의 어린이』와 무엇 하나 다를 바 없다는 뜻이다.

바르카는 지상에 나간 적이 없다. 바르카는 햇빛을 본 적이 없다. 바르카는 제대로 된 도덕을 가진 신이나 사람과 교류한 적이 없다. 바르카는 사랑과 우정, 도덕과 윤리를 모른다.

항상 무표정에 가까운 그에게 감정이 결여된 이유는 이 때문이다.

도리라 할 만한 것을 지식으로는 가졌으되 인지하지 못하는 것은 그런 까닭이다.

그렇기에 바르카는 아직도『자각』과『무자각』의 경계를 헤매고 있다.

그러나—— 그런『기능』은 바르카에게 필요가 없었다.

시조에게 물려받은『천 년의 망집』, 인조미궁 크노소스의 완성을 위해서는 쓸데없는『기능』은 오히려 잘라내 마땅한 요소였다.

'내가『나』가 되었던 정경이…… 왜 지금 재생되는 거지…….'

바르카가 꿈이나 환영처럼 본 적이 있는 시작의 기억,

그것은 수많은 물소리에서부터 비롯된다.

파수의 소리다. 어두운 미궁 속에서 바르카는 이 세상에 태어났다.

어머니라 해야 할 이의 배에서 태어나, 피에 젖은 몸으로 산성을 올렸던 새 생명은── 그 직후, 페이지가 펼쳐진 『책』을 보았다.

크노소스의 『설계도』가 기록된 『다이달로스의 수기』였다.

『─────────.』

새로운 생명은 울음을 그쳤다.

울부짖던 갓난아기는 움직임을 우뚝 멈추더니, 왼쪽 눈을 크게 떴다.

시야라는 것이 있을 리 없는 갓난아기의 눈동자지만, 『D』의 기호를 가진 눈에는 그 『수기』가 보이고 말았다.

『눈에 똑똑히 새겨라!! 다이달로스의 비원은 지금부터 네가 물려받는 거다! 너야말로 차기 페르딕스, 시조의 환생이다!!』

아버지의 자격을 가진 고령의 노인은 핏발 선 눈으로 붉은 눈물을 흘리고 시커멓게 물든 이 사이로 침을 흘리며 으르렁거렸다. 아직 바르카라는 이름조차 받지 못한 생명에게, 집념의 표정으로 그렇게 외쳐댔다. 숨도 제대로 쉬지 못하고 쓰러져 경련하는 어머니에게는 아랑곳하지 않고. 그 여성은 괴로움 속에서 공허와 증오가 섞인 눈으로 아버지와 아들을 그저 보고 있었다. 물론 바르카가 이를 신경 쓰는 일은 없었다.

태어난 직후, 바르카는 **저주를 받았다.**

『저주의 수기』에게 운명을 빼앗겼다.

새하얗던 갓난아기는 피의 숙명에 따라 생후 1분도 지나지 않아 『다이달로스의 포로』가 되었던 것이다.

'난 아무것도 잘못하지 않았어. 이제까지도 그랬고, 앞으로도 그럴 거다.'

그 후로는 『포로』로서 『활동』을 이어왔다.

손톱을 잃으면서도 암반을 깎았다.

굶어 죽기 직전까지 미궁을 확장했다.

사로잡은 여자를 덮쳐 아이를 가지게 했다.

『다이달로스의 운명』에 견디지 못하고 망가져 자해하는 동포에게서 『눈』을 도려내 새로운 『열쇠』를 만들었다.

인간성이라는 최소한도의 『기능』을 가지지 못한 채, 무기적으로, 엽기적으로. 바르카는 자신의 『활동』을 모두 크노소스에 환원했다. 그 과정에서 신과 계약을 맺어 『은혜』를 얻은 것은 당연한 귀결이었다.

——바르카는 마음에 『괴물』을 기르고 있구나.

——잔혹하고 추악하고 무구한 『괴물』을.

권속이 되었을 때, 타나토스에게 그런 말을 들었다.

바르카에게는, 아무 생각이 없었다.

필요했으므로 『신비』 어빌리티를 체득했다.

필요했으므로 주술사가 되어 끔찍한 『커스 웨폰』을 만들어내고 양산했다.

필요했으므로 인간도 괴물도 죽었다.

모든 것은 다이달로스의 『비원』을 위해.

'그럼에도…… 과거의 정경이…… 딕스의 얼굴이 재생되는군.'

바르카보다 조금 늦게, 같은 여자의 배에서 태어난 딕스 페르딕스는 자아가 확립되었을 무렵에 『수기』를 보았기에 고뇌했다.

바르카는 그 괴로움을 이해하지 못했다. 애초에 공감이나 추측 같은 『기능』이 갖추어지지 않았으므로 당연했다.

그저 크노소스를 증오하고, 때로는 『비원』을 방해하는 행위를 저지르는 딕스를 『해악』이라 간주했다. 훼방꾼이라 여겨 싫어했다. 딕스 또한, 미궁을 확대하는 『기능』으로 변한 바르카에게 비슷한 감정을 느꼈으리라. 서로가 서로를 죽이지 않았던 것은 어디까지나 이용가치가 있었기 때문이다.

아이러니하게도 그것이 유일하게 『형제』다운 그들의 감정이었다.

'이 기분은 뭐지…………. 하지만 아무래도 상관없다.'

바르카에게 신념은 없었다. 의지는 없었다.

핏줄과 수기의 꼭두각시 인형 —— 그러한 의문을 느낄 쓸데없는 생각조차 없었다.

그에게는 『망집』만이 있었다.

"…………."

병적일 정도로 하얀 피부가 벽에 설치된 푸른 마석등의 빛을 받았다.

망령처럼 통로를 나아가는 바르카는 자신의 공방이기도 한 비밀방에 들러 검은 수기를 손에 들었다.

『다이달로스의 수기』였다.

딕스가 무참하게 죽은 후, 아무런 감회도 없이 회수해온 크노소스의 설계도.

이를 묵묵히 바라본 후, 자루에 담아놓았던 다른 『물건』 을 벨트에 걸고 그대로 목적지를 향해 서둘러 나아갔다.

이내 도달한 곳은 조금 전까지 있던 『미궁주의 방』보다 좁지만, 충분한 규모를 가진 원형의 룸이었다. 천장이 높 아 어느 정도 규모의 강당 정도 되는 넓이였다.

출입구는 넷. 구조도 『미궁주의 방』과 비슷하며 중앙에 는 좌대가 있었다.

좌대에 놓인 것도, 마찬가지로 다이달로스의 자손만이 다룰 수 있는 대형 홍옥이었다.

"딕스…… 네놈의 『원념』에 의존하게 되다니…… 하지만 어쩔 수 없군."

이미 죽은 자의 이름을 중얼거린다.

눈앞에 있는 것은 『작동장치』였다.

오리할콘 『문』을 여닫는 것과 같은 원리로 특정한 계층의『기둥』을 제거하는 장치다.

그렇게 해서 이르는 결말은『붕괴』.

타나토스의『신의』를 올바르게 이해한 바르카는 이것으로 계층을 무너뜨려【로키 파밀리아】를 압살시키려 하고 있었다.

『다이달로스의 수기』에는 당연히 기재되지 않은 기능.

이 장치를 설계한 사람은 다른 누구도 아닌 딕스였다.

『수기』를 원망하고, 운명을 저주하고, 크노소스 그 자체를 증오했던 이부형제. 피를 나눈 동생이라고도 인정하지 않았던 한 사내가 남긴, 다이달로스에 대한 마지막 반항.

『피의 저주』로부터 해방되기를 바랐던 딕스는, 어쩌면 이 크노소스와 함께 파멸하기를 꿈꾸었는지도 모른다.

무의식중에 그런 쓸데없는 생각을 하며, 붕괴의 좌대 앞에 섰다.

손에 든 것은 조금 전에 가져온『다이달로스의 수기』.

페이지를 펼치고, 딕스가 남은 여백에 기록한 작동수순을 따랐다.

대형 홍옥을 왼쪽으로 반회전, 오른쪽으로 2회전. 마지막으로 꾹 누르며『디스트럭션』이라고 속으로 명령을 내린다.

무너뜨릴 계층은—— 8층.

【로키 파밀리아】의 연합부대가 속속 진출하려는 층역.

이것으로 침입자는 근절된다.

"……."

담담히 대형 홍옥을 누르려던 바르카는, 한순간 망설임을 느꼈다.

이제까지 쌓아왔던 천 년의 망집. 설령 층역 하나라고는 해도 붕괴시키면 크노소스에는 심각한 피해가 남는다. 자칫하면 바르카의 대에서 완성은 멀어져, 『비원』의 성취를 볼 날은 절대 오지 않을 것이다.

『비원』을 보지 못한다는 사실을 이미 깨달았으면서도, 『어쩌면』하는 가능성에 매달려버리는 것은 바르카의 확고한 감정이었다.

햇빛도 받지 못하고, 하얗게 퇴폐해, 감정을 자극하는 기능 따위 없었던 사내가 가진 유일한 감정. 비원에 관한 선망. 미련이자 갈등이었다.

바르카에게 존재했던 그런 인간적인 감정이 아이러니하게도 『운명의 명암』을 갈랐다.

닫혔던 입술을 간신히 열어 『디스트럭션』이라 외치려던 다음 순간.

"———— 으윽?!"

슈욱!

아무것도 없어야 할 공간에 날카로운 소리가 울려 퍼졌다.

아슬아슬하게 제육감의 경종에 따라 상반신을 젖혔다.

그 직후, 날카롭게 바람 가르는 소리를 피한 바르카의 목에 선 하나가 내달리더니 힘차게 피가 솟구쳤다.

"끅……?!"

간신히 **회피한** 바르카는 비틀거리며 지면을 박차 후퇴했다. 그 바람에 손에서『다이달로스의 수기』가 떨어졌다.

붉은 피가 솟아 몸과 지면을 더럽히는 가운데, 바르카의 청각은 그『목소리』를 들었다.

"——빗나갔군요."

붉은 눈을 크게 뜬 바르카의 정면, 좌대 옆에서 공간이 일렁였다.

늠름한 목소리와 함께 나타난 것은『검은 투구』를 왼손에 든 미녀였다.

"……【페르세우스】?!"

펄럭이는 흰 망토, 물색 머리카락, 은색 안경.

바르카의 시선 너머에 출현한 것은 바로 아스피 알 안드로메다 본인이었다.

"바르카 페르딕스, 맞지요? 신 이켈로스의 정보에 있었던 딕스 페르딕스의 이부형제이며 다이달로스의 후예. ……우리의 동료를 앗아간 이블스의 간부."

아스피는 오른손에 든 피에 젖은 단검을 가볍게 휘둘렀다.

마치 그것을 신호로 삼은 것처럼, 그녀의 등 뒤 허공 속에서 여러 명의 모험자가 나타났다.

"……【헤르메스 파밀리아】."

시앙스로프 시프, 파룸 마도사, 워타이거 전열수비수.

도합 10명이나 되는 집단이 출현해, 당황이라는 감정을 모르던 바르카의 마음에도 거친 파도가 일었다.

　피가 솟는 목을 누른 채, 그럴 리가 없다며, 바짝 마른 혀로 목소리를 냈다.

　"설마……『투명』해지는 매직 아이템?"

　아스피 일행은 모두가 같은『검은 투구』를 들고 있었다.

　투구를 벗는 동작과 함께 나타났으므로, 저 투구야말로【페르세우스】의 특제 매직 아이템이라는 결론이 나왔다.

　『투명 상태』가 되어 몰래 다가와 바르카의 목을 베려 했던 것이다.

　"하지만 어떻게 여기까지…………. 아무리 계층을 넘어왔다고 해도, 기적에 의존하지 않는 한 이 방을 발견할 수는……."

　눈앞에 느닷없이 출현한 이유를 이해한 후에도 의문은 끊이질 않았다.

　이 방은『미궁주의 방』과 마찬가지로 크노소스에서 이블스 측의 가장 중요한 시설이다. 자연히 미궁 내에서도 가장 복잡하고 후미진 에어리어에 있으며, 무턱대고 나아간들 도달할 수 있는 장소가 아니었다.

　"간단하지요.『사람』을 붙잡아 물어봤거든요."

　바르카의 당혹감에 아스피는 너무나도 쉽게 대답했다.

　그러자 등 뒤에 있던 워타이거 모험자가 붙잡고 있던 자를 지면에 내팽개쳤다.

　바닥에 쓰러진 것은 로브를 입은 타나토스의 사도였다.

두건이 벗겨진 그 얼굴은 바르카도 본 적이 있다. 이블스 잔당 중에서도 간부급에 속하며 타나토스의 곁을 빈번히 드나들던 사내였다.

"자폭하려 했던 듯하지만…… 등 뒤에서 『투명』해져 다가가면 폭사할 틈도 주지 않을 수 있으니까요."

"……!"

"그 후에는 아이템을 써서 우리의 질문에 대답하게 하면 그만이었습니다."

다음으로 바닥에 떨어진 것은 암기와도 비슷한 단침. 그것도 【페르세우스】의 매직 아이템일 것이다. 능력은 일종의 자백제.

말 그대로 심문을 통해 크노소스의 중요 시설 및 거점, 그리고 주신 타나토스와 바르카가 있는 장소를 알아냈던 것이다.

바닥에 쓰러진 간부는 의식이 혼탁해졌는지 눈알을 까뒤집은 채 경련을 거듭했다.

"……나와 타나토스를, 찾아내기 위해……?"

"그리고 이 『수기』도요."

"!"

아스피는 허리를 숙여 바닥에 떨어진 『다이달로스의 수기』를 주웠다.

"조직의 중심인물을 체포하고, 아울러 크노소스의 『설계도』를 탈취하는 것. 이것을 완수해야 비로소 핀 디무나가

구상한『단기결전』이 실현되니까요."

　다이달로스 거리 공방전을 앞두고, 이켈로스에게서 이 수기의 존재를 들은 핀은 크노소스의 구조가 기록된『설계도』의 확보를 최우선사항으로 잡았다. 이것만 입수하면 매핑의 수고가 단숨에 줄어든다. 타나토스와 바르카 같은 중요 인물의 확보에 버금가는 지상과제였다.

　이『수기』야말로 작전을 성공으로 다가가게 할 열쇠──아니,『비기』였던 것이다.

　"우리【헤르메스 파밀리아】에 부여된 임무는 둘. 에뉘오라는 존재의 단서를 수색하고…… 이와 병행해 이『수기』를 어떻게든 발견하는 것이었습니다."

　그렇기에──【로키 파밀리아】의 행군은 모두 이『수기』를 손에 넣기 위한 것이었다 해도 과언이 아니었다.

　바르카는『D』가 새겨진 왼쪽 눈을 크게 떴다.

　아스피의 발언을 듣고 전율과도 같은 예측을 세웠다.

　"설마 처음부터……."

　"예. 모든 것이【브레이버】의 **손바닥 위에 있었던 겁니다.**"

　『수기』를 시앙스로프 시프에게 넘긴 아스피는 순순히 긍정했다.

　"이제까지의 공략 작전은 말하자면 우리『별동대』의 존재를 들키지 않기 위한『위장막』."

　그 충격적인 사실에, 바르카의 머리는 상황을 이해하기 위해 날뛰었다.

핀은 자신의 부대를 포함한 모든 군세를 『양동』으로 간주했다.

과도할 정도로 많은 매핑 요원, 총 5개로 분산시킨 돌입 부대 등, 이러한 모든 것들은 인해전술로——『정공법』으로 크노소스를 공략한다고 착각을 주기 위한 작전. 노도와 같이 쳐들어온 그들에게 주의가 쏠린 틈에, 【헤르메스 파밀리아】는 마도구 『하데스 헤드』의 은혜로 『투명 상태』가 되어, 눈에 보이지 않는 『별동대』로서 움직였다.

조금 전에도 말했듯 간부 단원을 잡아 『중요 시설의 위치』를 물어보면서.

"이 대규모 작전 그 자체가 『미끼』……? 말도 안 돼, 그런 일이……."

도시 최대 파벌 【로키 파밀리아】의 대부대가 『양동』이라고 누가 의심할 수 있겠는가.

실제로 이블스 측은 크노소스를 공략하고자 하는 모험자들의 무시무시한 공세를 막는 것만으로도 벅차, 갑자기 모습을 감춘 【헤르메스 파밀리아】의 존재는 아무도 깨닫지 못했다. 『미궁주의 방』에서 끊임없이 전황을 지켜보았던 바르카조차도.

그제야 바르카는 깨달았다.

공략부대가 철저하게 파괴했던 미궁의 『눈』.

그것은 바르카 일당에게 정보가 누설될 것을 막기 위해서만이 아니라, 【헤르메스 파밀리아】가 홀연히 사라졌다는 사실을 알리지 않기 위한 포석이기도 했음을.

【디오니소스 파밀리아】의 많은 인원, 【로키 파밀리아】의 전투부대, 그리고 조사 및 첩보능력이 뛰어난 【헤르메스 파밀리아】의 별동대.

우연찮게도 처음 동맹을 맺었던 세 파벌을 연계시켜, 핀 디무나는 이블스를 능가할『한 가지 계략』을 입안했던 것이다.

"든든하게 의지했던 도우미는 어디론가 가버리고, 길을 아는 간부 찾느라 고생하고, 시간은 엄청 잡아먹고~."

무시무시한 기세로 페이지를 넘기며『수기』를 읽는 시앙스로프 시프에게 아스피는 슬쩍 어깨를 으쓱하며 대답했다.

"조용히 하세요, 루루네. ……뭐, 이 중요 시설에 있던 당신이『수기』를 가지고 있던 건 분명 행운, 단순한 우연이었습니다만."

그녀의 등 뒤에서는 다른 단원들이 계층 붕괴장치인 좌대를 파괴하고 있었다.

이를 막지도 못한 채 가만히 서 있기만 하던 바르카는, 마지막으로 남은 가장 큰『의문』에 매달리고자 간신히 입을 열었다.

"『열쇠』는, 어떻게 했지……? 몬스터 무리를 포함해서 【로키 파밀리아】가 움직이고 있는 부대는 다섯. 신 이슈타르가 소지했던 것을 수중에 넣었다 해도,『열쇠』는 다섯 개밖에 없었을 텐데……."

눈앞의 현실을 부정하듯 물었다.

【이켈로스 파밀리아】가 빼앗긴 것, 『제노스』 사건에서 【로키 파밀리아】가 탈취한 것, 마지막으로 이슈타르가 소지했던 것. 이를 모두 합쳐도, 그들이 잃은 『열쇠』는 다섯 개뿐. 핀의 전투부대가 원활히 활동하는 이상 『열쇠』를 가지지 않은 아스피 부대가 크노소스 내를 자유롭게 돌아다닐 수는 없을 거라고, 그렇게 지적했다.

아스피는 은색 안경을 손가락으로 밀어 올리며.

피에 젖은 다이달로스의 후예에게 단적으로 고했다.

"만들었습니다."

"_____."

룸에 울려 퍼진 목소리.

시간이 얼어붙은 듯한 바르카는 그 말의 의미를 처음에는 이해하지 못했다.

"작전 결행까지 열흘의 준비 기간 동안, 우리도 아무것도 하지 않았던 것은 아닙니다. 【브레이버】에게 『열쇠』의 실물을 받아, 이와 공명하는 오리할콘 『문』을 조사하고…… 그 후에 새로운 『열쇠』를 **만들어냈습니다.**"

그녀가 꺼낸 것은 미스릴로 만든 구체였다. 내부에는 붉은 구체가 박혀 있었으며, 『D』라는 기호 대신 거미줄처럼 그물 형태로 붉은 선이 새겨져 있었다.

"『블러드 리코리스의 꽃잎』, 『홍설정(紅雪晶)』, 『데포르미스 스파이더의 복안』, 그리고 『모리스의 눈물』…… 당신네 일족의 『눈』은 이러한 던전의 소재로 재현이 가능했지요."

헤르메스가 신 이켈로스에게 얻은 정보를 통해 『열쇠』에 다이달로스 일족의 『눈』이 쓰였음을 안 아스피는, 놀랍게 도 『다이달로스 오브』와 같은 성질의 매직 아이템을 만들어내고 말았던 것이다.

물론 【페르세우스】라 해도 전지전능하지는 않다.

정보도 없이 무(無)에서 이런 아이템을 만들어내기란 불가능하다.

하지만 【로키 파밀리아】가 탈취한 『열쇠』를 직접 보고 꼼꼼히 조사한다면 이야기는 다르다.

다이달로스 일족에게 내려오는 『피의 주박』──『D』가 새겨진 『눈』은 특수한 『마력』을 미세하게 뿜어내며, 『문』도 여기에 반응해 열리고 닫힌다. 그 사실을 깨달은 아스피는 시행착오를 거듭한 끝에 『눈』의 『마력』이 뿜어내는 파장을 해명하고, 던전에서 나온 여러 가지 소재를 조합해 『모방』 했다.

모든 지혜와 모든 기술, 모든 『신비』를 쏟아부어, 크노소스의 『열쇠』를 재현하고 말았던 것이다.

"이 준비 기간 동안에는 하나가 한계였지만…… 충분했 겠지요."

『희대의 아이템 메이커』라 불리는 그녀의 활약이 두드러지는 순간이었다.

이번에야말로 바르카는 할 말을 잃었다.

"저에게 긍지 같은 것은 없다고 생각했으나…… 오버스펙의 『매직 아이템』을 보니 피가 끓고 말았던 모양입니다. 같은 아이템 메이커로서 『질 수는 없다』고."

아스피는 루루네가 든 『오쿨루스』를 곁눈질하고 있었다.

던전 내부에서도, 설령 계층이 달라도 고도한 통신을 가능케 하는 오버스펙의 『매직 아이템』은── 이를 만들어낸 펠즈의 존재는 【페르세우스】를 현저히 자극했던 것이다.

"『수기』를 확보했어! 루트를 전부 장악했다고!"

그리고 그 『매직 아이템』의 위력을 보여주듯, 루루네가 『오쿨루스』를 입에 가져다 대고 큰 목소리로 외쳤다.

반대쪽 손에 『다이달로스의 수기』를 든 시프는, 중요 시설을 배치하기 위한 넓은 공간을 모조리 찾아내 단숨에 정보를 확산시켰다.

"적의 거점은── 9층이야!"

『데미 스피리트의 위치는 10층! 계층 터주도 날뛸 만큼 커다란 공간이 몇 개나 있어! 【브레이버】, 지시를 내려줘!』

손에 든 『오쿨루스』에서 들린 루루네의 목소리에 핀은

힘차게 주먹을 부르쥐었다.

"먼저 적의 거점을 확보한다! 『데미 스피리트』는 방치!! ──가자, 9층으로 향한다!!"

"""네!!"""

핀의 호령에 일제히 달려나가는 휘하 부대.

몬스터의 벽을 무너뜨리며, 사냥감을 몰아붙이는 짐승과도 같이 약진을 개시했다.

『지금 있는 계층, 그리고 현재 위치에서 보이는 특징을 모조리 가르쳐줘! 이쪽에서 어딘지 위치를 알아내서 유도해줄게!』

"왔구먼!"

가레스의 부대에도 『오쿨루스』를 통해 정보가 전해졌다.

핀과 작전을 공유했기에 고대했던 『소식』에 갈채를 보내며, 다른 단원이 가져온 주변의 지리정보를 루루네에게 보냈다.

"피르비스 씨!"

"그래! 아우라, 단원들에게 전달!"

"하고 있어요!"

엘프 소녀들도 그 『소식』을 듣고 끓어오르는 사기에 몸을 맡겼다.

아우라는 피르비스의 명령에 노성으로 대답하면서도 지시를 하달하고, 이에 【디오니소스 파밀리아】는 쩌렁쩌렁 포효를 터뜨렸다.

"9층 출입구의 수와 위치를 죄다 말해!!"

『아, 알았어! 수는 셋, 위치는 북쪽, 남동쪽, 남서쪽이야!』

수정에 고함을 지르는 베이트에게 얼른 대답이 돌아왔다.

이미 9층에 진출한 수인부대의 발이 더욱 가속했다.

"던전과 이어진 9층 출입구는 전부 확보했어! 신 타나토스를 절대 놓쳐선 안 돼! 후속 부대에 전달 부탁해! 여기서부터는 나랑 베이트, 라울 3개 부대로 갈라질 거야!"

"알겠습니다!"

부관 아나키티는 빠른 지시로 부대의 방침을 정했다.

적을 모조리 없애 안전지대로 변한 계단에 ——위나 아래층으로 탈출하는 것을 막기 위해—— 【디오니소스 파밀리아】의 단원들을 배치했다. 【로키 파밀리아】는 몬스터를 섬멸하며 세 곳의 출입구를 봉쇄했다.

전광석화와도 같이, 적의 거점이 존재하는 9층에 포위망이 구축되기 시작했다.

거의 【브레이버】가 그린 『작전도』대로였다.

"체크구마. 적을 체스판 끝까지 몰아붙였데이."

"만일 여기서 역전할 한 수가 있다고 한다면?"

"이 미궁이 철컹철컹 변신해서 거인이 되거나…… 아이른 『정령』들이 날뛰거나, 둘 중 하나밖에 없겠제."

절망의 비명을 지르며 덤벼드는 적병을 부대가 해치워

나가는 가운데, 디오니소스와 농담을 하며 로키는 눈을 가늘게 떴다.

"——당했네."
마지막으로.
『미궁주의 방』에서 모험자들의 움직임을 관측하던 타나토스는 항복했다는 듯 눈을 감고 하늘을 우러러보았다.

"들립니까? 여러분을 궁지에 몰아넣는 파멸의 발소리가."
미궁에 울려 퍼지는 수많은 발소리.
마치 군화와도 같은 소리의 연동은 망연자실해진 바르카의 귓전을 요란하게 울려댔다.
루루네가 여러 개의 『오쿨루스』를 이용해 끊임없이 정보를 전달하는 가운데, 아스피는 냉혹한 눈으로 『승패』를 고했다.
바르카는 움직이지 않았다.
단숨에 전개되는 작전 앞에 이제 이곳에서는 아무런 대응도 할 수 없었다.
마치 종언의 시간을 헤아리듯, 뚝, 뚝, 손으로 막은 목에서 붉은 피가 흘러나와 바닥에 웅덩이를 만들었다.
그리고.

"……큭!"

룸과 이어진 통로 중 한 곳에서 【로키 파밀리아】의 모험자들이 나타났다.

티오나와 티오네, 【디안 케흐트 파밀리아】의 아미드를 비롯한 힐러들. 핀이 이끄는 주력부대였다.

9층을 완전히 장악하고자 사방으로 산개시켰는지 인원은 겨우 십여 명. 돌입했을 때보다 적다. 그러나 티오나를 비롯해 전력은 충분하고도 남는다. 도저히 바르카 혼자서 대처할 숫자가 아니었다.

이곳으로 오면서 『오쿨루스』로 『정보』가 전해졌는지, 핀 일행은 놀라지도 않고 꼼짝 못 하는 바르카와 대치했다.

"끝났습니다, 바르카 페르딕스. 아니, 이블스의 잔당. 던전에서 희생당한 【파밀리아】의 원수…… 이곳에서 갚도록 하지요."

단검을 든 아스피의 말에 바르카는 목을 쥐었던 손을 놓았다.

축 늘어지는 두 손.

하얀 앞머리에 감추어졌던 눈은 틀림없는 체념으로 물들었다.

"……이것이 나의 『종언』이구나."

흘러 떨어지는 피를 방치하며, 허리에 손을 대고, 그곳에 감추어두었던 단검——『커스』가 담긴 무기를 꺼냈다.

말단 잔당들이 가진 것보다도 흉흉한 칠흑의 칼날에 아

미드가 눈을 가늘게 떴다.

다른 모험자들도 자세를 잡고 경계했다.

그런 그들 앞에서, 바르카는 손에 든 커스 웨폰을 들고,

"?!"

그 저주의 칼날을 **자신의 몸에 꽂았다.**

"엑?!"

"자, 자신에게?!"

"앗…… 자해?!"

그것으로 끝나지 않았다.

허리에서 또 다른 『커스』의 단검을 꺼내 몇 번이고, 몇 자루고 꽂아댔다.

다른 단원들과 함께 티오나와 티오네, 아스피는 경악했다.

지휘관인 핀, 힐러인 아미드조차 눈을 크게 떴다.

복부, 어깨, 다리, 팔. 급소는 피해갔지만, 이제는 치명상임이 명백했다. 수많은 『커스』를 입은 결과, 울컥 입에서 토해낸 피는 비유가 아니라 정말로 시커먼 색이었다.

"너희 말대로…… 우리가 졌다. 이블스는 여기서 멸망하겠지."

피투성이가 된 바르카는 죽음이 임박했음에도 감정이 없는 목소리를 자아냈다.

그 소름 끼치는 모습에 【로키 파밀리아】와 【헤르메스 파밀리아】가 자기도 모르게 압도된 가운데, 숨을 헐떡이는

사내는 『D』가 새겨진 왼쪽 눈을 크게 떴다.

"그러나── 크노소스는 무너지지 않는다."

다음 순간.

벨트에 매달아 놓았던 자루에서 꺼낸 것은, 녹색 보옥이었다.

"앗……『보옥 태아』?!"

아스피가 지르는 경악의 목소리.

시앙스로프 루루네, 파룸 메릴, 워타이거 팔거도 흠칫했다.

과거에 동료를 잃었던 제24계층의 팬트리에서 보았던 것과 같은, 『더럽혀진 정령』의 『씨앗』이라고도 할 수 있는 존재. 몬스터에게 기생해 강대한 『여체형』으로 변하며, 성장을 거듭해 『데미 스피리트』로 진화한다.

바르카가 꺼낸 『보옥』은 그들이 기억하는 것보다도 컸으며, 게다가 보옥 그 자체에 굵은 혈관 같은 것이 맺혀 있었다.

중심의 태아 또한 핏발이 선 두 눈을 크게 뜨고 모험자들을 바라보았다.

"이미 『여섯 개의 씨앗』이 해방되었다. 이것은 **번외**. 공교롭게도 너희 【헤르메스 파밀리아】가 피의 공물을 바쳤던 24계층의 보옥이지."

피를 토하며, 마치 운명을 들려주듯 바르카는 【헤르메스 파밀리아】를 바라보았다.

24계층이라는 단어에 그들이 반응하고, 분노를 담는 가운데—— 바르카는 **그 이상의 격정을 담아** 외쳤다.

"우리의 비원은 짓밟히지 않는다. 우리의 집념은 끊어지지 않는다. 시조가 꿈꾸었던 혼돈을 반드시 완성하기 위해 한 놈이라도 더 길동무로 삼아주마!"

그것은 바르카라는 인간의 생애 마지막 『절규』였다.

철이 든 적이 없는, 『자각』과 『무자각』의 경계를 헤매왔던 사내는 이때 처음으로 『자아』를 확립시키고 이번에야말로 확고한 『산성』을 터뜨렸다.

그리고 그것은 일족의 『저주』 속에 죽겠다는 각오로 직결되었다.

——설마.

아스피는 사내의 목적을 눈치챘지만, 때는 이미 늦었다.

바르카는 손에 든 『보옥』을, 단숨에 자신의 가슴에 밀어 넣었다.

"끅, 꺼억—— 끄아아아아아아아아아아아아아악?!"

『——아아아아아아아아아아아아아아아아아!!』

이중으로 울려 퍼지는 사내와 태아의 절규.

괴물이 아닌, 인간과의 『융합』.

『보옥 태아』가 반드시 몬스터에게만 기생할 거라는 법은 없다. 충분히 고려했던 『가능성』을 직접 본 아스피는 눈앞에서 펼쳐지는 광경에 사고와 행동을 빼앗기고 말았다.

융합된 가슴에서부터 펼쳐지는 잎맥 형태의 관. 사내의

온몸에 펼쳐지는 태아의 『촉수』가 가차 없이 살을 뜯어 먹고 유린하며 『변용』을 개시했다.

사내의 오른팔이 추악할 정도로 비대해졌다.

왼팔이 채찍처럼 늘어나 인간의 형태를 잃었다.

두 다리가 썩어 문드러지며 달팽이의 복족(腹足) 같은 형태로 바뀌었다.

저주에 물든 사내의 체액을 빨아들인 것처럼 잎맥 형태의 관은 새까맣게 물들어, 이때만큼은 『태아』도 비명을 질렀다. 그러나 끊임없이 물결치는 칠흑의 혈관으로 변하자, 흉부에 달라붙은 보옥까지도 어둠의 색으로 물들었다.

살점을 헤집는 듯, 뼈를 부수는 듯 끔찍한 소리를 내며 무시무시한 속도로 바뀌어가는 바르카의 육체. 『신비』어빌리티를 가진── 상급 모험자에 필적하는 육체를 매개체 삼아 강대한 존재가 이곳에 태어났다.

낯이 창백해진 【로키 파밀리아】와 【헤르메스 파밀리아】의 단원들. 아마조네스 쌍둥이는 혐오감에 신음했으며, 파룸 용사는 두 눈을 가늘게 뜨고, 만능의 아이템 메이커는 입을 꾹 다물었다.

그리고 성녀는, 그 『생명의 모독』에 손이 새하얗게 될 정도로 지팡이를 부르쥐었다.

"으거어, 아, 아, 아, 아, 아…… 거, 아, 아, 아…… 아아아아아……!!"

침식이 뇌에까지 이르러, 사내의 얼굴도 괴물의 것으로

© Kiyotaka Haimura

변해갔다.

오른쪽 눈이 뒤집히고 피눈물을 흘리며 변모해나가는 가운데, 『D』가 새겨진 왼쪽 눈만은 집념과도 같이 원형을 유지했다.

붉은 왼쪽 눈은 뒤룩뒤룩 준동해 뻣뻣이 선 『적』들을 노려보았다.

바르카 페르딕스라는 『자아』가 녹아내리기 직전, 그것은 마지막 의지를 남겼다.

"여그이서, 주그어라, 모험자아아아아아아아아아아아아아아아아아아아아!!"

목이 터져라 외친 절규와 함께, 육체가 부풀어 올랐다.

몸 전체가 인간의 영역을 넘어선 거구로 변하고, 진정한 이형으로.

명공 다이달로스의 피를 물려받아 마음에 『괴물』을 기르던 한 사내는, 진정한 『괴물』로 전락해 모험자들과 대치했다.

"전원 전투준비!!"

벼락보다도 매서운 호령이 룸에 내달렸다.

생물의 본능이 호소하는 두려움에 지배당했던 단원들은 핀의 고함을 듣고 흠칫 팔다리를 움직였다.

【브레이버】의 용기에 자극받아, 공포를 억누르며 끔찍한 『괴물』에게 무기를 겨누었다.

『그어어어어어어어어어어어어어어어어어어어!!』

인간의 언어를 잃어버린 괴물의 고함이 모험자들의 피부를 흔들었다.

바르카 페르딕스였던 존재는 이미 완벽한 몬스터로 변했다.

오른팔은 비대해졌으며, 왼팔은 가늘고 긴 촉수로 변하고, 다리는 달팽이와도 같다.

머리는 곤충의 흰색 알을 무수히 모아놓았다고 해야 할까. 생리적 혐오감밖에 들지 않는 부위 속에서 이성을 잃은 왼쪽 눈만이 『D』라는 기호를 형형히 빛냈다. 희뿌연 온몸에는 칠흑의 혈관이 구석구석까지 퍼져 으스스한 콘트라스트를 이루었다. 몸높이는 가뿐하게 5M을 넘어 대형급에 필적했다.

『보옥 태아』에게 몸을 바친 결과가 눈앞에 있었다.

이름을 붙인다면, 말 그대로『괴물 바르카』.

『비원』을 추구한 나머지 인간의 껍질조차 벗어던진, 그야말로 망집의 화신이었다.

"징그러 징그러 징그러—!! 우르가로 저딴 거 베고 싶지 않아—?!"

"멍청한 소리 할 때가 아니야! 그럼 직접 주먹으로 팰래?!"

"그것도 싫어~~~~!!"

시끄럽게 옥신각신하면서도 우르가를 든 티오나와 두 자루의 쿠크리 나이프 조르아스를 든 티오네는 결코 목표에서 시선을 떼지 않았다. 이제까지 싸워본 적이 없는 『미지』의 적을 최대한 경계했다.

그 직후 『괴물 바르카』는 우뚝 한 차례 몸을 멈추는가 싶더니, 단숨에 움직였다.

"옵니다!"

아스피의 경고와 동시에 왼팔의 공격이 날아들었다.

높은 상단에서 수직으로 내리꽂히는, 검은 혈관이 불거진 흰색 촉수.

룸 중앙을 가로지르는 일격에 【로키 파밀리아】와 【헤르메스 파밀리아】가 일제히 좌우로 갈라졌으며, 조금 전까지 『오쿨루스』로 교신하던 루루네도 황급히 회피했다.

룸이 위아래로 진동하는 가운데, 즉시 전열 부대가 공격에 나섰다.

『워어어어어어어어어어어어어어어어어어어어어!!』

남성의 성대를 토대로 한 고함을 지르며 『괴물 바르카』는 비대해진 오른팔을 단원들에게 내리쳤다.

오른팔의 형태는 표주박 모양이라고 할 수 있겠지만, 여기에 담긴 위력은 흉악했다. 포석을 가르는 정도가 아니라 균열을 거미줄 모양으로 퍼뜨려, 공격하려던 발 빠른 단원들이 움찔거리게 만들었다. 되돌린 왼팔의 촉수를 마구잡이로 휘둘러 접근을 허용하지 않았다.

"으윽⋯⋯?!"

"팔거, 세인! 전열은 【로키 파밀리아】에게 맡기세요! 메릴을 중심으로 우리는 지원에만 집중하겠습니다!"

워타이거와 엘프 단원도 함께 튕겨 나오는 가운데, 아스피가 세 개의 버스트 오일을 투척했다. 세 줄기의 불기둥이 솟았다. 대미지는 경미했지만 틈을 만드는 데에는 성공했다.

다른 파벌의 원호를 받아 티오네와 티오나가 폭연을 누비며 짐승과도 같이 육박했다.

"움직임은 둔해!! 티오나, **밀어 올려**!"

"알았어―!"

달팽이처럼 변한 적의 다리에 제대로 된 기동력은 없으리라 간파하고, 일단은 티오나가 앞장섰다.

접근과 동시에 수직으로 꽂히는 적의 오른팔에 《우르가》를 맞부딪치고,

"윽?!"

둔중한 소리가 처절하게 울려 퍼졌다. 기세가 실렸던 티오나의 돌격이 저지되었다.

손에 전해지는 강력한 힘에 눈을 크게 떴지만, 티오나는 이내 웃음을 지었다.

"가레스가 더 강하다고오오오!!"

허리를 트는 동작과 함께 주문대로 밀어 올렸다.

거대한 오른팔을 머리 위까지 쳐들며 밀려난 『괴물 바르

카』에게 지체하지 않고 티오네가 공격을 퍼부었다.

"뒈져버려!"

쌍둥이의 연계로 순식간에 적을 없애고자 했던 아마조네스들. 그러나.

"!!"

엄지손가락의 『시큰거림』을 느낀 핀이 누구보다도 빠르게 외쳤다.

"티오네, 티오나. 물러나!"

""?!""

예상치 못한 핀의 지시에 귀를 의심했으나 쌍둥이는 이제까지의 경험을 통해 즉시 명령을 따랐다.

그리고 두 사람이 긴급회피를 행한 직후.

뿌득뿌득.

괴물의 온몸에 불거진 검은 혈관이 소름 끼치는 소리를 내며 융기했다.

"＿＿＿＿＿＿."

룸에 있던 모든 상급 모험자들이, 수많은 사선을 넘나들었던 자들이 『오한』을 공유했다.

다음 순간, 괴물의 혈관이 터지며 어마어마한 혈액의 비가 사방으로 퍼졌다.

"에에에엑?!"

"크윽――?!"

가장 가까이 있던 티오나와 티오네는 무기를 휘두르며

제1급 모험자의 관록을 보여 회피하는 데 성공했으나 다른 전열이 먹이가 되었다.

"끄아아아아아아아아아아아아아아아아아악!?"

방사형으로 확산된 검은 비를 뒤집어쓴 자들부터 비명을 질렀다.

액체가 묻은 피부에서 연기가 솟는가 싶더니, 순식간에 거무죽죽하게 변색되며 눈과 코, 입에서 피를 흘리며 몸부림친다. 【로키 파밀리아】도, 【헤르메스 파밀리아】도 상관이 없었다. 바닥에 쓰러져 이리저리 구르며 목이 터져라 비명을 질렀다.

순식간에 일어난 사태에 티오나와 티오네의 얼굴이 경악으로 물들었다.

"독?! 아니…… 설마, 『커스』?!"

즉효성이라는 말로는 다 표현할 수 없는 동료들의 참상에 아스피가 눈을 크게 떴다.

『내성』 어빌리티를 체득한 자, 그렇지 않은 자 모두 상관없이 발생한 똑같은 증상. 【페르세우스】의 분석에 흠칫한 【로키 파밀리아】의 단원들은 가지고 온 안티 커스 『비약』을 동료에게 뿌렸으나,

"끄아아아아아아아아……?!"

"토, 통하지 않아?! 안티 커스 『비약』으로도 저주를 풀 수 없어!"

피를 토해대기만 하는 그 모습에, 귀가 찢어질 정도로

비명을 질렀다.

티오나도, 티오네도, 핀마저도 얼어붙었다.

후방에 대기하던 아미드도 호흡을 정지시켰다.

초강위력의 『커스』.

피가 떨어진 바닥에서도 시커먼 연기가 피어나 룸에 독기가 퍼질 정도였다.

『괴물 바르카』는 다시 검은 피를 뿌리기 시작했다.

전열 사이에서 솟아나는 절규의 연쇄.

모험자들은 부자연스러운 경련을 되풀이하며 이미 빈사 상태에 빠진 동료를 끌어내 검은 비에서 피신시켰다. 그러나 움직이지 못하는 동료를 안고 피할 수 있을 만큼 적의 산탄은 녹록하지 않았다. 방사형으로 끊임없이 쏟아지는 검은 비는 많은 이를 재기불능으로 몰아넣었다.

몬스터를 중심으로 구축된 포위망이 순식간에 와해되고 말았다.

"【디아 프라테르】!"

그때 아미드가 『고속영창』으로 『마법』을 발동시켰다.

순백색의 빛이 쓰러진 자들에게 쏟아지고, 정화의 가호를 가져다주었다.

눈 깜짝할 사이에 경련이 멎고, 피를 흘리던 모험자들은 몇 번이나 기침했다. 입었던 대미지에서도 치유된 그들은 악몽에서 깨어난 것 같은 표정을 지었다.

"아, 아미드의 『마법』이라면 낫는구나!"

"하지만 그건……!"

안도의 소리를 낸 티오나와는 대조적으로 티오네의 목소리는 우려로 물들었다.

도시 최고위의 힐러가 아니고선 치유할 수 없다.

다시 말해 그것은 사실상의 『일격필살』.

아미드가 없다면 전선을 유지할 수 없으며, 아미드를 잃으면 확실하게 패배한다.

"아미드를 보호해라!"

핀의 지시는 빨랐다.

그의 최우선명령에 전열 수비수 단원들이 온 힘을 다해 응했으며, 여러 겹의 방패를 세워 【디안 케흐트 파밀리아】의 힐러들을 감쌌다.

그 직후에 시작된 것은 지옥의 재공연이었다.

"으, 으아아아아아아아아아아아아아아아아아아악?!"

저주의 산탄이 맹위를 떨쳤다.

전열도 후열도 상관이 없었다. 룸 전역에 미치는 방출액을 사방으로 뿌리며, 미처 도망치지 못한 자에게 이 세상의 것이라고는 여겨지지 않는 고통을 안긴다. 주문을 외우던 마법사들은 특히 비참했다. 영창을 위해 움직이지 못한 채 끔찍한 저주를 뒤집어쓰고 울부짖었다.

"꺄아아아아아아아아아아악?!"

"메릴!"

【헤르메스 파밀리아】에서도 포격을 준비하던 파룸 마도

사가 비명을 질렀으며, 대형 방패를 든 워타이거가 얼른 그녀를 감쌌다.

"완전회복까지는 시간이 걸려……! 핀 단장님, **완전히는 치유할 수가 없습니다!**"

로드를 들고 마법을 사용하던 아미드의 얼굴이 이때 처음으로 조바심에 물들었다.

만일 지금의 전장을 외부에서 본 자가 있다면 눈을 의심했을 것이다.

괴물과 성녀의 중간 지점이 경계가 되어 『커스』와 『힐』이 경합을 벌이고 있었다. 독기의 유린과 광휘의 폭풍. 서로의 영역이 맞버티며 말 그대로 전장을 양분했다.

아미드에게 치유를 받은 사람부터 다시 『커스』의 먹이가 되었다.

재생과 파괴의 루프를 맛보며 항상 『반파』 상태가 지속되는 부대는 혼란의 극치에 빠졌다. 무언가 하나만 잘못되어도 모험자들의 진형은 순식간에 괴멸될 것이다.

"바르카 페르딕스……! 그 자해는 설마 이걸 내다보고?!"

순백색 망토로 피부를 가리며 회피하는 아스피가 신음했다.

커스 웨폰으로 집요하게 자해하던 그 행위는 『커스』를 축적한 육체에 『보옥 태아』를 기생시켜 몬스터에게 발현될 리 없는 능력을 부여하기 위해서였던 것이다.

『커스』를 사용하는 괴물.

최악의 확신에 아스피의 얼굴이 다시 굳었다.

이리저리 도망치던 모험자들 속에서, 『수기』와 수정을 품에 안은 루루네가 외쳤다.

"아, 아스피~?! 이렇게 되면 다른 부대에도 도움을——!"

"——안 돼!!"

그때 소녀의 비명 같은 목소리를 차단하는 일갈이 있었다. 핀이었다.

루루네와 아스피만이 아니라 아미드를 비롯한 힐러, 【로키 파밀리아】의 경악을 한데 모은 파룸은 장창을 풍차처럼 회전시켜 동료들을 지키며 고함쳤다.

"아미드 말고는 치유가 불가능하다면 아무리 머릿수를 늘려봤자 결과는 바뀌지 않아! 희생자가 늘어날 뿐이야!"

"웃……?!"

원군은 무의미.

그 말에 루루네만이 아니라 많은 이들이 절망하는 가운데, 핀은 다시 목소리를 이었다.

"작전의 목적이 뭐였지?! 생각해봐! 적의 우두머리는 반드시 생포해야 해! 한 곳에 전력을 집중시켜서는 안 돼!"

"!!"

"가레스나 리베리아는 반드시 신 타나토스의 일당을 몰아붙일 거다! 그렇다면 우리는, 우리의 힘만으로 저 적을 없애야 해!"

전술적 시점이 아니라 전략적 관점으로 말하는 핀의 어

조는 조금도 흔들림이 없었으며 힘이 넘쳐났다.

그 목소리만으로 열세인 가운데에서도 사기가 되살아날 정도로.

적의 공격이 잠시 멈춘 틈을 타 핀은 한손에 든 황금의 창, 용기의 이름을 가진《포르티아 스피어》를 들었다.

"공격한다!!"

『공격해라』가 아닌『**공격한다**』.

그것은 핀 자신도 전선으로 나서겠다는 뜻이었다.

지휘를 버리고, 누구보다도 선두에 서서 길을 열고야 말겠다고 호언장담했다.

"방패를 들고! 회피는 포기해라! 용기를 가지고 적의 공격을 받아내라!! 지금이『모험자』라는 이름을 증명할 순간이다!"

핀은 한 차례 이『저주』에 패배한 적이 있다.

바로 레비스의 기습을 받아, 재기불능에 빠졌을 때였다.

반납할 오명은 없다. 만회할 명예도 없다. 갚아줄 원한조차 없다.

그가 내건 것은 오로지『용기』뿐.

질주한 핀은 방패조차 들지 않은 채 선언대로『괴물 바르카』에게 돌진했다. 한번은 자신을 죽음 직전까지 몰아넣었던『커스』에도 굴하지 않고 저주의 폭우 속에 몸을 던졌다.

필사의 저주를 앞에 두고 움츠러들었던 모험자들에게 그 조그만 등을 보여주었다.

"저, 전진! 전지이이이이이이이인!!"

"단장님을 따라라아아아아아아아아아아아아아!!"

단원들 또한 호응했다.

고무되어 솟구치는 열기, 공포를 웃도는 사기.

방패를 장비하고, 파룸의 뒤를 따라 달려나갔다.

아무리 큰 적에게도, 강대한 적에게도 맞서는 모습이야말로—— 저 조그만 용사가 보여주는『용기』를 따르는 것이야말로——【로키 파밀리아】가『자이언트 킬러』라 불리는 이유였음을 되새기며.

티오나, 티오네 또한 포효하며 핀과는 다른 방향에서 단원들을 이끌고 돌격했다. 아연실색한【헤르메스 파밀리아】를 내버려 둔 채, 도시 최대 파벌의 긍지와 강인함을 보여주었다.

저주의 힘을 꺾고자, 모험자들은 목소리를 높였다.

그리고 신은 웃었다

"엘피, 서둘러!"

"미안해요 아리시아 씨~~~~?!"

돌아보는 아리시아를 따라 레피야의 룸메이트 엘피가 필사적으로 달렸다.

크노소스 9층.

핀의 부대에 있던 엘피 일행은 소대를 편성해 통로를 질주하는 중이었다.

【헤르메스 파밀리아】의 통신으로 정보를 파악한 후, 핀은 다른 부대와 마찬가지로 부대를 분산시킬 것을 지시했다. 계층 포위망을 구축하기 위해 엘피는 아리시아의 부대에서 달리고 있었다. Lv.4인 아리시아를 필두로 소대원은 모두 6명이었으며, 마도사 엘피도 포대로 참가해 충분한 전력을 갖추었다. 이블스의 단원을 비롯해 적의 전력이 크게 줄어든 지금이라면 크노소스에서도 충분히 활동할 수 있는 규모다.

루루네의 보고로 바르카가 전장에 있다는 사실이 알려졌다. 따라서 적은 원격조작으로 『문』을 여닫지 못한다. 미궁의 『설계도』를 가진 루루네의 길안내 덕에 잘못된 루트로 들어설 걱정도 없다. 엘피 일행은 적의 전력을 무력화하는 데에 최선을 다했다.

"——?"

발이 빠른 전열에 비해 뒤처지기 쉬운 엘피가 필사적으로 따라 달리고 있던 그때였다.

덜컥.

금속이 석재와 마찰하는 듯한 소리를 엘피의 귀가 포착했다.

"뭐지……?"

석조 미궁에서는 자연스럽게 발생할 리 없는 종류의 소리.

혹시 함정인가 하고 긴장할 수도 없는, 아주 소소한 것이었다.

장소는 통로 한쪽.

엘피는 자기도 모르게 발을 멈추고 주위를 둘러보았다.

시선을 끈 것은 대각선 후방의 벽면.

아다만타이트로 만들어졌을 미궁벽에 가느다란 틈새가 있다는 사실을 깨달았다. 소리는 지금도 그곳에서 울리고 있다. 계속해서, 희미하게, 귀를 기울이지 않으면 주위의 전투음에 묻혀버릴 정도로.

자칭 『호기심 덩어리』인 엘피는 상황도 잊고 빨려 들어가듯 그 틈새로 다가갔다. 무언가 수상한, 아니, 불온한 기운을 느끼며 목을 꼴깍 울리고 들여다보았다.

틈새 안쪽은 공동인 듯했다. 어둠이 펼쳐져 있었다.

움직임에 맞춰 잘그락, 잘그락, 마치 사슬을 끄는 듯한 소리가 들렸다.

숨을 죽인 엘피는 그곳을 더 자세히 보고자 한쪽 눈을 가늘게 뜨고——

그 직후 핏발 선 눈동자가 눈앞에 나타났다.

"——으꺄아아아아아아아아아아아아아아아아아
아아아악?!"

기괴한 비명을 지르며 몸을 홱 젖혔다.

어둠 속에 있던 그림자는 이쪽을 보자마자 쿵! 하고 틈
새가 있는 벽에 몸을 부딪쳤던 것이다. 이쪽을 바라보는
외눈에 뒤로 뛰어 물러났던 엘피는 요란하게 엉덩방아를
찧었다.

"뭐야, 뭐야, 뭐야?! 몬스터?!"

심장이 멎을 듯이 놀란 엘피는 엉덩방아를 찧은 채 로드
를 가슴 앞에 들었다.

틈새 속에서 뿌옇게 보이는 눈동자는 신들이 농담처럼
떠들어대던 좀비처럼 희미하게 신음 소리를 내더니, 드득
드득 벽을 깎아대는 듯했다.

"엘피, 뭐 하고 있어요?!"

"아아아아아아리시아 씨?! 이, 이 벽 너머에 뭔가……!"

"무슨 소리예요! 그보다 식인꽃 몬스터가 나타났어요!
이대로 있다가는 포위당해요!"

길 저편에서 들려온 아리시아의 목소리에 엘피도 눈빛
을 바꾸었다.

그곳을 보니 전방에 있던 아리시아 일행은 이미 전투에
돌입했으며, 왔던 길에서 몬스터가 육박하는 중이었다.

"지형이 좋지 못하니 장소를 바꿔서 응전하겠어요! 어서
합류하세요!"

"아, 알았어요오!"

채근을 받은 엘피는 황급히 일어났다.

벽면의 틈새에 미련이 남기는 했지만, 동료들이 있는 곳으로 향했다.

벽 너머의 눈은 소녀의 뒷모습을 따라가듯 빤히 바라보고 있었다.

"무장병, 전투준비! 온다!"

탁 트인 공간에 발을 들인 순간 리베리아의 호령이 울려 퍼졌다.

크노소스 제12층의 룸에는 【로키 파밀리아】의 단원들이 전개하고 있었다. 『마침내 낚인 강대한 적』에게 맞서기 위해 미리 배치해두었던 Lv.3 이상의 무장병이다. 크노소스에 돌입한 후 조건에 맞는 이 에어리어에 리베리아는 전용 요격부대를 남겨두었던 것이다.

지팡이를 든 마도사들이 긴장된 표정으로 일제히 주문을 외우는 가운데, 최후방 수비수를 맡은 아이즈가 마지막으로 룸에 뛰어들었다.

그 직후, 선혈과도 같은 붉은 머리카락의 여성이 나타났다.

"이리저리 잘도 도망쳤겠다, 아리아."

"……!"

룸 중앙에서 발을 멈추고 돌아본 아이즈를 레비스의 시선이 꿰뚫었다.

커스 웨폰 장검을 든 최강의 괴인은 평소와 같은 염세적인 분위기를 풍기며 아이즈만을 바라보았다. 리베리아에게만 흘끔 시선을 돌렸을 뿐, 전개된 무장병들은 안중에도 없는 듯했다.

"리, 리베리아 님……!"

"조급해하지 마라. 아이즈와 내가 일단 적을 붙들어놓겠다."

괴인의 존재에 긴장하는 엘프들에게 자제를 촉구했다.

레비스를 상대하기 위한 작전은 아이즈를 전면에 두고 리베리아가 지원, 그리고 무장병이 포격을 쏟아붓는다는 것이었다. 『대기상태』로 해둔 『마법』—— 미궁을 탐색할 때 레비스를 경계하기 위해 준비했던 매직 서클을 반경 5M 범위로 좁히며 리베리아는 시선을 레비스에게만 고정했다. 한번 전투가 시작되면 그녀의 광역섬멸마법【레아 레바테인】이 문자 그대로 불을 뿜을 것이다.

이미 영창을 마친 무장부대의 마도사들 앞에는 거대 방패를 든 전열수비수가 몇 명이나 배치되어, 식은땀을 흘리면서도 꿋꿋하게 레비스를 노려보고 있었다.

불이 붙은 순간 단숨에 폭발할 화약고와도 같은 분위기가 룸에 감돌았다.

"……?"

레비스와 대치한 아이즈는 그때 문득 눈썹을 의아함의 형태로 구부렸다.

정면에 선 레비스는 싸늘하게 식은 눈으로 아이즈를 바라보고 있었다.

바라보기만 할 뿐이었다.

'공격을 하지 않아······?'

무기를 들려고도 하지 않았다.

그뿐이랴, 제대로 된 전의조차 느껴지지 않았다.

어째서인지 가만히 서 있기만 하는 괴인을 보고, 아이즈의 후방에 전개된 무장병들에게서도 곤혹스러운 기척이 전해졌다. 리베리아도 경계와 탐색전을 반씩 섞은 분위기를 풍겼다.

"······?"

【맹자】와 싸움을 거듭하면서 『준비』를 해왔다.

오늘에야말로 레비스와 결판을 내겠다는 기개로 이번 작전에 임했다.

하지만 이 『상황』은 너무나도 예상 밖이었다.

아이즈는 섣불리 판단을 내릴 수 없었다.

상대가 먼저 덤벼들면 응할 각오가 있었다. 마지막까지 싸우고 또 싸우겠다는 의지가.

하지만 자신이 먼저 공격을 가할 수는 없다.

한번 전투가 시작되면 피해가 나올 것은 자명하다. 상대가 헛되이 시간을 보내려 한다면 그보다 좋은 일도 없다. 핀의 부대가 크노소스를 장악하기 위해서라도 고착상태는 아이즈 부대가 바라마지않던 바였다.

예상외의 사태이기는 하지만, 이쪽에게는 유리하다.

유리할 것이다.

그러나 아이즈는 숙적이라고 해야 할 괴인과 대치하면서도 검을 마주하지 않는 이 맹렬한 『위화감』을 도저히 받아들일 수가 없었다.

"……."

검을 든 채 곤혹스러워하는 아이즈를, 레비스는 말없이 바라보며 시간의 흐름에 몸을 맡기기만 했다.

"신시아! 할버드!"

"네, 네엣!"

티오네의 고함에 마도사 겸 서포터인 소녀가 백팩에서 대형 무기를 떼어냈다. 그녀가 던져준 것은 『듀랑달』 속성을 가진 수페리오르《할버드 롤랑》.

장비를 폴 암으로 바꾼 티오네는 『괴물 바르카』를 공격했다.

『크어어어어어어어어어어어어어어어!』

도끼날 부분이 비대해진 왼팔에 꽂혀 선혈이 솟았다.

시커멓게 솟아나는 피를 피해야만 한다는 데에 혀를 차면서 티오네는 폴 암의 사정거리를 살려 공격과 회피를 양립시켰다.

핀과 나란히 공세를 펼치는 그녀를 기점으로 【로키 파밀리아】의 모험자들 또한 과감하게 장창이나 글레이브 같은 무기를 휘둘렀다.

"에워싸, 에워싸아아아아아아아아아아아!!"

"마도사, 영창을 멈추지 마라!"

"태우지 못해도 좋으니까 빈틈을 만들어!!"

제9층의 룸은 격전의 양상을 띠었다.

적의 저주받은 피를 피하기 위해 방패의 비율을 높여 응전했다. 이제는 티오나를 제외한 모험자들의 무장은 폴 암 아니면 화살 같은 사격무기로 바뀌었다. 적의 강렬한 왼팔에 접근이 차단되고, 원거리에서 날리는『마법』까지『커스』가 담긴 오른팔 촉수에 휩쓸려버렸지만, 공격을 멈추지 않았다. 전력에서는 열세인 【헤르메스 파밀리아】도 절묘한 공방의 서포트를 맡았다.

"【로키 파밀리아】도 해치울 수 없다니……!"

아무리 맞아도 쓰러지지 않는 괴물을 보며 아스피는 눈을 가늘게 떴다.

적은 방어 특화.

둔중한 거구는 민첩성을 희생한 대신, 마치 우뚝 솟은 천년 거목처럼 쓰러질 줄을 몰랐다. 맹공을 버티면서 기괴한 두 팔로 반격을 가한다. 요격하듯 뿜어대는 피의 탄막도 모험자들의 접근을 거부했으며, 어찌어찌 파고들어도 자세가 흐트러져 치명타는 입히지 못한다. 티오나의《우르가》로도 팔다리를 날려버리지는 못했다.

기생한 『보옥 태아』── 적의 『핵』은 새까만 구체가 되어 가슴 중심부에 노출되어 있지만, 꽃봉오리처럼 변화한 단단한 가죽이 일격필살의 공격을 막아내고 있었다.

게다가 적은 성가신 『재생능력』까지 보유했다.

자신의 온몸에 덮인 혈관을 터뜨렸다가 복원하는 모순된 광경이 되풀이되었다.

대미지를 입혀봤자 재생량이 이를 웃도니 아무리 【로키 파밀리아】라 해도 신음하지 않을 수 없었다. 티오나와 티오네, 핀의 눈에는 제18계층에서 싸웠던 『여체형』을 웃도는 잠재능력을 가진 것처럼 보였다.

높은 방어력으로 상대의 공격을 버텨내고, 『커스』로 가차 없이 죽이려 드는 요새 타입.

회복수단이 없다면 순식간에 궤멸당할 수도 있었다는 데에 전율하며, 그래도 모험자들은 숫자와 연계 플레이, 그리고 용기로 적의 체력을 깎아나갔다.

"끄아아아아아아아아아아아아아아아악?!"

그러나 역시 피해도 막심했다.

사방으로 날아가는 혈액이 한 방울이라도 피부에 닿으면 절규가 솟고, 방패로 다 막지 못한 탄막에 전열 수비수가 몇 명이나 쓰러졌다. 시커먼 저주의 피를 피해도, 솟아나는 독기를 들이마시다 보면 각혈까지 일으켰다. 이 룸에 서 있는 모든 이들은 하나같이 저주라는 이름의 절대적인 살의를 느끼고 있었다.

치유의 흰 빛이 독기를 밀어내지 않는다면 싸울 수도 없었을 것이다.

누군가가 쓰러질 때마다 아미드가 『회복 마법』을 행사했다.

"몬스터의 숙주가 된 남성…… 그가 바로 그 끔찍한 『저주』의 생산자……!"

후방에서 전장을 바라보는 아미드는 확신했다.

몬스터로 전락한 저 인물이야말로 끔찍한 『커스 웨폰』을 만들어낸 주술사, 가증스러운 저주의 원흉이라고.

동시에 아미드는 이해했다.

바르카 페르딕스의 【스테이터스】──『신비』 어빌리티와 공명하듯 『커스』의 위력이 몇 단계나 올라갔음을.

크노소스 완성을 위해 바르카는 여러 개의 『발전 어빌리티』가 필요했다. 오직 이를 위해 사내는 세 번의 【랭크 업】을 했다. 보통 사람은 이해할 수 없는 집념이 담긴 육체는 『보옥 태아』에게는 진수성찬, 혹은 『극약』이었으리라. 기이한 진화를 거쳐, 원래 몬스터에게는 있을 수 없는 『주살(呪殺)』에 특화된 괴물이 탄생해버릴 정도로.

같은 『신비』 어빌리티를 가진 아미드는 그 사실을 깨닫고 말았다.

"미궁에 대한 처절한 집념……. 그것이 당신이 보인 『저주』의 정체인가요?"

아미드도 이번 작전에 참가하면서 크노소스의 성립에 대해서는 들었다.

다이달로스의 자손 바르카 페르딕스. 저주의 근원.

어쩌면 그도 저주받았는지도 모른다.

핏줄에 의해.

사내 또한 희생자였으며, 저주의 근원과 연연히 이어진 피 그 자체인지도 모른다.

괴물이 되어서도 검은 혈맥에 사로잡힌 육체가 이를 증명하는 듯했다.

"——그렇다면 더더욱 그『저주』의 연쇄를 끊어야겠지요."

아미드는 의연하게 말하고 로드를 들었다.

"마르타, 베르나데트. 나를 대신해 회복지원을 맡아주세요. 전선을 지탱해야 합니다."

""네, 네엣!""

대기 중이던 【디안 케흐트 파밀리아】의 힐러 두 사람을 여기서 처음으로 투입했다.

【데아 세인트】인 아미드가 전장을 지탱하지 못하게 되었음을 의미——한 것은 아니었다.

소녀는 치유하기 위해서가 아니라 끊어버리기 위해 몸을 던졌다.

"【치유의 물방울, 빛의 눈물, 영원한 성역. 약초의 노래를 여기에. 삼백예순하고도 다섯의 선율. 치유의 뒤안길은 만물을 구할지니】."

고속영창. 낭랑한 노랫소리.

이제까지 되풀이되었던 주문임에도, 조금 전의 것보다 더 힘차다는 것을 모험자들도 똑똑히 느꼈다.

『괴물 바르카』도 무언가를 예감했는지 아미드를 향해 시커먼 피의 비를 뿌렸다.

"팔거!"

"우워어어어어어어어어어어어!"

워타이거 팔거를 중심으로 모험자들이 방패를 들고 막아냈다.

전열은 핀이, 중견 및 후열 지휘는 아스피가 맡아, 몬스터에게 향하던 공격도 아미드를 지키는 방어도 결코 끊어지지 않았다.

"【그리고 이르러 파사가 되어라. 상처의 매장, 병의 장례. 저주는 저편으로, 빛의 한복판으로】"

『괴물 바르카』가 전장을 종단하는 촉수로 방패를 강타해댔지만 이를 악문 전열수비수들은 결코 수비에 구멍을 내지 않았다.

"【신의 이름으로—— 나 치유하노라】"

이러한 모험자들의 분전에 아미드가 호응했다.

"【디아 프라테르】!"

사방으로 펼쳐지는 『전치유마법』.

성스러운 힘을 드러내는 순백의 광휘.

그것이 향한 곳은——『괴물 바르카』 본체였다.

"엑?!"

"아미드?! 몬스터에게 회복이라니 무슨 생각이야?!"

티오나와 티오네가 전장에 있는 모든 모험자들의 속내를 대변했다.

몬스터를 치유하는 전대미문의 광경에 모두가 성녀의 진의를 의심했다.

그러나 그 속에서 핀과 아스피의 반응만은 달랐다.

총명한 두 지휘관은 크게 뜬 눈에 경악을 담아 아미드의 노림수를 정확하게 이해했다.

『————————————————우·우·우?!』

그 직후, 『괴물 바르카』가 괴로워하기 시작했다.

사람이든 몬스터든 치유되어야 할 신성한 빛을 받아, 이제까지 보지 못했을 정도로 극심하게 신음하며 몸을 몇 번이나 뒤틀었다.

몬스터의 온몸에서 솟아나는 증기, **검은색이 서서히 걷혀가는** 혈관.

그 모습에 모험자들은 눈을 크게 뜬 것과 동시에, 의문을 풀었다.

"저주 해제!"

"어? 어? 어?"

"【데아 세인트】는 저주만을 해제한 겁니다! 몬스터의 몸을 치유한 것이 아니라 저주 그 자체를 직접 노리고!"

사방을 두리번거리며 혼란스러워하는 루루네에게 아스

피가 외쳤다.

아미드의【디아 프라테르】.

상처를 치유하고, 체력을 회복시키고, 독을 제거하고, 저주를 없애는 최고위의 치유마법.

효과도 대단하지만, 『회복』, 『해독』, 『저주 해제』의 삼중 효과를 구사할 수 있는 『만능성』도 있다. 상처를 입어 울부 짖는 이에게는 치유를, 독에 고통스러워하는 이에게는 해독만을. 다시 말해 임의로 한 종류 내지는 두 종류의 효력을 선택하는 것도 가능하다.

주로 마인드 소비를 억제하기 위한 능력이지만—— 지금은 그 힘을 『저주 해제』에만 쏟아부은 것이다.

『괴물 바르카』에게 담긴 『커스』를 모조리 끊어버리기 위해.

"넌 힐러이면서도 몬스터를 무력화할 수 있구나……!"

전율이 담긴 핀의 목소리가, 성스럽고도 격렬한 빛의 범람에 묻혀버렸다.

『저주 해제 마법』을 아군이 아니라 적에게 사용한다.

그 행위에 모두가 경악하고, 그 광경에 모두 눈길을 빼앗겼다.

"사라지십시오, 사위스러운 저주의 힘이여. 나는…… 그것의 존재를 용납하지 않습니다."

자신의 마력광을 받으면서 아미드가 고했다.

순백색 매직 서클은 『괴물 바르카』를 에워싸고 펼쳐져

있었다.

저주를 해제하는 힘이면서도, 여기에 담긴 『마력』은 마법 포격을 능가할 만한 출력.

기둥과도 같이 솟아나는 정화의 분류가 몬스터를 가둬 버렸다.

"이제 나는 그렇게 되어버린 지금의 당신을 치유할 수 없습니다."

『~~~~~~~~~~~~~~~~~~~~아아?!』

"사죄는 오만, 탄식은 모독이겠지요. 구제를 포기한 지금의 나는 위선자에 불과하니. ──그러므로 그대의 『저주』만은 제가 죽이겠습니다."

저주에 멸망을.

영혼에 구제를.

주박으로부터의 해방을.

왼손에 효력을 보조하기 위한 로드를 쥐고 오른팔을 내밀며, 솟아나는 빛의 충격파에 은백색 머리카락을 나부끼며, 아미드는 시선 너머의 괴물에게 말을 이었다.

이 세상에서 가장 견디기 힘든 고통에 사로잡힌 것처럼 두 팔을 마구잡이로 휘두르는 『괴물 바르카』는 아름다운 성광(聖光)에 타들어 갔다. 온몸에 펼쳐진 굵은 혈관이 끓어오듯 불룩불룩 불거지고 시커먼 저주의 빛은 시시각각 흐려졌다.

지금의 모습으로 전락한 『그』의 존재 이유가 소실되고

있었다.

『──으으으으으으으으으으으으으으으으으으으으으으으으으으으으으으으으!!』

웃기지 말라고 울부짖듯 『괴물 바르카』가 날뛰기 시작했다.

몸에 도사린 『저주』를 잃어서는 안 된다는 양 모든 『커스』의 힘을 아미드에게 방출했다.

"~~~~~~~~~~~~~~~~~~~~~~~~~~~~으윽?!"

피의 비가 아니라 이제는 원령이라고 해야 할 독기의 노도가 아미드를 집어삼켰다.

사선 위에 있던 모든 모험자, 그녀를 지키던 전열수비수가 피를 흘리며 쓰러질 정도의 위력. 소녀의 몸을 지키는 신성한 법의까지도 금세 타들어 가며 시커멓게 그을렸다.

"아미드!"

흰색과 검은색의 충돌. 모험자가 끼어들 수 없는 성광과 저주의 싸움.

입가에서 피가 흘렀다. 앞으로 뻗은 싱그러운 팔이 노파의 것처럼 말라버리고 있었다.

티오나와 티오네, 모험자들의 비명이 멀게만 느껴졌다.

이제까지 경험한 적이 없는 고통의 소용돌이에 휘말린 아미드는── 그래도 『마법』을 해제하려 들지 않았다.

『다이……달……로스……!!』

"큭──!!"

어디까지나 저주하겠다는 것처럼 『D』가 새겨진 몬스터의 왼쪽 눈에 핏발이 서고, 의지의 잔재를 소리로 바꾸었다.

그것을 들은 성녀의 시선은 강한 광휘가 되어 타올랐다.

그리고.

"──하아아아아아아아아아아아아아아아아아아아아아아아아아!!"

아미드의 포효가 이겼다.

독기를 날려버릴 정도의 여파와 함께, 지면에서 솟아나는 마법의 광휘가 거대한 흰색 기둥으로 변했다.

흰색 빛의 입자가 룸을 가득 메울 정도로 흩어지고, 『괴물 바르카』에게서 부정한 검은색이 소실되었다.

몸을 지키던 갑옷을 잃은 것과도 같이.

""크윽!!""

아미드가 쓰러진 것과 동시에 누구보다도 먼저 달려든 것은 두 명의 아마조네스.

친구의 분투를 헛되이 하지 않겠노라고 몬스터의 머리 위로 도약한 두 사람은 대형 무기를 높이 쳐들었다.

"이야아아아아아아아아아아아아아아아압!"

"간다아아아아아아아아아아아아아아아아!"

티오네의 할버드가, 티오나의 우르가가 내리꽂힌다.

두 사람의 공격으로 동시에 날아가는 오른팔과 왼팔.

균형을 잃은 거구가 앞으로 고꾸라졌다.

"──흐읍!!"

마지막으로 질주한 사람은 핀.

그가 든 무기는 황금의 창《포르티아 스피어》.

가공할 돌진과 함께 신속의 찌르기를 펼쳤다.

"!!"

그러나.

황금의 날은 괴물의 안면에 박히기 전에, 정지했다.

"단장님?!"

직전에 멈춘 일격에 티오나가 곤혹스러워하는 목소리로 외쳤다.

절호의 기회를, 왜.

그렇게 말을 이으려 했으나——

"——죽었어."

"네?"

"숨이 끊어졌어. 이미."

천천히 창을 내린 핀의 목소리에, 티오나와 티오네는 흠칫 몸을 멈추었다.

저주에 허덕이며 괴로워하던 이들까지도 고개를 들고, 룸 중앙에 놓인 괴물을 보았다.

기운을 잃은 것처럼 머리를 앞으로 기울인 『괴물 바르카』는, 눈에서 빛을 잃고 있었다.

가슴에 달려 있던 『보옥 태아』도 연기를 뿜으며 생명 활동을 완전히 멈추었다.

"『커스』가 해제된 것과 동시에……?"

"······모르겠습니다. 모르겠지만······ 이제 『저주』의 힘은 사라졌어요······."

아연실색 중얼거리는 루루네의 곁에서 아스피가 조용히 대답했다.

그녀의 말대로, 쓰러졌던 사람들은 피를 토하면서도 바닥에서 몸을 일으켰다. 심각한 대미지를 입기는 했지만 『불치의 저주』는 이 공간에서 사라지고 없었다.

"아미드가, 쓰러뜨린 거야······?"

"······바보야. 그런 게 아니잖아······ 이건."

예상하지 못한 결말이 찾아온 전장에, 티오나와 티오네의 목소리가 공허하게 울려 퍼졌다.

아미드의 헌신이 한 영혼을 구원한 것인지는 모른다.

성녀의 기도가 한 사내를 천 년의 저주로부터 해방시킨 것인지는 알 수 없다.

어쩌면 그는 소녀를 증오했는지도 모른다.

그러나 괴물의 붉은 눈에서는 『D』라는 기호가 사라지고 없었다.

"············."

바닥에 두 무릎을 꿇은 아미드는 힐러 소녀들에게 부축을 받으며 애도하듯 눈을 내리깔고 있었다.

이윽고 두 손을 모아, 조용히 기도를 올렸다.

격전 직후에는 어울리지 않는 정적이 룸을 가득 메웠다.

"······전원, 다음 행동을 준비한다. 남은 아이템으로 제일 먼저 아미드를 치료하고, 싸울 수 있는 사람으로 부대를 재편성한다. 서둘러."

핀의 냉정한 목소리가, 갑갑한 여운에 잠길 틈도 허용하지 않고 행동을 촉구했다.

단원들은 고개를 들고 움직였다.

가레스의 호령이 쩌렁쩌렁 울려 퍼졌다.

"부대를 분산한다! 반드시 타나토스를 붙잡아야 한다! 『에뉘오』라는 신도 있을 가능성이 높다. 수상한 자는 하나도 놓치지 마라!"

장소는 크노소스 제9층. 핀의 전장과는 멀리 떨어진 에어리어.

드워프 대전사는【로키 파밀리아】와【디오니소스 파밀리아】의 혼성부대를 둘러보며 지시를 내렸다.

"신이 이곳에 있는 이상 다른 에어리어만큼 몬스터를 풀어놓고 기르지는 않았을 게다! 있다 해도 그 물거미 정도겠지!【디오니소스 파밀리아】만이라도 숫자가 충분하면 대응할 수 있어! 될 수 있는 한 많은 부대를 편성해라! 이제부터는 이 잡듯이 샅샅이 뒤져야 한다!"

루루네의 유도에 따라 지금 가레스 부대가 있는 곳은 제9층 내에서도 『미궁주의 방』이 가까운 주요 거점 지대였다.

신들이 동행한 가레스의 본대는『미궁주의 방』으로 직행하며, 다른 부대는 근처를 뒤지는 작업을 전개했다. 이것은 타나토스와 함께 정체가 완전히 수수께끼에 싸인 도시의 파괴자『에뉘오』를 찾아내기 위해서였다. 로키의 신의(神意)이기도 했다.

이러면 되겠느냐고 가레스가 시선으로 묻자, 주홍색 머리카락의 여신은 손가락으로 동그라미를 만들어 긍정을 표했다.

명랑하게 행동하고 있지만, 사실 신위를 팽팽하게 뿜어내던 로키는 입술을 핥고 있었다.

이제부터는 신과 신의 해후다.

"모든 부대에는 반드시 드워프를 데리고 가도록! 함락되는 성에는 반드시 샛길이 있게 마련이다! 비밀통로가 없는지 놓치지 마라!"

""오오!""

【로키 파밀리아】외에도【디오니소스 파밀리아】의 드워프들이 일제히 대답했다.

고개를 끄덕인 가레스는 마지막으로 엘프 마도사에게 지시했다.

"레피야, 자네는 주위를 경계하게. 붉은 머리 괴인은 아이즈네 부대가 맡고 있지만, 또 한 명,『가면인물』이 아직 나타나지 않았으니. 무슨 일이 있으면 즉시 알리도록."

"아, 네!"

리베리아와 같은 방법으로 ——레아 레바테인의 매직 서클로—— 주위를 경계할 수 있는 레피야에게 예비 『오쿨루스』를 맡겼다.

부대 내에서도 중요한 역할이었다. 파벌 간부와 같은 취급을 받은 레피야는 긴장하면서도 각오와 책임감으로 이를 받아들었다. 그의 신뢰에 보답하기 위해.

가레스가 웃음을 짓는 한편, 주위에서는 【로키 파밀리아】와 【디오니소스 파밀리아】의 단원들이 파티를 맺고 있었다.

"좋아, 가라!"

모험자들은 뿔뿔이 흩어져 달려나갔다.

작전도 드디어 마무리 단계.

크노소스를 함락시키고자 주위로 퍼져나간다.

"——."

그 속에서.

로키와 함께 가레스 본대와 동행할 줄로만 알았던 디오니소스는 어떤 길 앞에서 발을 멈추고 있었다.

그곳은 어둠에 싸인 통로였다.

미궁벽에 달린 마석등의 빛이 닿지 않는 그늘 속에 존재했으며, 어둠에 동화되어 모험자들도 놓쳤던 외길. 길 너머에도 빛은 전혀 없었으며 디오니소스가 휴대용 마석등을 들이대도 안쪽까지는 내다볼 수 없는 암흑이 도사리고 있었다.

그런 어둠 너머에서 『무언가』가 일렁였다.

"…………."

마치 디오니소스를 유인하듯.

그쪽으로 인도하듯.

혹은 비웃듯.

머리가 시큰거렸다.

포도주를 마실 때의 달콤한 향기.

그것이 코 안쪽에서 되살아나는 느낌이었다.

디오니소스의 가슴이 한 차례 크게 떨렸다.

이미 주위에는 아무도 없었다. 옆을 흘끔 보니 로키 일행의 뒷모습도 『미궁주의 방』이 있는 통로 저편으로 사라지려 했다.

시선을 되돌린 디오니소스는 어둠 저편을 응시했다.

정신이 들고 보니 두 눈을 한껏 틀어 올리고 있었다.

겉옷 가슴께에 손을 가져다 대고, 반대쪽 손으로는 품에 숨겨놓았던 단검을 쥐었다.

포도 넝쿨의 도안이 새겨진 그것을 뽑고, 누군가가 등을 떠민 것처럼 어둠의 길로 발을 디뎠다.

"……가자, 피르비스."

"예, 디오니소스 님."

바로 뒤에서 들려온 종자의 대답을 들었는지 말았는지, 디오니소스는 조용히, 무겁게, 결연히 길을 나아가기 시작했다.

"……바르카가 죽어버렸구나~."

타나토스는 머리 위를 올려다보고 있었다.

좌대에 앉은 자세로, 다리를 꼬고, 두 손을 짚은 채.

한 권속의 반응이 사라졌다. 그것은 사후의 진로를 약속한, 이름도 모르는 말단 병사일지도 모른다.

하지만 지금 타나토스의 손에서 떠나간 영혼은 그 『망집』에 사로잡혔던 사내의 것처럼 여겨졌다. 단 하나의 집념을 제외하면 자아도 욕망도 없었으며, 가엾고 우스꽝스럽고 존엄한, 타나토스가 권속들 중에서도 특히 관심을 보였던 아이.

타나토스가 『사신』에 속해 이블스에 가담하고 이곳 크노소스를 훌쩍 방문했을 때, 바르카는 이미 그곳에 있었다. 이미 『다이달로스의 포로』로서 완성된 상태였다.

정말로 아이처럼 순수하고, 아이처럼 잔혹하고, 어떤 『영혼』보다도 일그러져 있었다.

타나토스도 본 적이 없을 정도로.

그러므로 사신은 그런 영혼을 좋아했던 것이리라.

즐기고 있었다. 그렇게 표현하면 그저 그뿐이겠지만, 타나토스는 타나토스 나름대로 철학을 가지고 바르카를 사랑했다.

하다못해 최소한의 마음을 담아, 꽉 닫힌 미궁 저편, 지상에 펼쳐져 있는 천공을 머릿속에 그려보았다.

"……【로키 파밀리아】이외에는 전부 덤인 줄 알았는데…… 디오니소스하고 헤르메스네 애들한테도 완전히 당해버렸네."

『미궁주의 방』에 이미 타나토스 이외의 사람은 아무도 없었다.

모두가【로키 파밀리아】에게 맞서기 위해 나갔다.

당해내지 못한다는 것을 잘 알면서도. 타나토스를 피신시키기 위해 지금쯤 열심히 시간을 끌고 있는지도 모른다.

권속들과 나눈 계약의 이행조건은『오라리오의 붕괴』.

만약 여기서 패배해도 타나토스만 도망쳐서 다른 기회로 이을 수만 있다면 자신들의 소원은 이루어진다. 그렇게 믿었는지도 모른다.

"분명 10년 20년 정도는 신들에게 눈 깜빡할 시간이지만…… 다시 한번 이것저것 하라면 그건 좀 사양하고 싶은걸. 시간은 순식간이어도 수고는 들거든. 귀찮거든. 여기까지 하는 건…… 진짜로."

조용해진 공간에 타나토스의 깊은 한숨 소리가 울렸다.

발을 흔들어 좌대에서 일어났다.

멀리서 서서히 다가오는 모험자들의 발소리와는 반대쪽, 다른 통로로 나아가 어둠 저편으로 향한다.

그리고 도착한 곳은『미궁주의 방』보다도 안쪽.

무수한 원기둥이 우뚝 솟은 광대한 룸이었다.

지상에는 있을 곳이 없는【타나토스 파밀리아】의 홈을 나타내는 듯한 공간이었으며, 광원은 원기둥에 달린 얼마 안 되는 촛대뿐. 제단 형태를 이루는 안쪽의 벽에는 철과 청동의 심장, 그리고 사신의 낫을 방불케 하는 검은 날개의 엠블럼이 걸려 있다.

그런 제단 앞, 계단 아래.

그가 찾던 인물은 누더기가 된 단기를 올려다보고 있었다.

"에인."

『…….』

가면인물.

레비스 같은 자들에게 에인이라 불리는, 지하세력에 속한 수수께끼의 인물이다.

가까이 다가가 걸음을 멈춘 타나토스가 등에 말을 걸자, 자남색 후디드 로브로 몸을 감싼 가면인물은 엠블럼을 올려다보던 눈을 떼고 천천히 몸을 돌렸다.

"【로키 파밀리아】에게 당했어. 내 애들은 완패했고. 이제는 갈 데가 없네."

『…….』

"그러니까 『데미 스피리트』를 꺼내버려."

『더럽혀진 정령』의 권속이라고도 할 수 있는 괴인에게 그렇게 전했다.

이제【로키 파밀리아】를 막을 방법은 없다. 이미 체크를

당한 상황이며, 여기서 형세를 뒤집으려면 크노소스 내에 숨겨놓은 **여러 마리**의 『데미 스피리트』를 풀어놓는 방법밖에 없었다.

원래 『데미 스피리트』의 역할은 지상소환, 오직 오라리오를 멸망시키기 위한 『열쇠』였으나, 이렇게 된 이상 앞뒤 가릴 때가 아니었다.

타나토스가 그렇게 요청하자,

『거절한다.』

생각지도 못했던 대답이 돌아왔다.

가면인물은 딱 잘라 거절한 것이다.

"거절……?"

『정령들에게는 역할이 있다. 『위치』를 바꿀 수는 없다.』

"진심이야? 상황을 좀 봐. 이젠 태연하게 『노래』나 부르고 있을 단계가 아니잖아?"

『주신의. 에뉘오의 신의를 저버리게 된다.』

남자인지 여자인지도 알 수 없는 목소리로 담담히 대답하는 가면인물에게 타나토스는 한숨을 쉬었다.

짜증을 내지는 않았다.

대신 어이없어했다.

"에뉘오의 인형이라고는 하지만 정도가 있어야지. 비밀병기가 비밀인 채 햇빛을 못 보면 웃음거리도 못 되는데?"

『……。』

"네 주인인 에뉘오를 벌거벗은 임금님으로 만들 거야?"

놀리는 듯한 웃음을 입가에 머금으려던── 다음 순간.

『광대는 네놈이다.』

가면인물은 잘라내듯 말했다.

조금 전과 다를 바 없는 음성으로, 무기질적으로, 담담하게.

"_____."

『아니, **네놈도** 광대다.』

어둠을 짊어진, 으스스한 후디드 로브가 출렁였다.

뻣뻣이 선 타나토스에게 가면인물의 말이 이어졌다.

『에뉘오의 말을 전한다. ──【여기까지다. 협조에 감사한다】.』

"……뭐, 야?"

『【오라리오 붕괴의 시나리오는 내가 이어받겠다. 명계로 가는 길은 열어주마. 그러기 위해──】』

그리고 그 말이 떨어졌다.

『【제물이 되어라, 죽음의 신】.』

어둠이 고인 룸에 차디찬 말이 울려 퍼졌다.

타나토스는 움직일 수 없었다.

타나토스는 말을 이을 수 없었다.

당혹감도, 동요도, 혼란도 없었다.

신도 아닌 하계의 존재에게 멸시를 당했다는 굴욕을 느낄 틈도 없었다.

그저 신이기에, 가면인물이 한 말의 의미를—— 그 뒤에 도사린 『흑막』의 신의를 순식간에 깨달아버렸던 것이다.

『⋯⋯모든 것은 주인, 에뉘오의 신의대로.』

그 말을 남기고, 가면인물은 어둠 속으로 사라졌다.

홀로 남은 타나토스를 에워싼 정적.

귀를 관통할 정도의 정적이 어둠과 뒤섞이며 남신의 몸을 붙들어놓았다.

째깍.

어디선가 시곗바늘이 움직이는 소리를 들은 것 같았다.

"큭⋯⋯⋯⋯ 핫⋯⋯⋯⋯."

타나토스는 몸을 꺾었다.

호흡의 파편을 토해내는가 싶더니, 견딜 수 없다는 듯 감정을 폭발시켰다.

"——하하하하하하하하하하하하하하하하하하하하하하하!! 아하하하하하하하하하하하하하하하하하하하하하하하하하하하하하!!"

정적을 깨뜨리는 신의 웃음소리.

망자긴 오르골처럼 하염없이, 음조가 엇나간 폭소를 터뜨리며, 몸을 엄습한 충동을 쏟아냈다.

"관둬, 관두라고! 그건 말야, 뭐든지 다 아는 줄 알았던 신들이 **절대 견디지 못하는 치욕**이잖아!! ——구제할 길 없는 『이용』이었다니!"

키득키득, 깔깔깔. 웃음을 터뜨린다.

그것은 이 미궁에서 일어나는 일을 누구보다도 빠르게 이해한 자가 터뜨리는 분노와 자조, 증오와 체념, 모든 것을 한데 섞은 처절한 감정의 홍소였다.

"진짜, 이러지 마, 정말. 선량한 사신을 함정에 빠뜨리다니. ————에뉘오 빌어먹을 개자식."

최후의 최후에 『패자』는 웃음을 거두고 눈에 분노의 불꽃을 피웠다.

곧.

"——니가 타나토스 맞제?"

홍소의 충동이 가신 타나토스의 등에 목소리가 들려왔다.

돌아본 그곳에 있던 것은, 드워프 대전사를 비롯해 권속을 대동한 주황색 머리카락의 여신이었다.

마치 제삼자의 의지에 따라 해후하게 된 것처럼, 만나야 할 때에 만난 적대 파벌의 주신이 선고했다.

"잡았데이, 타나토스."

"……그래. 잡혔네, 로키."

——정말 못 해 먹겠어.

로키에게 들리지 않는 목소리로 중얼거리며 타나토스는 웃었다.

"부대의 재편을 서둘러! 아직 『열쇠』가 필요한 구역이 있다! 다시 한번 공략을 개시한다!"

핀은 빠르게 지시를 내리고 있었다.

『괴물 바르카』와 싸워 적잖이 피해를 입은 【로키 파밀리아】를 재편성해 다음 행동에 나서려 했다.

"아이템이나 물자가 떨어진 사람은 모여서 돌아간 다음 일단 보급을 해! 아키 부대가 확보해놓은 퇴로를 통해 【헤르메스 파밀리아】가 보급로를 이어놨으니까!"

제9층의 포위망은 이미 완성되었다.

베이트, 아나키티, 라울의 빠른 행동이 던전으로 이어지는 세 곳의 출입구를 점령했던 것이다. 『오쿨루스』의 보고에 따르면 플로어 내의 적병과 몬스터는 거의 퇴치가 끝났다. 주요 계단도 【디오니소스 파밀리아】와 연계해 확보해두었다고 한다.

이블스의 저항이 거의 진압된 지금, 핀은 남몰래 수정 하나를 꺼내 입가에 가져갔다.

"그쪽의 상황은?"

『18계층도 문제없어, 【브레이버】. 네 말대로 몬스터를 포획해놓은 구역도 발견했고. 주요 플랜트를 합쳐 이미 처분했지. 지금은 적을 퇴치하면서 13층까지 올라왔어.』

통신 상대는 펠즈였다.

파벌 내에는 몬스터와 결탁하겠다는 뜻을 밝혔지만, 공공연히 연락을 취하면 단원들을 자극할 수 있다. 핀은 목소리를 낮춰 서로의 상황을 확인했다.

『사정이 있어서 이쪽의 부대를 둘로 나눴는데, 이미 근처는 완전히 제압한 상태야. 패잔병이나 복병은 보이지 않아. 하부 플로어로 이어지는 퇴로도 차단했다고 봐도 될 거야. 어떻게 할까. 이대로 우리끼리『데미 스피리트』의 위치를 확인해둘까?』

"그래, 부탁해. ……미안하지만 통신을 끊겠어. 무슨 일이 있으면 연락해줘."

자신에게 다가오는 사람이 있음을 알아차린 핀은 펠즈와의 통신을 종료했다.

"핀 단장님…… 폐를 끼쳐드려 죄송합니다."

"아미드, 괜찮아?"

"예. 이제는 움직일 수 있습니다."

은백색 머리를 출렁이며 아미드는 자신의 다리로 다가왔다.

강력한『커스』를 뒤집어썼던 그녀는 겨우 저주의 해제를 마치고 컨디션을 회복한 모양이었다.

그러나 소녀의 낯빛을 본 핀은 지시를 내렸다.

"아미드, 너희는 크노소스에서 탈출해. 던전 밖으로 철수하는 거야."

"하지만……."

"이제 그 정도의『커스』와 마주칠 일은 없겠지. 부대별로 준비한『비약』으로 대처할 수 있어."

"……알겠습니다."

접전에서 승리했다고는 하지만 무거운 『커스』에 잠식당했던 소녀의 몸을 생각해 한발 먼저 탈출할 것을 제안했다.

아미드도 우기지 않고 고분고분 물러났다. 회복했다고는 하지만, 현명한 힐러는 심신의 소모가 큰 지금의 자신은 걸림돌이 될 수 있다고 객관적으로 판단했으리라.

보급을 위해 잠시 귀환하는 자들과 함께 가게 된 아미드는 부대의 준비가 끝날 때까지 핀과 이야기를 나누었다.

"앞으로도 적의 저항이 있을까요?"

"제대로 된 수단으로는 형세를 뒤집을 수 없겠지. 방법이 있다면 그건 『데미 스피리트』를 풀어놓아 폭주시키는 것. 하지만 그렇게 만들면 거의 우리가 이긴 거야. 일단 철수해서 준비를 갖춘 『제2공략』에서 결판을 내겠어."

모두 작전대로다.

적이 비장의 카드를 꺼낸다면 자신이 세운 계획대로 추진하겠다는 뜻을 밝혔다.

원래 핀은 한 번의 공략으로 크노소스에 도사린 적의 세력을 섬멸할 수 있다고는 생각하지 않았다. 이번 『제1공략』의 목적은 미궁의 구조를 파악하고 이블스를 일망타진하는 것이었다. 『다이달로스의 수기』 덕에 전자의 조건이 거의 해결된 이상, 진짜 목적인 『데미 스피리트』는 뒤로 미뤄도 된다.

여기서 욕심을 낼 필요는 없다.

핀은 『제2공략』까지 긁어 부스럼을 만드는 짓을 할 생각은 더더욱 없었다.

이야기를 들은 아미드도 수긍하는 기색을 보였다.

이번 제1공략만 보아도 이미 대국적인 『승리』는 흔들림이 없었다.

'……그래. 그래야 하는데.'

하지만.

핀은 아미드에게 말을 이으면서도 가슴속에 도사린 『위화감』을 무시하지 못했다.

'이 단계가 되어서도 아직까지 **적이 움직이지 않다니**. 무슨 일이지? 로키와 가레스는 이미 신 타나토스를 확보했다고 말했어. 이대로 가면 이블스는 궤멸한다.'

적의 움직임이 너무나 느렸다.

『데미 스피리트』를 사역한다 해도 포위망의 구축이 끝난 지금 단계에서는 이미 의미가 없다. 퇴로를 확보한 【로키 파밀리아】와 파벌연합은 이제 마무리에 나설 수도, 철수할 수도 있기 때문이다. 핀은『데미 스피리트』의 폭주까지 예상하고 몇 가지 책략을 강구해두었는데 그것도 이제는 무용지물이 되고 말았다.

모험자들의 진행속도에 적이 대처하지 못했다고—— 정말로 그렇게 낙관적으로 생각해도 될까?

'그렇다면 내부 분열? 괴인들의 지하세력이 이블스를 배신했을까? ……하지만 그래봤자 의미가 없어. 눈 뜨고 전력을 잃는 꼴이지.'

생각할 수 있는 가능성을 모색해보지만 역시 명확한 답은 나오지 않았다.

적이 아직 남겨놓은 만족스러운 전력이라고 한다면 레비스 정도뿐.

그녀를 이용해 역전할 방법이 있을까? 아니, 역시 그럴리 없다. 노릴 수 있다 해도 그것은 전술적인 승리뿐이다. 전략적 승리, 대국의 추세는 이쪽으로 넘어왔다.

모든 것이 앞뒤가 맞지 않았다. 모든 것이 후수로 미뤄졌으며, 모든 것이 악수였다.

【브레이버】라 해도 적의 노림수를 읽을 수 없었다.

무엇보다, 핀에게는 이 모든 것이 적의 실책이라고 판단할 수 없는 이유가 있었다.

'……엄지가.'

오른손을 내려다보며 침묵을 이었다.

무언가의 『예감』을 알리듯 오른손 엄지가 시큰거렸다.

작게, 그러나 조금 전부터 계속.

"……아미드, 전선을 뒤로 물리겠어. 부상자를 통솔해 퇴로 부근까지 데리고 가줘."

"전선을요? 그래도 괜찮겠습니까?"

"포위망은 풀지 않아. 적을 놓치지 않도록 유지할 거야. 물론 적의 우두머리를 찾으러 간 가레스의 부대까지는 물릴 수 없지만…… 『데미 스피리트』 대책을 위해서라도 예방선을 쳐야겠어. 헤르메스, 디오니소스, 디안 케흐트 쪽

사람들에게도 전해줘."

"알겠습니다."

고개를 숙이고 물러나는 아미드를 잠자코 지켜보며, 엄지를 조용히 핥았다.

형언할 수 없는 불안을 해소할 방법은, 책략은, 전혀 떠오르질 않았다.

핀은 지금 체스판을 끼고 말을 움직이는 상대의 얼굴이 도저히 보이지 않았다.

'······어쨌거나 여기서 병사를 철수시킬 수는 없어.'

지금은 공세를 펼쳐야만 하는 국면이다.

밀어붙일 수밖에 없다.

"······티오나, 티오네, 싸울 수 있는 사람 중에서 정예를 모아줘. 우리끼리 공략한다."

"네! 맡겨만 주십시오!"

"쌩쌩한 사람들 말이지! 알았어~!"

아마조네스 자매에게 지시를 내리고 핀도 스스로 준비를 갖추었다.

아무리 함정이 기다리고 있더라도 대처할 수 있는, 충분한 전력으로 부대를 편성한다.

금세 갖추어진 단원들을 이끌고, 핀은 가레스가 향한 『미궁주의 방』 쪽으로 달려갔다.

로키는 타나토스와 대치했다.

긴 진남색 머리카락에, 남성으로도 여성으로도 통할 만한 중성적인 얼굴. 무엇보다도 『죽음의 신』이라 불리는 자특유의 퇴폐적인 분위기.

권속도 없이 혼자 있는 타나토스는 이 상황을 비아냥거리듯 웃고 있었다.

"이래 만나는 건 처음이제?"

"응, 그러게. 천계에서는 인연이 없었고, 난 『영혼』을 관리하기 위해 어두운 곳에만 틀어박혀 있었거든."

"그럼 만나자마자 이런 소린 쫌 그렇지만── 니 끝났데이, 타나토스."

"응, 게임오버네."

로키의 날카로운 눈빛을 타나토스는 경박한 웃음으로 받아들였다.

가레스와 【로키 파밀리아】의 단원들이 신의 대화에 간섭하지 않고 지켜보는 가운데, 로키는 가슴속으로 의구심을 느꼈다.

지나치게 쉽다.

너무나 말귀를 잘 알아듣는 타나토스에게 『위화감』을 느꼈다.

너무나도 쉽게 궁지에 몰아넣었으므로, 무언가 숨겨놓

은 카드라도 있나 긴장했지만, 눈앞의 신물은 말 한마디 한마디에 체념을 내비치고 있었다. 그야말로 반상유희에서 항복을 선언한 것처럼.

말로 표현하기는 힘들지만…… 그렇다. 반응이 없었다.

"에뉘오라 카는 넘이 너가?"

로키는 마음속의 동요를 드러내지 않도록 힐문했다.

타나토스는 그 질문에 웃으며 어깨를 흔들었다.

"레피야한테 못 들었어? 난 에뉘오가 아니야."

"……."

"나타나지도 않고 목소리도 들은 적이 없어서, 있는지 어떤지도 모르겠지만…… 정말로 신일지도 의심스러운 그런 놈인걸. ……근데 그런 정체 모를 놈에게 마음대로 이용당했던 게 바로 나야."

"……머라꼬?"

자조, 아니, 자포자기한 웃음을 짓는 타나토스를 보며 로키는 한쪽 눈을 크게 떴다.

"응~ 함정에 빠졌어. 완벽하게 당했어. 내 앞에 나타나지 않았던 것도 무슨 『게임』을 하는 거라고만 생각했는데…… 들키지 않기 위해서였을 줄이야. 그야 그렇겠지. 한 번도 나타나지 않은 상대의 속내를 캘 수는 없으니까. **신의 권모술수조차 성립되지 않으니까.**"

── 권모술수조차 성립되지 않아?

── 아니, 함정에 빠져?

로키의 생각에 한순간의 공백이 발생한 가운데, 타나토스는 말을 이었다.

"『에뉘오』는 처음부터 여길 『요새』라고 생각하지 않았어. 그놈에게 여긴 『제단』. 모델은——『제물』."

"————."

그때.

로키의 체온이 낮아졌다.

핀도, 신조차도 예기치 못했던 일말의 『가능성』에 목덜미가 섬뜩해졌다.

분명히 심장이 떨고 있었다.

『제단』? 『제물』? 어데가? 누가? 여기가—— 우리가?'

머리 한구석에서 소리가 울렸다.

드득드득드득, 드득드득드득. 『위화감』이 깎여나가는 소리가.

『위화감』이라는 껍데기가 깎여나가고 새빨간 『위기감』이 드러나는 소리가.

"로키, **우리** 고스란히 당해버린 것 같지?"

그런 타나토스의 말에, 로키가 눈을 크게 뜬 순간.

가레스가 들고 있던 『오쿨루스』가 느닷없이 고함을 질러 댔다.

『가레스 씨! 가면인물이……! 몬스터를…… 잔…… 조종……! 부대가, 후퇴……!!』

"레피야?! 이봐, 레피야! 왜 그러나?! 들리질 않아!"

비명과 격렬한 교전음, 그리고 몬스터의 흉악한 포효가 뒤섞인 레피야의 통신에 가레스가 고함을 질렀다.

로키는 그 소리를 들으며 타나토스의 눈빛에서 눈을 돌리지 못했다.

무시무시한 기세로 회전하는 사고.

서로 말을 옮기던 판을 부감하며, 찰나 속에 수천수만 갈래로 교차하는 생각.

체크를 건 줄 알았건만, 유인당한 것은 『누구』였단 말인가.

승부의 추세가 결정된 국면에, **체스판 밖에서 검을 내리치려 하는 것은** 대체 『누구』란 말인가.

로키의 사고에 이해를 드러내듯── 아니, 공감한 듯 타나토스는 자비로운 웃음을 머금었다.

그리고 그 질문을 건넸다.

"로키. 여기 올 때까지 넌 혼자였어? 소중한 동료가 있지 않았어?"

"!"

그 질문을 받은 로키는 겨우 이곳에 디오니소스가 없음을 깨달았다.

흠칫 고개를 좌우로 돌려 돌아본 후 『오쿨루스』를 들었다.

"아나, 디오니소스?! 니 지금 어데 있노?!"

『아나, 디오니소스?! 니 지금 어데 있노?!』

울려 퍼진 여신의 목소리에, 디오니소스는 빛을 밝힌 수정을 입가에 가져다 댔다.

"옆길로 갈라진 통로 중 하나다……. 단독행동은 사과하지. 하지만 용서해다오. 나는……『원수』의 목을 쳐야 해."

『이기 뭐라카노?!』

반대쪽 손에 든 단검을 꽉 쥐며 말했다.

어둠에 휩싸인 통로 속에서, 이제 디오니소스는『오쿨루스』에서 흘러나오는 희미한 광채에 의지해, 그러나 두려움 없이 안으로 나아가고 있었다.

"있다. 있어. 이 너머에. 모든 일의 원흉이…… 나의 아이들을 죽인 가증스러운 신이!"

그것은 확신이었다.

이 너머에 자신의『원수』가 있다는 진실.

신의 얼굴이 분노라는 이름의 격정으로 물들었다.

주위의 정적을 가르며, 손에 든 단검의 빛으로 어둠을 가르며, 앞으로.

소리를 죽이고 다가가듯, 놓치지 않도록 걸음을 이어나갔다.

『……뭐라꼬?! 안 된다. 지금은 기다리그래이, 디오니소스!』

그녀답지 않을 정도로 당황한 목소리가 수정에서 터져

나와 디오니소스를 불러댔다.

그러나 디오니소스는 멈추지 않았다.

분노의 불꽃에 떠밀린 것처럼, 자신을 유인하는 어둠의 뒷모습을 좇는다.

『니 돌아오그래이! 지금은 **위험하데이**! 뭔가! 뭔가가 일어날라칸데이! 니 혼자선 안 된데이!!』

시큰거릴 정도로 호소하는 신의 직감을, 요란하게 빛나는 수정을 통해 쏟아냈다.

로키의 호소도 허무하게, 디오니소스는 탁 트인 공간에 도착했다.

그곳에는 어둠이 가득했다.

아무것도 내다볼 수 없는 암담한 어둠이.

그리고 그 안쪽에── 디오니소스의 『원수』가 있었다.

"문제없어. 피르비스도 있으니."

날카로운 눈초리를 전방으로 고정한 채 로키의 우려에 대답한다.

"거기 있지, 피르비스?"

"예, 디오니소스 님."

뒤에서 들려오는 목소리에 고개를 끄덕였다.

『……아나 잠깐, 잠깐잠깐, 디오니소스?!』

단검을 거머쥐고, 어둠을 몰아붙이듯 발을 내디딘 디오니소스는──

『**니 지금 누구랑 얘기하는데?!**』

──로키의 그 외침에, 처음으로 발을 멈추었다.

❦

『ㅇㅇㅇㅇㅇㅇㅇㅇㅇㅇㅇㅇㅇㅇㅇㅇㅇㅇㅇㅇ!』
"으아아아아아아아아아아아아아아아아아악?!"
깨진 종소리 같은 포효가 사방에서 들려왔다.

무수한 촉수와 추악한 턱을 휘둘러대는 식인꽃 몬스터의 무리에 쫓겨, 모험자들은 열심히 도망치고 있었다.

"【저격하라 요정의 사수! 뚫어라 필중의 화살!】──【아르크스 레이】!!"

레피야는 포격을 뿜어내 항전했지만, 그것도 임시방편밖에는 되지 않았다.

갑작스러웠다.

전조도 없이 나타난 가면인물이 식인꽃의 대군을 이끌고 급습을 가했던 것이다.

『가라.』
『──────아아아아!!』

펄럭이는 자남색 로브를 따라 식인꽃의 무리가 이동하고, 꿈틀대는 뱀과도 같이 다른 모험자들을 덮쳤다. 뿔뿔이 흩어진 그들을 감싸고자 레피야는 일부러 『마력』을 발산시켜 몬스터의 주의를 자신에게 집중시키고 『병행영창』으로 『마법』을 쏘아 일소하려 했지만,

『!』

"으으윽?!"

움직임을 감지한 가면인물에게 집중적으로 표적이 되었다.

적의 격렬한 공격에 이제는 가레스와 교신을 할 틈도 없었다. 『오쿨루스』는 사람과 몬스터의 혼전에서 들려오는 소리만을 전했다.

후퇴의 연속. 거듭되는 전장의 이동. 자신에게 날아드는 메탈글러브를 간신히 지팡이로 막았지만 초인적인 완력에 몇 번이나 튕겨져 날아갔다.

"레피야?!"

전투의 소리를 듣고 아나키티의 부대가 달려왔지만 때가 늦었다.

장소는 폭이 10M쯤 되는 대형 통로.

수인부대가 제압한 던전 출입구 앞까지 밀려나온 레피야에게 가면인물이 육박했다.

『끝났다.』

아나키티 부대의 지원은 이미 기대할 수 없었다.

움켜쥔 주먹이 레피야에게 빨려 들어가려던 순간.

"【디오 튀르소스】!"

한 줄기 벼락이 달려와.

가면인물의 공격을 아슬아슬하게 튕겨냈다.

"무사해, 레피야?!"

자신을 감싸고 기사처럼 앞을 가로막은 소녀를 보며 레피야는 기쁜 목소리로 외쳤다.

"피르비스 씨!"

"_____."

디오니소스의 시간이 얼어붙었다.

발을 멈추고 돌아본 곳에, 『피르비스 셜리아』라는 소녀는 없었다.

존재하는 것은 어둠뿐.

조금 전까지 그와 이야기를 나누던 권속은 『환영』처럼 사라져버렸다.

『니 권속은 니 옆에 없다! 레피야하고 있다 아이가! **거기 있을 리가 없데이!**』

레피야의 『오쿨루스』 너머로 들려오는 정보를 로키의 목소리가 격하게 전달했다.

디오니소스는 움직일 수 없었다.

디오니소스는 이해할 수 없었다.

권속이 사라졌다.

소멸했다.

아니, 그게 아니고?

엘프 소녀 따위, 처음부터——

『예, 디오니소스 님.』

귀에 울려오는 말이 불쾌한 노이즈를 수반하고 설탕세 공처럼 덧없이 무너졌다.

디오니소스의 얼굴에 균열이 일어났다.

더할 나위 없는 혼란이 신의 얼굴을 헤집는다.

——헉, 헉, 헉, 헉.

불쾌한 소리가 새어 나왔다.

귀에 거슬리는, 무언가가 흐트러진 소리가.

그것이 자신의 입술에서 새어 나오는 숨소리임을, 뚝뚝 떨어지는 땀방울과 함께 겨우 이해했다.

아연실색한 디오니소스의 곁에 함께 따르던 것은 끝없는 어둠.

암흑의 미궁이 소리를 내며 뒤틀리고 디오니소스의 몸에 팔을 감는다.

"……뭐야…… 뭐가…… 뭘………… **왜.**"

환각?

백일몽?

그럴 리가. 나는 신이다. 초월존재다.

전지무능한 몸이라 해도 환술 따위에는 걸릴 리 없다. 하계의 이능에 당할 이유가 없다. 그렇다, 있을 수 없는 것이다. 있을 리가 없었다. 있을 리는 있을 리 없었다.

──그러니까, 있을 수 없다고!! 있을 수 없어!! 있을 수 없어!!

『디오니소스?! 디오니소스!!』

자신의 몸에 무슨 일이 일어났는지 알 수 없었다. 이곳은 누구이며 자신은 언제이고 시간은 어디이며 당신은 누구인지. 세상이 뒤집히고 앞뒤를 분간할 수 없었으며 질서가 혼돈에 빠지고 상실은 자신이 되었다.

시작된 것은 희극이었다. 시작된 것은 비극이었다. 가극이었다. 무언극이었다. 소극이었다. 참극이었다. 촌극이었다.

연기자는 디오니소스. 관객도 디오니소스. 각본도 연출도 무대도 모두 디오니소스.

우레 같은 박수와 함께 쩌렁쩌렁 울려 퍼지는 웃음소리. 영락한 신 디오니소스의 입에서 넘쳐나는 자기 자신을 비웃는 목소리.

건배를. 건배를. 건배를.

흘러 떨어지는 눈물에, 입에서 넘쳐나는 침에, 소녀의 첫사랑처럼 달아오르는 뺨에.

짐승처럼 으르렁거리는 두통에, 찢겨나가는 인격에, 산산이 부서지는 가면에.

도취된다. 도취된다. 도취된다.

어둠에 취한다. 어둠에 취한다. 어둠에 취한다.

아아, 이래서야 마치.

정말로『광대』——

"――――."

그리고.

오래도 기다리게 했던『어둠』이 일렁였다.

정면, 전방, 시선 너머.

단검을 쥔 채, 디오니소스가 쫓아왔던『원수』가 천천히 시야에 상을 맺었다.

디오니소스의 눈에 비친 것은 한 신물.

이 얼마나 우스꽝스러우냐며 초승달 모양으로 구부러지는 입술.

그 손에 들린 요사스러운 칼날의 광채가 디오니소스의 눈을 찔렀다.

'그럴 리가…… 저건…… 설마…….'

그렇다면, 자신이 쫓고 있던『원수』란.

자신의『복수』가 도달할 결말이란.

도시의 파괴자, 에뉘오의 정체란——

『디오니소스!!』

마지막으로 울려 퍼진 여신의 목소리에.

디오니소스는 공허한 목소리로 대답했다.

"미안해, 로키."

——콰아앙!!

"어?"

미궁을 꿰뚫으며 하늘로 건너가는 **빛의 기둥**이 천상까지 이어지는 것을 헤스티아는 보았다.

"신의 송환?!"

지상, 다이달로스 거리.

【파밀리아】와 함께 포진했던 가네샤가 그 빛의 기둥을 보고 외쳤다.

"누구지?! 누가 날아갔단 말이냐?!"

눈 깜짝할 사이에 단원들 사이에 비명과 혼란이 내달리는 가운데 단장 샥티는 절규를 질렀다.

"——설마."

헤르메스가 그 기둥에 이끌리듯 일어났다.

미궁거리의 한 곳, 소수의 호위병과 함께 건물 옥상에서 크노소스를 지켜보던 남신은 아연실색해 눈을 크게 떴다.

땅속에서 **인조미궁을 꿰뚫고 출현한** 거대한 빛의 기둥.

도시 곳곳, 아니, 지상 곳곳에서 관측할 수 있는 눈부신 광휘.

희고, 아름답고, 비장할 정도의 장관으로 솟아오르는 한

줄기의 빛에 사람도, 신도 눈길을 빼앗겼다.

　"~~~~~~~~~~~~~~~~~~~~~~~~~~~~~~~
~~~~아아아?!"

　솟아나는 충격이 미궁을 엄습했다.

　그야말로 『진원지』인 크노소스를 엄습한 어마어마한 진
동. 미궁에 있는 모든 이가, 장소는 다를지언정 하나같이
충격을 견뎌야만 했다.

　"설 수가 없어!!"

　"무슨 일이 일어난 거야?!"

　균형을 잃은 아스피의 외침이, 메릴을 감싸던 팔거의 혼
란이 터져 나왔다.

　붕괴가, 작렬이, 섬광이. 모험자들의 오감을 짓이겨버리
는 압도적인 정보량이 파괴의 해일이 되어 크노소스에 쏟
아졌다. 아다만타이트 위에 발라놓은 석판이 분리되어 벽
과 천장에서 잇달아 떨어졌다. 시야가 위아래로 오르내릴
정도의 위력은 지상과 비교도 되지 않았다. 모험자들의 헤
아릴 수 없는 비명이 맹렬한 빛의 파도 속에 휩쓸렸다.

　『아아아아아아아아아아아아아아아아아아아아아아아아아아
아아아아아아아?!』

　『워어어어어어어어어어—————————?!?!』

　제8층 이상, 『빛의 기둥』이 **지나간 곳**에 있던 극채색 몬
스터들은 불행히도 소멸했다.

비올라스도 바르그도 예외는 아니었다. 오리할콘『문』조차 산산이 터져나갔다.

그 빛의 분류는 지상에서 관측할 수 있는 것 중에서 거의 최대의 에너지량. 하계의 섭리를 초월한 하늘의 초상현상이었다. 그야말로『신의 기둥』은 바로 위에 존재하는 것들을 모조리 휩쓸고 모든 것을 삼키고 모든 것을 멸했다.

하늘과 땅을 잇는 빛의 파동이 크노소스 전역에 미쳤다.

"으아, 아, 아~~~~~~~~~~~~?!"

"단장님?!"

넘어지는 자가 속출하는 가운데, 티오나의 곁에서 티오네가 외쳤다.

장창을 바닥에 꽂은 파룸 두령은 노도와도 같은『이상사태』에 전율했다.

'엄지가——!!'

과거에 느껴보지 못했던 통증이 그 조그만 손가락에서 뿜어져 나왔다.

시간으로 따지면 얼마 되지 않았다.

하지만『진원지』에 있던 자들에게는 무한처럼 여겨지는 빛의 포효는 하늘에 걸린 광휘가 흐려진 후에야 겨우 종언을 맞았다.

"머……멎었나?"

무시무시한 굉음이 사라지고 진동이 가라앉은 대형 통

로 내부.

충격을 버티던 레피야는 고개를 들었다.

주위의 광경은 끔찍했다.

석판은 바닥을 제외하고는 거의 대부분 갈라져 떨어져 아다만타이트의 금속광택이 드러나 있었다. 벽에 갖추어진 마석등은 예외 없이 땅에 떨어지고 부서져 발밑에서 푸른 인광을 뿜어냈다. 레피야는 그 광경을 멍하니 둘러보았다.

"레피야, 일어나! 적이 아직 있어!"

"──?!"

그리고 전투가 중단되었다고는 하지만 눈앞의 적은 아직 건재했다.

아나키티의 고함이 레피야의 등을 두드렸다.

식인꽃을 이끈 가면인물은 그림자처럼 선 채 모험자들을 상대하고 있었다. 공포인지 흥분인지, 깨진 종소리 같은 포효를 뿌려대는 몬스터를 내버려둔 채 물러나려는 기색조차 보이지 않고, 숫제 냉정할 정도로 【로키 파밀리아】와 【디오니소스 파밀리아】의 모험자들을 노려보았다. 마치 **모든 것이 예정조화였던 것처럼.**

등 뒤에 있던 아나키티 부대에서 발검하는 소리가 울려 퍼지는 가운데, 레피야도 얼른 자세를 잡았다.

아직까지 상황을 제대로 파악하지 못한 채 눈앞의 위기에 대처하려 했지만.

"아……아아…….”

그녀의 곁에서 한 소녀가 떨고 있었다.

"피르비스 씨……?”

고개를 숙인 채, 두 눈을 크게 뜨고, 자신의 두 손을 내려다본다.

그것이 무엇을 의미하는지, 레피야도 처음에는 알지 못했다.

그러나 주위에 있던 【디오니소스 파밀리아】 단원들의 분위기를 알아차리고 움직임을 멈추었다.

"아니야…….”

"이, 이건, 설마…….”

"그럴 수가……?!”

남신의 권속들은 모두 낯빛을 새파랗게 물들이고 있었다.

어떤 이는 피르비스와 마찬가지로 자신의 두 손을 내려다보고, 어떤 이는 몸을 끌어안고, 어떤 이는 『잃어버린 무언가』에 절망하듯 얼어붙었다.

마치 자신의 안에서 소중한 『무언가』를 잃어버린 것처럼——.

『신이 날아갔다.』

레피야가 움직이지 못하고 있을 때, 가면인물이 자남색 로브를 출렁였다.

"네?”

『로키, 아니면 타나토스…… 아니면 디오니소스.』

그 말에, 그 의미에.

이 크노소스에서 무슨 일이 일어났는지 정답을 깨닫고만 레피야는 시간이 멈춘 것처럼 얼어붙고 말았다.

하지만 시곗바늘은 거꾸로 돌지 않는다.

"아아…… 아아아………… 아아아아아……!!"

진실을 알아버린 피르비스의 절망이 입에서 소리를 내며 조각처럼 쏟아져 내렸다.

그것은 분노인가, 증오인가.

슬픔인가, 괴로움인가.

얼어붙은 레피야의 곁에서 유령처럼—— 혹은 기피의 별명인 『밴시』처럼—— 하얀 옷을 입은 엘프는 한 걸음, 발을 내디뎠다.

무언가에 홀린 것처럼.

기댈 곳을 잃어 망가져 버린 것처럼.

『모든 것은 에뉘오의 신의대로. 기뻐하라 동포—— 촌극은 끝났다.』

다음 순간.

소녀의 목에서 고함이 터져 나왔다.

"——으아아아아아아아아아아아아아아아아아아아아아아아아아아아아아아아아아아아아아아!!"

흠칫 놀란 레피야가 붙잡을 틈도 없이.

뻗어 나간 손이 허공을 가르고, 그 너머에서 피르비스는 원수를 향해 달려나갔다.

"피르비스 씨————"

레피야의 목소리는 도중에 끊어졌다.

느리다.

너무나 느리다.

레피야조차 웃음이 나올 정도로, 지금의 피르비스는 너무나 느렸다.

주신의 송환.

【스테이터스】의 『봉인』.

주인을 잃은 권속은 새로운 신 아래에서 컨버전을 하기 전까지는 그동안 길렀던 능력을 발휘할 수 없다. 등에 새겨진 『신의 은혜』는 계약에 따라 침묵했다.

무시무시한 감정에 지배당한 요정은 평범한 일반인으로 전락해버렸다.

시간이 느려졌다.

모든 소리가 멀어졌다.

어째서인지, 맥락도 없이, 영문도 모른 채, 한 소녀와의 추억이 주마등처럼 레피야의 뇌리를 가르고 지나갔다.

처음 만났을 때 소녀의 거부가.

더럽혀졌다고 자학하던 소녀의 비분이.

손을 잡았을 때 꽃처럼 웃던 피르비스의 얼굴이——

왜!! 어째서!! 이런 건!!

그 『현상』이 의미하는 바에서 온 힘을 다해 눈을 돌리고 마음속으로 절규를 지르며, 혼신의 힘으로 땅을 박차고 그녀의 등을 향해 힘껏 팔을 뻗었다.

그러나 레피야의 손이 닿기도 전에.

피르비스와 대치하던 가면인물의 메탈글러브가, 번뜩였다.

그 손에 붙들린 소녀의 가느다란 목.

파고드는 다섯 개의 금속 손가락.

가녀린 엘프의 다리가 지면에서 떨어지고, 팔 하나에 들려 올라갔다.

"컥──."

느려진 세상 속에서 소녀의 신음소리만이 또렷이 들렸다.

레피야는 의미도 없는 언어의 나열을 자신의 입이 토해내는 것도 깨닫지 못했다.

별 어려움도 없이 소녀를 들어 올린 가면인물은, 시시한 작업이라도 하듯, 손에 힘을 주었다.

마치 디오니소스가 쫓던 권속들의『원수』처럼.

마치 정면에서 다가와, 목을 쥐고, 꺾듯.

수많은 생명을 그렇게 했듯, 단숨에 목을──

"안돼──!!"

그때.

레피야의 시선 너머, 출렁이는 흑발 속에서 한순간.

붉은 눈이 이쪽을 본 것 같았다.

마치 사죄하듯.

그리고.

뚜둑.

어이없이, 너무나도 쉽게 무언가가 부러지는 소리가 울렸다.

부자연스럽게 기울어지는 소녀의 머리.

실이 끊어진 인형처럼 축 늘어지는 사지.

가느다란 목이 보이지 않을 정도로 꽉 움켜쥔 살인귀의 마수.

【로키 파밀리아】의 단원들이 떨었다.

【디오니소스 파밀리아】 사람들이 얼어붙었다.

레피야 비리디스는 머릿속이 새하얗게 물들었다.

시간이 정지했다.

세상이 빛을 잃었다.

모든 감정이 경계를 잃었다.

곧, 괴인은 관심을 잃은 것처럼 소녀의 몸을 허공에 던졌다.

후방으로 떠올라, 역시 인형처럼 팔다리를 늘어뜨린 엘프 소녀에게 식인꽃 한 마리가 달려들었다.

한입에. 통째로. 과일처럼.

미미한 핏줄기가 흩어지는 가운데, 레피야와 괴인 사이에 무언가가 떨어졌다.

© Kiyotaka Haimura

그것은 한쪽 팔이었다.

하얀 옷에 싸인 소녀의 가느다란 팔.

팔꿈치 아래에서 뜯긴 살점의 단면이, 이제야 생각이 났다는 것처럼 피웅덩이를 퍼뜨렸다.

찰나의 정적.

레피야의 정지된 시간이 부서져 나가기 전의 마지막 유예.

다음 순간, 소녀의 마음은 부서졌다.

"으아아?!"

목이 터져버릴 정도의 절규.

진혼가도 될 수 없는 통곡.

영창하지 않았음에도 무작위로 마법을 발산해버릴 정도의 통곡에, 아나키티와 동료들은 귀를 막을 수밖에 없었다.

가면인물은 꿈쩍도 하지 않았다.

그 대신, 굴러다니던 한쪽 팔이 피의 수면을 진동시켰다.

그리고 소녀의 통곡에 호응하듯—— 아니, **신의 송환에 동조하듯.**

『제단』이 기동했다.

😈

『라아아———————————………….』

아름답고도 일그러진 노랫소리가 울렸다.

더럽혀져 타락한 몸이면서도, 『신의 칙령』에 몸을 떨듯, 『정령』들이 서로 다른 장소에서 노래를 나누었다. 공명하듯 『여섯』 목소리가 겹쳐졌다.

크노소스의 각 지점에 배치된 『데미 스피리트』들은 통로를 따라 거대한 빛의 원환으로 이어져—— 몸을 끔찍하게 비대화시켰다.

불룩불룩, 추악한 소리를 내며, 모태에서 새로운 생명이 태어나듯, 그 거대한 몸에서 **녹색 살이 범람했다.**

다음 순간, 무시무시한 속도로 녹색 살덩어리의 『침식』이 시작되었다.

"이, 이봐! 저게 뭐야?!"

"뭐야, 몬스터인가?!"

그것을 처음으로 시인한 것은 하층으로 이어지는 계단에 포진했던 【디오니소스 파밀리아】의 모험자들이었다.

미궁을 뒤흔드는 지진과 함께 계단에서 그로테스크한 살덩어리들이 솟아 올라왔다.

"히익── 끄아아아아아아아아아아아아아아아아아아
아아아아아악?!"

검을 뽑는 이도 등을 돌리는 이도 있었지만, 모두 헛수
고였다.

모험자들은 바닥, 벽, 천장을 눈 깜짝할 사이에 빈틈없
이 메워버린 녹색 살덩어리의 탁류에 휩쓸렸다. 삼켜져
『양분』이 되었다. 그것은 그야말로 『흡수』이자 『포식』이자
『유린』이었다. 환희의 목소리를 높이며, 이리저리 도망치
는 모험자들을 잡아먹는 식인 살덩어리였다.

"으그으아아아아아아아아아아아아아아아아아아아아
아아아아아아아아아아아아아아아아아아아아아아아아
아아아아아아아아아아아아아아아아아아아아아아아아
아아아아아아아아악?!"

살아남은 이블스의 잔당들도 무슨 일이 일어났는지 알
지 못한 채 휩쓸렸다.

같은 광경이 미궁 곳곳에서 퍼져나갔다.

살덩어리의 파도에 한 번 휩쓸리면 탈출은 불가능했다.
다리를 붙들린 엘프 소녀를 구하려 수인 사내가 함께 짓
이겨져 한 덩어리가 되었다. 동료를 희생해 도망치던 휴먼
사내가 전방에서도 밀려든 녹색 살덩어리에 잡아먹혔다.
폐쇄공간으로 흘러든 급류처럼 나아가는 녹색 덩어리는
심상찮은 속도로 침공해, 모험자의 단말마도, 몬스터의 비
명도 집어삼키며 눈 깜짝할 사이에 광대한 미궁을 『녹색

살의 도가니』로 바꾸었다.

갈림길, 계단, 수직굴도 예외 없이, 공간이란 공간을 모두 메워버렸다.

"후퇴, 후퇴에에에에에에에에에에!!"

아비규환의 고함을 끌며 모든 모험자가 전속력으로 도주했다.

무기를 버리고, 대기 장소를 포기하고 좌우에서 밀려드는 녹색 살덩어리의 유린에 이성을 잃으며 남은 퇴로로 몸을 던졌다.

"베, 베이트 씨이?!"

"밖으로 나가!!"

수인부대 내에서는 웨어울프의 노성이 작렬하고,

"어서, 어서 던전으로!!"

냉정함을 깡그리 내팽개친 성녀의 고함이 울려 퍼졌으며,

"펠즈?!"

"철수한다! 어서 『문』으로!!"

"——에잇!"

"앗?! 잠깐, 레이!!"

이단의 괴물들까지도 전속력으로 이탈을 시도했다.

"이, 이건…… 24계층 팬트리에서 봤던 거랑, 똑같은……?!"

"루루네! 뛰어어!!"

그것은 마치 【헤르메스 파밀리아】가 제24계층에서 목격했던 팬트리 때와 같은 광경이었다. 괴인 올리버스 액트가

말했던 『플랜트』. 차이가 있다면 그것은 『플랜트』보다 폭력적이었으며 압도적이었으며 무자비했다. 영역에 존재하는 모든 생명을 착취할 정도로.

크노소스의 『10층』을 기점으로 주위를 완전히 바꿔버렸다.

명공 다이달로스의 천 년에 걸친 집념이 뒤덮여갔다.

바르카 페르딕스는 틀림없이 행복했다. 뜻을 이루지 못하고 스러져갔지만, 자신의 망집이 이러한 결말을 맞는 모습을 보지 않을 수 있었으므로.

"도망쳐라, 너희들!!"

12층에 있던 아이즈 부대에게도 녹색 살덩어리의 침공이 시작되었다.

룸으로 이어지는 각 통로에서 폭발하듯 넘쳐나는 녹색 파도에, 리베리아가 고함을 터뜨려 갈팡질팡하는 단원들의 등을 떠밀었다. 유일하게 비어있는 후방으로 가는 길로 무장병들이 쏟아져 들어가는 가운데, 아이즈는 전율의 눈빛으로 붉은 머리 여성을 보았다.

"처음부터, 이렇게 될 줄 알고 있었어⋯⋯?!"

결국, 한 번도 검을 마주하지 않은 채 아이즈 일행과 대치하기만 하던 레비스는 역시 시시하다는 듯 코웃음을 쳤다.

룸 중앙에 있는 그녀의 곁에도 사방에서 녹색 살덩어리의 파도가 쇄도했지만, 일정 거리에 들어온 순간 움직임이 완만해졌다. 마치 동족에게는 위해를 가하지 않듯 그녀를 피해 뻥 뚫린 공간을 만들어냈다.

"『분신』들에게 너를 『양분』으로 흡수시키는 건…… 별로 좋지 않지. 어차피 소모품."

눈을 크게 뜬 아이즈에게 레비스가 담담히 말했다.

"시체라도 상관없다고는 했지만, 말라비틀어진 너를 끌고 가봤자 『그놈』도 만족하지 못걸. 냉큼 도망쳐라, 아리아."

"……?!"

"다음에 끝을 내주지."

그 말을 마지막으로, 레비스의 모습은 녹색 살덩어리 너머로 사라졌다.

"아이즈, 뭘 하고 있나!!"

"……큭!!"

등을 두드리는 리베리아의 고함.

아이즈는 바람을 최대로 전개해, 밀려드는 녹색 살덩어리로부터 벗어났다.

모험자들은 이리저리 도망쳤다.

녹색 살덩어리의 악몽이 가져오는, 두 번 다시 깰 수 없는 잠으로부터.

제9층 내에서 확보했던 퇴로를 통해 던전으로 잇달아 뛰어나왔다. 핀의 지시—— 아니, 『직감』으로 전선을 후퇴시킨 덕에 많은 모험자들이 간신히 탈출에 성공했다.

그러나 예외가 있었다.

【디오니소스 파밀리아】였다.

『팔나』가 봉인당해 초인적인 능력을 잃은 그들은 맹렬히 쫓아오는 녹색 살덩어리를 피하지 못했다. 상급 모험자라 해도 간신히 넘어설 수 있는 사지를, 일반인의 몸으로 전락한 그들이 벗어나지 못하는 것은 당연했다.

"아아아아아! 아아아아아아아아아아아?! 아아아아아아아아아아아아아아아아아아아아아아아!?"

"안 돼, 레피야!!"

대형 통로에서.

바닥에 떨어진 무참한 한쪽 팔에 눈물을 펑펑 흘리며 손을 뻗는 레피야를 아나키티가 필사적으로 말리고 있었다.

그치지 않는 눈물을 흘리며, 이성을 잃고 날뛰는 소녀의 몸에 팔을 감고, 마침내 눈앞까지 밀려온 녹색 살덩어리에 시선을 보냈다.

처음으로 희생된 것은 역시 【디오니소스 파밀리아】.

절망의 비명을 지르며 살덩어리의 파도에 휩쓸려갔다.

"살려줘, 【로키 파밀리아】아아아아아!!"

퇴로는 바로 앞. 이곳에서 던전으로 가는 탈출구는 가깝다.

가면인물도 쫓아오지 않았다. 마치 그냥 보내주겠다는 양, 즐기듯, 이쪽을 조용히 바라볼 뿐이었다.

그러나, 그러나, 그러나.

시야에 비친 모든 이를 구하기란 불가능했다. 짐으로 변한 그들을 어찌어찌 구한다고 해봤자 자신도, 등 뒤에 있는 단원들도——

"크윽!"

결단의 순간에 사로잡힌 아나키티는, 그들을 버리기로 했다.

입술을 깨물고, 장이 끊어지는 심정으로 도움을 청하는 목소리에 귀를 막은 채 뻗어 나온 팔에 등을 돌렸다. 레피야를 안은 채 달려나갔다.

그녀만이 아니었다.

많은 곳에서, 눈물을 흘리며, 몇 번이고 사죄를 반복하며, 조금 전까지 함께 싸웠던 모험자들을 버리고 나아간다.

"기다려, 기다——?!"

"안돼에에에에에에에에에에에에에에에에에?!"

비명이 이어졌다.

"그럴 수가………… 다들………… 피르비스………… 디오니소스 님——?!"

부단장 아우라 또한 녹색 살덩어리에 휩쓸렸다.

【디오니소스】라는 이름을 가진 자들의 말로에 예외는 없었다.

미궁에 남겨졌던 소녀의 한쪽 팔마저도.

🐱

"신의 송환이 『제단』의 기동 스위치……. 날아가기만 하면 누구여도 상관없었던 거야."

수많은 원기둥이 우뚝우뚝 솟은 룸.

땅울림이 멈추지 않는 크노소스에 이변을 느끼며, 상황을 파악할 방법이 없는 로키 일행 속에서 타나토스의 중얼거리는 목소리만이 울려 퍼졌다.

"스위치?! 신의 송환이?! 무신 소리고?!"

"아마『데미 스피리트』에 잔재주라도 부려놨겠지. 이젠 도망쳐도 의미가 없어, 로키. 무슨 일이 일어나고 있는지는 모르겠지만…… 헛수고란 건 알겠지?"

로키의 고함에 타나토스는 무미건조한 웃음을 지었다.

한 마디도 받아치지 못한 채 이를 질끈 악물고 있으려니.

"로키!!"

파룸의 질타가 룸에 울려 퍼졌다.

"핀?!"

돌아본 로키는 눈을 크게 떴다.

『미궁주의 방』으로 왔던【로키 파밀리아】의 정예부대는 주신을 구출하기 위해 이 룸까지 도달한 것이다.

"징그러운 살덩어리들이 밀려들고 있어!!"

"얼른 안 도망치면 돌아갈 길이 사라져!!"

이제까지 본 적도 없을 정도로 조바심을 내는 티오나와 티오네, 그칠 줄 모르는 미궁의 진동. 아직도 혼란의 극치에 빠진 가레스 부대는 심상찮은 일이 일어났다고밖에는 이해하지 못했으나── 의문은 이내 해소되었다.

『답』이 알아서 무시무시한 기세로 나타났기 때문이다.

"다, 단장님!! 왔습니다!!"

단원의 절규, 통로 안에서 밀려오는 녹색 살덩어리의 노도.

그것만으로도 모든 것을 이해한 가레스 부대와 로키가 충격에 휩싸인 가운데, 핀의 격렬한 목소리가 터졌다.

"문을 닫아라!!"

『다이달로스 오브』를 든 단원이 손을 내밀고 오리할콘 방벽을 낙하시켰다.

힘차게 닫힌 『문』은 아슬아슬하게 녹색 살덩어리의 침식을 막아냈다.

룸으로 이어지는 다섯 개의 출입구 중 네 개의 『문』이 쿵! 쿵! 쿠웅!! 봉쇄되고 있었다.

그러나.

"유감이야, 【브레이버】. 이 룸의 출구는 딱 한 곳에만 『문』이 존재하지 않아."

"——큭!!"

타나토스의 무자비한 『사형선고』와 함께, 남은 통로에서 녹색 살덩어리가 룸으로 쏟아져 들어왔다.

일그러지는 파룸의 푸른 눈, 창백해진 단원들, 『죽음의 직감』을 느끼는 제1급 모험자들.

이상증식한 종양과도 같은 녹색 살덩어리는 수많은 원기둥 틈을 눈 깜짝할 사이에 메우고 【로키 파밀리아】에게 밀려들었다.

"무, 무기까지 빨려든다?!"

"『마검』도 통하지 않습니다!"

단원들의 필사적인 저항도 무의미해, 폭염이며 번개가 작렬을 거듭했지만 녹색 살덩어리의 침공은 조금도 늦춰지지 않았다. 가장자리로 가장자리로 후퇴를 거듭해, 마침내 타나토스가 있는 제단 앞까지 몰렸다.

뚝뚝 떨어지는 땀, 거친 호흡, 모두의 얼굴을 지배하는 절망.

철과 청동의 심장, 검은 날개의 엠블럼── 사신의 심벌이 내려다보는 가운데, 【로키 파밀리아】의 『마지막 순간』이 결정되려 하고 있었다.

"──이대로 로키가 탈락하면 오라리오는 무사히 붕괴되겠지."

그때.

타나토스가 눈을 감고 독백을 시작했다.

"……?"

"에뉘오에게 맡겨두면 다시 하계는 혼돈의 세상으로 돌아갈 거야. 하늘로 돌아가는 영혼이 늘어나고, 내 바람도 성취되겠지."

뜬금없을 정도로 조용히, 신탁을 들려주듯.

제단을 등진 그의 모습에 모두가 뒤를 돌아보았다.

그것은 비참한 말로를 맞이한 모험자들에게 보내는 노래였을까.

아니면 승리의 선언이었을까.

하지만 로키에게는 그 어느 쪽으로도 보이지 않았다.

그것은——

"——웃기지 말라고 그래."

눈을 뜬 타나토스의 눈동자에 깃든 것은 회색으로 타오르는 분노의 불꽃이었다.

"이런 나에게도 자존심은 있다고, 에뉘오. 당하고만 있으면 아니꼽지."

"타나토스……?"

"남은 건, 그래, 앙갚음이야."

사신은 문득 웃음을 지었다.

"그동안 쌓아왔던 『비원』에 이딴 짓을 당하면, 바르카가 너무 불쌍하잖아."

마지막 순간, 권속에 대한 『사랑』을 언뜻 내비친 타나토스를 보고 로키는 숨을 멈추었다.

그리고 다음 순간, 타나토스는 단검을 들었다.

모험자들이 경악의 눈빛을 보내는 가운데, 입술을 틀어 올리고, 그는 자신의 가슴을 찔렀다.

"아니?!"

울컥, 입에서 새어 나오는 혈액.

말을 잃은 로키 일행을 내버려 둔 채, 치명상을 입은 신의 육체가 죽지 않기 위해 하계에서는 금지된 『아르카넘』을 발동시켰다.

"——가라, 로키. 사신인 내가 주는 선물이야."

로키는 눈을 크게 떴다.

무수한 광구에 휩싸여 빛 속으로 사라진 타나토스는 마지막 순간 한쪽 손으로『하늘』을 가리켰다.

그 직후.

콰아앙!!

두 번째의 송환 기둥이 천장을 뚫고 크노소스를 약진했다.

무시무시한 충격, 하늘로 역행하는 대폭포. 주위에서는 마치 신의 위광에 위축된 것처럼 녹색 살덩어리의 침공이 약해졌으며, 흰 광휘가 모험자들의 경악한 얼굴을 비추었다.

그리고 거대한 빛의 기둥이 뚫고 나아가면서, 지상으로 이어지는 탈출구가 입을 벌렸다.

"──저 구멍으로 탈출하그래이! 빨리이이이이이이이이!!"

빛의 기둥이 흐려지고 천장에 뚫린『구멍』을 본 것과 동시에 로키가 외쳤다.

주신의 말이 떨어지기 무섭게 제1급 모험자들이 움직였다.

땅을 박차 바닥을 터뜨릴 정도의 가속. 전멸의 위기를 뿌리치는 초고속 반응.

반쯤 무의식중에【스테이터스】가 낮은 단원을 티오나, 티오네, 가레스가 끌어안고 빛의 잔재가 눈처럼 흩날리는『구멍』을 향해 도약했다.

"로키!!"

"우웃!"

다른 상급 모험자들이 무기를 내팽개치고 뒤를 따르는

가운데, 로키도 핀에게 붙들려 구멍으로 뛰어올랐다.

다음 순간, 이를 놓치지 않겠노라는 듯 녹색 살덩어리가 침공을 재개했다.

"뛰어, 뛰어—— 뛰어어어어어어어어어어어어어어어어어어어어어어어어!!"

도약을 거듭하는 모험자들은 체면 가리지 않고 외쳤다.

빛의 기둥이 『지나간 길』—— 지상까지 뚫린 구멍에서 구멍을 통해 각 계층을 번개 같은 궤적으로 도약하며 위로 위로 나아간다. 머리 위의 빛을, 별이 보이는 저 어둠을, 마굴에서의 탈출을, 모두가 미친 듯이 갈구하며 뛰었다.

"크으으윽……!!"

찌릿찌릿 공기가 진동하고 가공할 풍압이 피부를 두드려댔다.

핀에게 팔을 붙들린 로키의 어깨에서 관절이 떨어져 나가는 것 아닐까 싶을 정도로 삐걱거렸다. 하지만 항의할 틈도 없었다. 아파할 여유도 없었다. 비명을 지를 의미 따위 존재하지 않았다. 시선을 내려보면 지금도 눈 아래에서 추악한 녹색 살덩어리가 분화와도 같이 맹렬히 추격해오고 있었으므로.

저것에 묻혔다간 끝장이다. 모든 것이 무로 돌아간다.

"핀!"

"서둘러어!!"

탈출하는 모험자들의 선두에서 나아가는 티오나와 가레

스가 맨 아래의 핀에게 고함을 질렀다.

다른 단원들이 뒤도 돌아보지 않고 녹색 살덩어리로부터 멀어지려 하는 가운데, 로키를 안은 파룸도 그 조그만 몸 어디에 그런 힘이 있었는지 더더욱 가속하며 뛰어올랐다.

그리고 마침내 지상의 탈출구 바로 앞.

크노소스 2층에 접어든── 그때였다.

『오오오오오오오오오오오오오오오오오오오오오오오오!!』

몬스터의 포효가 바로 옆에서 울려 퍼진 것은.

"──────────────────."

제2층의 통로, 빛의 기둥을 회피했던 한 마리의 식인꽃.

핀과 로키가 통과하기 직전, 마치 함정과도 같이 입을 벌리고 물어뜯으려 했다.

"──────────────────."

로키가 경직한 가운데, 핀의 행동과 『판단』은 빛보다도 빨랐다.

오른손으로 든 주신의 몸을 바로 위를 향해 집어 던져 머리 위에 있던 티오네에게 **맡기는** 데에 1초.

왼손에 든 《포르티아 스피어》로 닥쳐드는 식인꽃을 해체하는 데에 다시 1초.

모두가 시간이 얼어붙은 것처럼 지켜보는 가운데, 그 2

초가 핀의 명암을 갈랐다.

아래에서 밀려오는 녹색 살덩어리가 포효하며, 가엾은 파룸을 절대불가피의 사정권 내에 가두었다.

"＿＿＿＿＿＿＿＿＿＿＿."

옆에서 공격당하며 살짝 균형을 잃어 한순간의 부유감에 사로잡힌 그에게 이 상황을 타개할 방법은 없었다.

크게 뜨인 가레스의 눈과 눈이 마주쳤다.

경악한 티오나와 시선을 나누었다.

무언가를 외치려 하는 로키와 눈빛을 부딪쳤다.

얼어붙은 티오네와 마주보았다.

마지막으로, 엄지의 둔통이 모든 것을 포기한 것처럼 멎었다.

"단장니이이이이이이이이이이이이이이이이이이이이이이이이이이이임?!"

티오네의 절규.

이를 아랑곳하지 않는 녹색 살덩어리의 육박.

푸른 눈에 원통함을 담은 채, 머리 위를 우러러보던 파룸의 몸은 덧없이 휩쓸——

"——그렇겐 안 돼요."

리기 직전.

허공을 박찬 금색 날개가, 막 휩쓸리려 하던 핀의 몸을 고속으로 낚아챘다.

"어?"

툭 떨어진 티오네의 중얼거림, 크게 뜨인 핀의 눈, 로키와 모험자들의 경악.

그 자리에 나타난 한 마리의 『제노스』.

분출하는 녹색 살덩어리와 벽 사이의 얼마 되지 않는 틈, 아래쪽의 룸에서 급상승한 유익 몬스터는 핀의 죽음을 거부했다.

펠즈의 제지를 뿌리치고 반향추적을 구사해 생존자를 찾아다니던 세이렌 레이는 마지막으로 제단이 있던 룸에 도달해 모험자들에게 달려왔던 것이다.

녹색 살덩어리의 맹위를 피해 고속으로 비행하며 핀의 한쪽 팔을 발톱으로 단단히 붙들었다.

"이탈할게요!!"

폭발적인 가속, 날개를 가진 자만이 가능한 비행.

핀을 데리고 자신들을 단숨에 추월해 선두로 솟아오르는 세이렌을 보며 눈을 크게 뜬 【로키 파밀리아】는—— 다음 순간 마지막 힘을 쥐어짜내 크게 도약했다.

구멍의 종점, 지상으로, 뛰쳐나갔다.

"크으윽!!"

구멍을 빠져나가, 밤하늘로 솟아오른다.

금색 날개를 가진 반인반조의 실루엣이 파룸의 그림자와 함께 만월을 등졌다.

그리고.

『————————————————————————!!』

마치 몬스터의 포효와도 같은 굉음을 지르며, 녹색 살덩어리가 구멍에서 넘쳐났다.

타나토스의 송환으로 뚫린 거대한 구멍은 완전히 막히며 추악한 살덩어리로 가득 찼다.

미궁거리에 내려선【로키 파밀리아】가 불컥불컥 간헐천처럼 솟아나는 녹색 덩어리로부터 황급히 거리를 벌리자.

"……멈췄, 다."

추악한 녹색의 샘은 반경 약 10미터까지 퍼져 나오고, 정지했다.

『제단』에 뚜껑을 씌운 것처럼, 완전히.

"…………."

세이렌의 발톱에 한쪽 팔을 붙들린 채 이를 공중에서 내려다본 핀은 눈을 가늘게 떴다.

처음으로 하늘에서 내려다본 지상의 광경은 너무나도 괴로운 것이었다.

이윽고, 바로 머리 위를 올려다보며 입을 열었다.

"……고마워."

"……아뇨."

인류와 괴물 사이에 오가는 감사의 말.

하지만 그것도 지금만큼은 허무하게 밤하늘에 울려 퍼질 뿐이었다.

이날, 크노소스 공략 작전 『제1공략』은 성공하고, **실패했다.**

　공적은 이블스의 궤멸 및 주신 타나토스의 송환.

　피해는, 【디오니소스 파밀리아】의 **전멸.**

　파벌연합은 철수, 아니, 『패주』했으며, 대가라 부르기에는 너무나도 많은 목숨을 잃어버렸다.

　모험자들이 공략한 줄로만 알았던 마굴은—— 새로운 『마성』으로 변했다.

에필로그

Whodunit

80여 명과 신 하나.

그것이 이번 작전에서 희생된 이의 수였다.

【로키 파밀리아】와 【헤르메스 파밀리아】도 피해를 입기는 했지만 사망자는 없었다. 최소한의 희생으로 예상치 못한 『이상사태』를 이겨냈다——고 말하면 듣기에는 좋지만, 【디오니소스 파밀리아】를 저버리고 건진 목숨이었다. 사기 저하는 막을 수 없었다. 처음으로 함께 싸웠던 파벌이라도 한 【파밀리아】가 통째로 소멸했다는 사실은 너무나도 무거웠다.

결코 하위 단원들에게 보일 수는 없는 모습이었지만, 아나키티를 비롯해 지휘를 맡았던 제2군 멤버들도 침울해했다.

특히 마음의 상처가 컸던 것은 레피야.

동포 소녀가 눈앞에서 사망했다는 사실이 아직 어린 엘프의 마음을 산산이 부수었다.

심신상실에 빠진 그녀는 아이즈나 동료들의 목소리에도 전혀 반응을 보이지 않았으며, 방안에 앉아있기만 하는 인형으로 변해버렸다. 울면서 몇 번이고 격려해주려는 룸메이트 엘피를 배려해 그녀는 다른 방으로 이동하게 되었다.

모든 준비를 갖추고 진행되었던 크노소스 공략.

그 공략을 달성했음에도 토대부터 뒤집어버린 악마와도 같은 소행에, 모험자들도, 신들도 인정하지 않을 수 없었다.

한 번도 본무대에 올라오지 않았던 『에뉘오』의 존재를

과소평가했음을.

적은 한없이 악랄한 『극악』의 화신임을.

"……."

공략작전 이튿날 아침.

로키는 『다이달로스 거리』에 있었다.

호위도 대동하지 않고 홀로. 건물 옥상에서 미궁거리의 중앙지대—— 크노소스를 바라보았다.

타나토스, 그리고 디오니소스의 『송환』으로 관통된 구멍에서는 예의 그 녹색 살덩어리가 넘쳐나 지상에서 날뛰고 있었다. 삼림공원이라도 만들어진 것처럼 퍼진 그것은 지금 일대를 보수 공사한다는 명목으로 거대한 뚜껑을 씌워 가려놓았다. 역시 일반인에게는 이 이변을 알릴 수 없었다.

녹색 살덩어리의 침식은 크노소스 전역에 이른 것으로 여겨졌다. 던전과 이어진 출입구는 베이트 일행이 임기응변을 발휘해 오리할콘 『문』을 닫아 유출을 막았다. 넘쳐난 곳은 송환으로 두 개의 구멍이 생겨난 이곳 미궁거리의 중앙지대뿐이다.

아니, 『성장』이 멈추었다고 해야 할까.

"리네랑 얼라들이 죽어삤을 때도 내 이렇게 내려다보고 있었제……."

툭 떨어진 중얼거림은 아침 바람에 휩쓸렸다.

로키의 시선이 향한 곳. 천막의 주위에는 감시와 조사를 위해 상주중인 【가네샤 파밀리아】가 있었다. 자지도 쉬지도 않고 잇달아 단원들에게 지시를 내리는 단장 샥티, 그리고 주신 가네샤의 모습이 보였다.

만일 지금 로키에게 무슨 일이 생긴다 해도 금방 달려와 줄 것이다.

무슨 일이 있으면 바로 달려와 줄 정도로 그들 또한 신경이 날카로워졌다.

"…………."

옥상에서 미궁거리를 둘러보던 로키는 잠시 후 난간에서 몸을 뗐다.

계단을 내려가, 뒷골목으로 들어서 모험자들의 소리로부터 멀어지려 했다.

그때.

"여, 로키. 이렇게 아침부터 만날 때도 있구나."

"……."

헤르메스와 맞닥뜨렸다.

마치 접촉할 기회를 노렸던 것처럼 나타난 남신에게 로키는 대답을 하지 않았다.

침묵으로 대꾸했다.

"잠깐 수다라도 떨지 않을래?"

"그려, 니 말 잘했데이. 냉큼 본론으로 들어가본나."

움찔하는 어깨.

호위하던 권속도 멀리 떨어뜨려 이목에서 벗어난 헤르

메스는 여리여리한 미소를 지웠다.

"에뉘오에 대해 네 견해를 묻고 싶어."

진지한 눈빛과 함께 등황색 눈이 그렇게 물었다.

"나랑 별로 다를 거 없을기라. 견해를 가질 만한 정보가 얼마 없었제."

"그건 그래. 우리는 모르는 것이 너무 많아. 흑막의 단서도, 동기도, 전혀."

로키와 헤르메스가 알아낸 것이라고는 도시의 파괴자, 『에뉘오』라는 농담 같은 기호뿐.

있는지 어떤지도 알 수 없는, 뿌옇게 떠오른 그림자처럼 불확실한 존재였기에 로키와 헤르메스는 제대로 쫓으려고도 하지 않았다.

정확하게는, 쫓을 수 없었다.

그러나 진정한 적은 명확한 악의와 본성으로 그들에게 이를 드러냈다.

자신의 존재를 드높이 주장하듯.

홍소를 터뜨리듯.

"그럼 이제까지 누가 에뉘오일 거라고 추리했는지 하나둘 셋에 말해볼래?"

헤르메스는 갑자기 입가를 틀어 올리며 제안했다.

그러나 역시 눈만은 웃지 않았다.

로키는 침묵으로 대답했다.

하나, 둘~ 숫자를 세는 헤르메스의 입술 움직임을 따라,

입을 열었다.

"디오니소스."

같은 소리가 이중으로 울려 퍼졌다.

일치한 그 이름에 헤르메스도, 로키도 표정을 무너뜨리지 않았다.

"니는 와 그래 생각했는데?"

"타이밍이 너무 좋았어. 사건에 말려든 계기도 그렇고, 로키에게 접촉한 순간도 그렇고…… 전부『나중에 갖다 붙인』것처럼 수상쩍더라고. 적어도 나한텐 그렇게 보였어."

로키가 묻자 헤르메스는 즉시 대답했다.

"그거 알았어? 24계층 사건 이후 내가 제일 먼저 접촉했던 게 디오니소스였다고."

"……니 처음부터 의심했나."

"단정했던 건 아니야. 그냥 캐보고 있었던 것뿐이지."

헤르메스는 표표히 지껄였으나, 로키도 느꼈던 바였다.

디오니소스는『지나치게 움직이고 있었다』.

한때는——『제27계층의 악몽』을 맞이할 때까지는 도시 상위에 머물던 파벌이었다지만 현재는 기껏해야 단원만 많은 중견 수준. 철저한 비밀주의로【파밀리아】의 실력을 감추었던 듯하지만, 이블스의 잔당과 괴인의 지하세력 사건을 상대로 활약하기에는 너무나 역부족이었다. 공략 작전 직전까지 Lv.3인 피르비스 셜리아 외의 구성원은 협력이 불가능했던 것이 좋은 증거다.

"나하고 디오니소스는 천계에서 동향…… 올림포스의 맹우였어. 로키 너보다도 그 남신에 대해서는 좀 더 많이 알고 있을 거야."

"『발작』일으켜싸서 목숨 걸고 싸웠다 카는 얘기 할라 그러나?"

"어이쿠, 알고 있었어?"

그 외에도 수상한 점은 있었다.

과도하게 우라노스에게 반발하며, 로키와 헤르메스의 협력도 방해하는 듯했다.

우라노스 측도 『제노스』라는 『폭탄』을 감추고 있었으니 이제까지 결탁은 하지 못했지만, 디오니소스의 고집스러운 발언이 대립에 한몫을 했던 것도 사실이다.

"천계 시절의 디오니소스는 위험한 면이 있었어. 그게 아니라도 그 녀석은 소동의 중심에 **너무 자주 있었지.**"

그렇기에 동맹을 맺자고 구두로 약속을 나누고 감시했던 거라고, 이중첩자 노릇을 하던 남신은 마무리를 지었다.

"나도 질문해도 될까? 의심했으면서 왜 디오니소스를 크노소스 공략에 대동시켰는지."

"……너무 본색을 안 드러내가꼬 그랬던 것도 있데이. 적의 본거지에서 우리랑 같이 있음, 암만 신중하고 참을성이 강해도 행동할 거라…… 그래 내다봤제."

유사시를 대비해 가레스에게는 몰래 전해두었다.

그러나 당사자인 디오니소스가 실제로 일으킨 행동은 로키의 품을 벗어나는, 생각지도 못한 전개가 되고 말았다.

"그리고…… 완전히 의심할 수는 없었데이."

"……."

"내도 거짓말 냄새에는 엄청 민감한데…… 디오니소스한테선 그 냄새가 안 났던기라."

그것은 로키의 본심이었다.

디오니소스의 언동에는 분명『수상쩍은』냄새가 감돌았다.

그러나 그가 입에 담은 의지는, 그가 품은 신의는 모두『진짜』였다. 적어도 로키에게는 그렇게 들렸다.

결정타였던 것은 얼마 전.

권속의 묘지 앞에서 바치던 그의『맹세』를 도저히 의심할 수 없었던 것이다.

"디오니소스가 한 말은『진짜』였데이……. 이래놓고도 속이는 거라믄 내는 무신 수를 써도 몬 이기겠구마, 당해도 어쩔 수 없겠데이…… 그래 생각했제."

"로키가 그런 말을 할 정도라니…… 그럼 역시 우리가 디오니소스를 의심한 건 편견에 억측이 겹친 지레짐작이었을까?"

"재섫게 행동함시로 충분히 수상했던 그넘아한테도 잘못은 있었데이."

그건 맞다고 헤르메스는 슬쩍 웃었다.

웃으며 하늘을 올려다본다.

"의심해서 미안해…… 디오니소스."

신의 기둥이 올라갔던 하늘을.

"죄책감 드나?"

"하하, 설마."

헤르메스는 고개를 내리더니 모자의 챙에 손가락을 대고 눈가를 가리듯 끌어내렸다.

그런가 싶더니, 로키에게 얼굴을 가까이하며 챙 가장자리에서 날카롭게 뜬 눈을 내비쳤다.

"나는 말야, 로키…… 분해."

"……."

"고스란히 **속았어**. 이건 그런 거잖아? 디오니소스는 제물, 우리의 주의를 끌면서 힘을 합치지도 못하게 만들어놓고, 반면 흑막은 그 틈에 유유히 암약했지. 그래, 어떤 신인지는 모르겠지만 분해서 견딜 수가 없어."

분명 헤르메스에게 죄책감 같은 귀여운 감정은 없었다.

눈앞의 눈동자 속에 있는 것은 분노였다.

자신이 남의 손에 놀아났다는 사실을 인정하고 느끼는 분함.

"로키는 괜찮겠어? 나야 당했네~ 하고 넘어가면 그만이지만…… 천계의 트릭스터가 남에게 놀아났다니. 이보다 더 큰 굴욕이 없을 텐데?"

헤르메스는 얼굴을 떼고는 너스레를 떨듯 두 손바닥을

하늘로 들었다.

굴욕을 느끼지 않는다면 거짓말일 것이다.

그러나 지금, 자신의 가슴에 밀려왔다가 사라지는 메마른 바람과도 같은 감정이 무엇인지, 신인 로키 자신도 설명할 수가 없었다.

"······뭐, 됐어. 로키가 나와 같은 생각이었다는 건 알았으니. 디오니소스에 관련된 부분에서 조사해볼게."

"수사라도 할라카나?"

"응. 이제부터는······ 원흉을 찾아야지."

그 말을 남기고, 헤르메스는 걸음을 옮겼다.

로키의 손에 체스의 말── 검은색 킹을 슬쩍 쥐어주고 떠나갔다.

"······."

남신의 뒷모습이 사라진 후, 로키는 뒷골목의 벽에 등을 기댔다.

그가 건네준 검은색 킹, 에뉘오를 상징하는 말을 한동안 바라보다 고개를 들었다.

푸른 하늘이 펼쳐져 있었다.

마치 아무 일도 없었던 것처럼 구름 한 점 보이지 않는 맑디맑은 창공.

"와 승천했는데, 니는······."

정신을 차리고 보니 로키는 뒷골목의 형태로 뚫린 하늘에 묻고 있었다.

수많은 권속들과 함께 하늘로 사라진 한 남신을 향해.

"진짜 니한테 놀아난 기가, 디오니소스……."

이제는 빛의 기둥의 잔재조차 남지 않은 푸른 하늘에 물어보아도 대답은 돌아오지 않았다.

디오니소스는 천계에서 지금의 로키를 내려다보고 있을까.

혹은 하계를 들여다보는 신들은 모든 것을 간파하고 있을까.

로키 정도 되는 녀석이 한심하다고 손가락질을 하며 깔깔 웃고 있을지도 모른다.

평소 같으면 상상만 해도 화가 나겠지만, 지금만큼은 어째서인지 그럴 기분이 아니었다.

"……."

어울리지도 않는 감상을 떨치고, 로키도 헤르메스를 따라 골목을 나갔다.

지금 해야만 할 일은 지나간 일에 눈을 돌리는 것이 아니라 앞으로 나아가는 것이다.

로키는 일단 생각을 해보았다.

'디오니소스는 정말 『광대』였을까? 헤르메스 말마따나 내 주의를 끌기 위한……? 그렇다 쳐도 디오니소스는 왜 시기적절하게 에뉴오의 의도대로 놀아난 건데? 대체 왜, 아니, **어떻게**?'

로키를 고민하게 했던 것은 그 점이었다.

차라리 『디오니소스는 흑막과 내통하고 있었다』는 견해

가 그나마 나을 것이다.

'땅꼬마한테 들은 대로, 디오니소스한테 과격한 면이 있었던 건 분명하데이. 옛날 내처럼.'

지루함이라는 독에 침식당해 발증하는 신의 기병.

로키도 신들에게 목숨을 걸고 싸움을 걸곤 했다.

"디오니소스네 영지…… 천계 12석을 둘러싼 싸움으로 발전할라 캤다는 그 얘기, 12신 말고 다른 신들도 말려들어서——."

여기까지 생각했던 로키는 문득 발상을 바꿔보았다.

'만약…… 진짜로 만약…… **그 무렵부터 디오니소스가 놀아나고 있었다 카면**? 과격한 언동을 되풀이하게 만들시로 그 무렵부터 이미 제물이 되었던 거라 카면……? 흑막이 암약하기 위한 『위장막』으로.'

단숨에 비약한, 너무나도 뜬금없는 추측. 그러나 이때 로키는 그 생각을 웃어넘길 수가 없었다.

한동안 생각에 몰입하고 있으려니——

불쑥.

"……로키?"

"으헉?! 소, 소마?!"

아무 전조도 없이 흑발 남신이 나타났다.

자기도 모르게 깜짝 놀란 로키에게 소마라 불린 그는 느릿느릿한 동작으로 고개를 갸웃했다.

소마는 술잔을 관장하는 신이며, 하계에 내려온 이유는

『맛있는 술』을 만들기 위해서라는, 신들 중에서도 기괴한 신물이었다. 【파밀리아】도 상업계에 한쪽 발을 담그고 있어, 홈과는 별도로 양조장도 소유했을 정도였다. 술이라고 하면 내, 내하면 술이라고 호언장담하던 로키는 그가 직접 만든 술을 먹기 위해 약간의 교우를 가지고 있었다.

"이런 데서 뭘 하는 거야……?"

"그건 내가 할 소리데이!"

남성치고는 머리카락이 길며 눈도 앞머리에 가려졌다.

음습하다는 말이 형태를 이루었다는 표현도 딱 어울렸으며, 방구석에 틀어박혀 술 만드는 데에만 몰두하는 그를 로키는 『취미신』이라 야유했다. 그런 인도어파 신이 외출을 했으니 놀라는 로키의 심정도 당연하다면 당연하다.

"『다이달로스 거리』 근처에 내 양조장이 있거든……."

"아— 그러고 보니 내도 니한테 들은 적이 있구마. 여긴 지름길이가?"

"응……."

"하지만 여긴 지금 출입금지 아이가? 들키면 니 가네샤가 쫓아올기라."

"그래서, 남의 눈에 안 뜨이게 이동하고 있잖나……."

소곤소곤 말하는 소마를 보며 로키는 어이없어했다. 설마 그가 『에뉘오』라면 로키는 어이없음을 넘어서 싸울 기력도 잃어버릴 것이다.

이래 봬도 처음 만났을 때보다는 많이 『주신』다워졌다.

어떤 심경의 변화가 있었는지는 모르지만…… 지금의 로키에게는 그를 신경 쓸 여유가 없었다.

"아무한테도 말 안할틍게 얼른 가본나."

"그러지……."

손을 흔들어 어서 가라고 채근했다.

한숨을 쉬는 로키의 앞을, 등이 약간 구부정한 남신이 비척비척 걸어갔다.

하지만.

"——신주."

엇갈려 지나친 순간, 소마는 우뚝 걸음을 멈추더니 용수철처럼 돌아보았다.

"아?"

"——『신의 술』냄새가 나는걸."

앞머리 안쪽에서 눈을 크게 뜬 무표정으로 소마가 힐문했다.

갑자기 표변한 남신에게 로키는 분명히 압도당하고 말았다.

"로키, 신주를 어디서 났지?"

"머, 멍청한 소리 작작 하그라! 내는 니가 만든 진짜 신주는 한 방울도 몬 먹어봤데이! 애초에 니 내한테 나눠주지도 않았잖나! 엄청 먹고 싶었는데! 아이다, 지금도 완전 먹고 싶데이!"

"아니, 내 신주가 아니야. 내가 만든 것의 향이 아니야."

"아?"

"나 말고 다른 누군가가 만든 신주지."

"그, 그거야말로 멍청한 소리 아이가. 니 말고 누가 『하계』에서 신주를 만드는데⋯⋯."

"하지만 분명 로키에게서 냄새가 나는걸."

개처럼 킁킁 연신 코를 울리며 단언하는 소마에게 로키는 당황했다.

로키도 여신인데, 전혀 사양도 않고 얼굴을 가져다 대며 냄새를 맡는 바보 신에게 꿀밤 한 대라도 날려줄까 했으나⋯⋯ 시험 삼아 팔을 들고 냄새를 맡아보았다.

그러나 역시, 비할 데 없는 술꾼인 로키라 해도 그런 술기운은 전혀 느낄 수 없었다.

"직접 마신 건 아니고⋯⋯ 아마 누군가에게 냄새가 배었겠지⋯⋯."

"냄새가, 배어⋯⋯?"

"로키, 아는 사람 중에 술 마시는 사람이 누가 있지?"

소마는 몸을 내밀었다.

막막하고 종잡을 수 없는 줄로만 알았던 남신은 문자 그대로 눈빛을 바꾸고 있었다.

"로키, 나는 알고 싶다. 이 하계에서 신주를 만든 나 이외의 존재를."

"자, 잠깐잠깐?! 그러니까 내는 암것도 모른다고⋯⋯!"

갑자기 말수가 많아져 힐문을 시작하는 소마를 두 손으로 밀쳐내려던 로키는,

"제조법도 술의 종류도 달라…… 이건, 『포도주』인가?"

그 말을 들은 순간.

두쿵. 가슴 안쪽이 뛰는 것을 느꼈다.

"…………."

전류가 내달렸다.

머릿속이 깜빡거렸다.

고동이 평소보다도 빠르게 울리는 것을 자각했다.

그리고 목을 떨며, 단 하나의 『짚이는 구석』을 도출해냈다.

"설마……."

눈을 크게 뜬 로키는 다음 순간 달려가고 있었다.

"소마, 니 잠깐 따라온나!"

퉁겨지듯 달려나간 로키를 따라 소마도 달리고 있었다.

『다이달로스 거리』를 빠져나와 향한 곳은 도시 남동쪽.

직접 찾아온 적은 없지만, 정보로는 알고 있었던 어떤 장소.

경계의 의미도 있고 해서 다가가지 않았던 어떤 『홈』.

숨을 헐떡이며, 통행인들과 부딪쳐가며, 로키는 그 건물 앞에 도착했다.

"허억, 헉……! 여기데이……!"

【디오니소스 파밀리아】의 홈이었다.

돌아올 이가 사라진 화려한 저택은 역시 인기척 하나 느껴지지 않았다.

주신의 송환이 원인이 되어 【파밀리아】가 해산 혹은 궤멸되었을 경우, 사재는 『길드』가 회수하게 되어 있다. 그러나 【디오니소스 파밀리아】가 전멸했던 것은 바로 어제다.

여러 가지 대응에 바빠 『길드』도 여유가 없으니 물품은 하나도 압수되지 않았을 것이다.

"냄새가 나는군…… 이쪽이다."

로키가 묻기도 전에 소마는 그렇게 말하며 홈의 뒷문 쪽으로 돌아갔다.

개 같은 녀석이라고 말할 여유도 없었다. 그를 따라 저택 뒤쪽의 담을 넘었다. 원래 같으면 감시하는 단원에게 들켜 금방 쫓겨났겠지만, 그럴 단원도 지금은 없다.

뒤뜰로 나와, 코를 울리는 소마의 안내로 저택에 침입해—— 지하실로 이어지는 계단을 발견했다.

"여긴……."

문을 열자 펼쳐진 것은 벽에 늘어선 선반과 헤아릴 수도 없는 많은 술병.

디오니소스의 와인셀러였다.

평소의 로키였다면 수많은 명품의 저장고를 보고 보물 더미라고 기뻐했을 것이다. 추울 정도로 서늘한 공기에 숨을 떨며 와인셀러 안으로 빠르게 발을 옮겼다.

이윽고 코를 울리던 소마가 어떤 선반 앞에서 우뚝 발을 멈추었다.

빤히 직시하는 그의 시선에 이끌린 것처럼, 로키는 병 하나를 손에 들고 선반에서 꺼냈다.

떨리려는 손가락에 힘을 주며 마개를 뽑았다.

그러자 녹아드는 듯 그윽한 향이 퍼졌다.

"……틀림없어. 『신주』다."

소마의 단언에 숨을 삼켰다.

소마는 충격과 관심을 감추지 못한 채 말을 이었다.

"나의 술보다도…… 훨씬 뛰어나군."

그 발언에 눈을 크게 떴다.

취미신이자 양조에 관해서는 타의 추종을 불허하는 소마를 능가한다고?

있을 수 없다. 믿을 수 없다.

그가 이렇게 말할 정도의 술을, 대체 누가——.

의문이 멈추지 않는 로키의 생각을 끊듯.

소마는 마지막으로 다음 말을 입에 담았다.

"이거라면…… **신마저도 완전히 도취시킬 수 있겠지.**"

"_____."

그 말이.

그 의미가.

로키의 뇌리에 섬광을 터뜨렸다.

누군가의 손에 놀아났던 디오니소스. 『광대』가 되었던 디오니소스.

취한다. 취한다. 취한다. —— 취해 있었다?

디오니소스는 **취해 있었다?**

만약 그가 이『신주』를 평소에도 마시고 있었다면?

깨닫지 못하는 사이에 이『신주』를 매일 마시고, 취해, **꼭두각시 인형**이 되었던 거라면?

본인의 자각이 없는 사이에, 로키와 헤르메스의 주의를 끌고, 도시의 질서를 지키는 우라노스 측의 세력과 적대하도록,『만취』상태가 되었던 거라면?

'가능하데이…… 가능하데이! 이 술이라면!!'

감도는 향만으로도 오감을 빼앗겨버릴 것 같은 눈앞의 술을 보며 확신하고 말았다.

그와 동시에 코를 찌르는 포도주의 향에 기억의 파문이 퍼져나갔다.

"……**알고 있데이. 이 향기, 내는 알고 있데이!**"

자신은 이곳이 아닌 어딘가에서 이와 비슷한 향을 맡은 적이 있다!

병을 두 손으로 든 채, 원수처럼 시선을 돌렸다.

'어데고? 어데서 맡았는데? 내는 이 향을 대체 어데서……?!'

라벨에 적힌 것은 로키도 본 적이 없는 마크.

엠블럼과도 비슷한, 술잔에서 넘쳐나는 포도주.

'주점? 말도 안 된데이. 이딴 물건을 파는 술집이 어데 있는데! 양조장? 아이다, 그런 데는 간 적도 없다! 그럼 술 그 자체가 아이라 원료? ……포도…… 포도…… **포도?**'

병 속에서 출렁거리는, 피처럼 붉은 포도주를 바라보고

있으려니.

안개가 끼었던 기억이 물컹 소리를 내며 뒤틀렸다.

'그때 디오니소스는 **글마** 옆에서, 포도주를 마셨고──.'

그렇다. 그때.

──포도주에는 까다로운 내가 인정하는데.

로키를 맞아주었던 디오니소스는.

──이건 맛있어.

『그 신』의 곁에서, 분명 그렇게 말했고──

"설마……."

주황색 눈이 한껏 크게 뜨였다.

로키는 비명을 지르듯 외치고 있었다.

"설마?!"

"우라노스."

길드 본부, 『기도의 방』에서 펠즈의 검은 옷이 출렁였다.

"결과는?"

"결론부터 말할게. 크노소스는 『이계』로 변했어."

지상 측의 『다이달로스 거리』에서 감시하던 【가네샤 파밀리아】와 달리, 펠즈는 『제노스』와 함께 제18계층에서 조사 중이었다.

보고를 위해 돌아온 흑의의 메이거스는 떨리는 목소리

로 말했다.

"정령의 『기습』, 혹은 그에 준하는 무언가. 【검희】 일행이 보았던 24계층의 팬트리, 리드 일행이 대처했던 30계층의 것과도 비슷하지만 전혀 달라. 아니, 상위존재라고 하는 편이 좋겠지."

"……."

"통로를 가득 메운 녹색 살덩어리가 의지를 가지고 침입자를 말살하려 해. 미궁 그 자체를 상대해야 하는 건 처음이야."

추악한 녹색 살덩어리가 정령의 『기습』에 의한 것이라고 말하는 데에 지독한 거부감을 느끼며, 펠즈는 말 구석구석에 전율을 드러냈다.

"아마도 여러 마리의 『데미 스피리트』를 이용한 『기생』……. 술식은 확실치 않지만 『더럽혀진 정령』의 힘이 관여한 게 분명해."

크노소스는 그야말로 『마성』으로 바뀌었다.

더 추악하고 강인한 요새로 바뀌었다고, 펠즈는 그렇게 결론을 내렸다.

"그걸 불태우고 묻어버리려면…… 막대한 노력과 시간이 들어. 적어도 하루이틀 정도로는 『정령』이 잠복한 계층까지 접근하지 못할걸. 현재 크노소스에 침입하기란 불가능하다고 봐야 해."

그리고 그것은 도시 붕괴의 카운트다운이 진행 중인 지금 상태에서는 치명적이다.

칠흑의 글러브를 낀 손을 꽉 쥔 펠즈는 문득 한숨을 쉬듯 주먹을 풀었다.

제단에 설치된 네 자루의 횃불이 일렁이는 가운데 우라노스가 입을 열었다.

"아마도 처음부터 노렸을 것이다. 【로키 파밀리아】가 크노소스를 공략하지 않는다면 유유히 도시를 파괴할 때를 기다리고. 만일 쳐들어온다면…… 이번처럼 이블스의 잔당을 제물 삼아 섬멸할 계획이었겠지"

"이블스의 잔당은, 희생양이었다는 거야?"

"이용가치가 있는 도구라고나 할까."

가늘게 뜬 우라노스의 푸른 눈을 보며 펠즈는 힘없이 흑의의 후드를 옆으로 가로저었다.

"악마의 소행이야……. 이블스도, 우리도, 【로키 파밀리아】까지도 계속 흑막의 손바닥 위에서 놀아났단 걸까?"

"그렇게 말할 수밖에 없겠지."

펠즈는 다시 한번 고개를 가로저었다.

적의 교활함에, 얼굴이 보이지 않는 신의 모습에, 분명한 두려움을 느꼈다.

"……『이계』로 변한 크노소스의 조사는 계속하기로 하고, 문제는 아직까지『에뉴오』의 정체를 알 수 없다는 거야. 우리는 적의 정체는 고사하고 용의자조차 좁히지 못했어."

우라노스는 그 말을 부정했다.

"용의자는 모두 모였다."

노신은 어둠에 덮인 천장을 올려다보며 말했다.

"이 땅에 있는 모든 신들이지."

도시가—— 아니, 『마성』으로 변한 미궁이 지금도 비웃고 있다.

큭큭 소리내어 웃으며 묻는다.

『에뉘오는 누구게?』

© Kiyotaka Haimura

어둠이 지저귄다.

하계를 떠난 천상만이 모든 답을 알고 있었다.

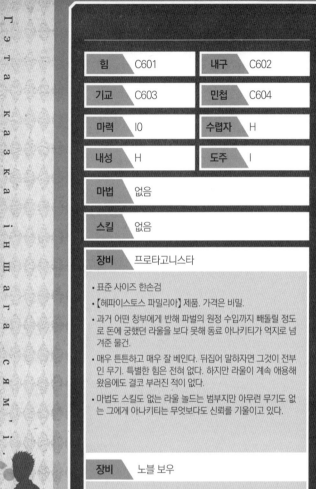

힘	C601	내구	C602
기교	C603	민첩	C604
마력	I0	수렵자	H
내성	H	도주	I

마법	없음

스킬	없음

장비 　프로타고니스타

- 표준 사이즈 한손검
- 【헤파이스토스 파밀리아】 제품. 가격은 비밀.
- 과거 어떤 창부에게 반해 파벌의 원정 수입까지 빼돌릴 정도로 돈에 궁했던 라울을 보다 못해 동료 아나키티가 억지로 넘겨준 물건.
- 매우 튼튼하고 매우 잘 베인다. 뒤집어 말하자면 그것이 전부인 무기. 특별한 힘은 전혀 없다. 하지만 라울이 계속 애용해 왔음에도 결코 부러진 적이 없다.
- 마법도 스킬도 없는 라울 놀리는 범부지만 아무런 무기도 없는 그에게 아나키티는 무엇보다도 신뢰를 기울이고 있다.

장비 　노블 보우

- 표준형 활. 목제.
- 엘프 기술자가 만들었다. 『고결한 활』이라는 뜻. 리베리아가 진저리를 치며 헌상받은 물건을 핀이 배려해 라울에게 주었다.
- 다재무능하기 그지없는 라울의 무기 중 하나. 과거에 『이름값을 못한다』며 베이트에게 욕을 먹고 풀이 죽었지만 현재도 중견 및 후열에 있을 때는 빈번히 사용한다.
- 아무런 장점도 없지만, 핀은 제1급 모험자들을 잘 따라오는 그를 굳게 신뢰한다.

RAUL NORD

라울 놀드

소속	로키 파밀리아		
종족	휴먼	직업	모험자
도달계층	59계층	무기	검, 활, 창, 도끼, 철퇴
소지금	16,888,000발리스(저금 포함)		

후기

　마감 위반 상습범이 되고 있는 작가가 보내드리는 외전 11권입니다.

　GA 문고 편집부, 하이무라 키요타카 선생님, 관계자 여러분, 정말정말 죄송합니다……!

　요즘 묘하게 많아진 후기 스포일러가 이번에도 시작되오니 부디 주의하시기 바랍니다.

　휘청대며 썼던 이번 권은 계속 이어졌던 싸움에 전환점을 찍기도 했고, 『계기』가 되기도 했습니다.

　어쩐지 여러 방면(만화와 게임과 애니 관계자 여러분)으로 야단을 맞을 만한 내용임은 잘 알지만, 역시 이렇게 됐습니다. 제 마음속에서 『결말』은 정해져 있었고, 과연 진짜 정답인지는 알 수 없었지만, 과감하게 발을 디뎌보았습니다. 외전 8권 같은 기적도 이번에는 일어나지 않았습니다. 구하려고 한다면 이번 권밖에 없었겠구나, 하고 나중에 잔뜩 후회할지도 모르겠습니다. 어쩐지 집필한 작가가 가장 미련이 줄줄 흐르니 이 이야기는 그만 하겠습니다.

　억지로 밝은 이야기로 넘어가자면, 이번 권에서는 마침내 성녀님의 전투장면을 그릴 수 있었습니다. 외전 1권(본편으로 치면 4권)부터 나왔던 성녀님이 좀처럼 외전 팀과 합류해 함께 싸울 수가 없어서…… 이번에는 괴로운 이야기

속에서도 가장 텐션이 올라갔던 부분이라고 생각합니다. 하이무라 선생님이 그려주신 캐릭터 디자인 중에서도 사실은 마음에 드는 캐릭터였고, 언젠가는 활약시켜보고 싶다고 생각했죠.

"사실 아미드 씨에게는 이런 설정이 있는데 말이죠!"

"그게 이렇게 돼서 놀랍게도 이런 커플링이 성립해버릴 우려가!"

"아무튼 무슨 말을 하려는 건가 하면 엄청 강해요! 초 강해요! 오메가 강해요!!"

초고를 제출하면서 편집자님에게 신이 나 떠들었는데,

"『크로니클』에서 쓰세요(방긋)."

……그렇게 부처님의 얼굴로 말씀하셨답니다. 반드시 쓰겠다는 무책임한 약속은 하고 싶지 않다, 그런 어른은 되고 싶지 않다는 작가의 주장이 통과됐는지는 확실하지 않지만, 분명 성녀님은 앞으로도 이따금 활약해주실 거라 생각하니 부디 오래도록 지켜봐 주시면 고맙겠습니다. 아무튼, 네, 더 많이 쓰겠습니다.

또 이야기가 바뀌지만, 글을 쓰면서 요즘 자주 생각하는 것이 『복선』이란 어렵다는 것이었습니다.

당시에는 제대로 회수할 수 있을 거라고 내다보고 설치했던 복선도 나중에 보면 "아, 큰일 났네" 하고 머리를 싸쥐는 일이 종종 일어납니다. 원인은 작가의 인식이 부족했거나, 디테일이 부족했거나 등등 여러 가지가 있지만, 가장 큰 이유는 역시『경험』이 너무 부족한 것 아닐까 싶습니다.

　당연한 말이지만 새로운 책이란 작가에게도 독자 여러분에게도『미지』지요. 자신이 그려낸 경치에 도달할 수 있을지는 의외로 모험의 연속이랍니다. 그중에서도『복선의 회수』는 손으로 꼽을 정도밖에 안 됩니다. 적어도 현재 제 작품 내에서는요.

　전투의 리듬은 요즘 들어 알게 되었습니다. 알게 된 것 같습니다. 하지만『복선의 회수』와 여기에서 오는 카타르시스는 절찬 방황 중이죠.

　복선을 까는 것이 무섭다고까지는 하지 않겠지만, 복선의 배치에 용기가 필요하게 되었습니다. 지나치게 예민해진 걸까, 딱히 회수할 필요는 없는 거 아닐까 하는 생각도 들지만, 역시 이야기에 색을 더해주고 싶다는 욕심이 나니까요. 원래 이런 계획이었다고! 하고 으스대고 싶어지니까요. 스토리 속의 등장인물들과 함께.

　이번에는 제대로 회수할 수 있었나 하고 언제나 불안하지만, 앞으로도 복선이라는 이름의 마물과 싸우고 싶습니다.

　그러면 사죄와 감사의 말씀으로 넘어가겠습니다.

　담당 타카하시 님, 키타무라 편집장님, 이번에도 많은 신세를 졌습니다. 편집부에 몇 번이나 통조림을 당해서 죄송합니다. 수많은 일러스트를 그려주신 하이무라 키요타카 선생님, 부디 이번에 채용되지 않았던 멋진 캐릭터 디자인을 다른 기회에 써 주세요……! 간행을 지탱해주시는 관계자 여러분께도 깊은 사과 말씀드립니다. 그리고 졸작을 읽어주신 독자 여러분, 늘 고맙습니다.

다음 12권에서 길었던 싸움에 결판을 낼 예정입니다.

왜 본편 13권에 이어 이런 대량학살이 일어난 거야, 왜 이런 플롯을 짠 거야 에뉘오, 제발 그만 좀 하세요, 하는 약한 소리도 다음 권에서 보답을 받겠지요……. 부디 독자 여러분과 함께 희망을 믿고 마지막까지 달려가게 해주세요.

마지막까지 함께 해주시면 고맙겠습니다.

여기까지 읽어주셔서 감사합니다.

그러면 실례하겠습니다.

오모리 후지노

**던전에서 만남을 추구하 면 안 되는 걸까 외전
소드 오라토리아 11**

2019년 7월 24일 1판 1쇄 인쇄
2018년 8월 1일 1판 1쇄 발행

저   자 오모리 후지노
일 러 스 트 하이무라 키요타카
캐릭터 원안 야스다 스즈히토
옮 긴 이 김민재
발 행 인 유재옥
본 부 장 조병권
담당편집자 정영길
편   집 김다솜 김민지 이성호 정영길 조찬희
미   술 강혜린 박은정
라이츠담당 박선희 오유진
발 행 처 ㈜소미미디어
제 작 처 코리아피앤피
등   록 제2015-000008호
주   소 서울시 마포구 토정로 222, 403호 (신수동, 한국출판콘텐츠센터)
판   매 ㈜소미미디어
마 케 팅 한민지 한주원
전   화 편집부 (070)4164-3962, 3963 기획실 (02)567-3388
             판매 및 마케팅 (070)4165-6888, Fax (02)322-7665

ISBN 979-11-6389-684-5 04830
ISBN 979-11-5710-021-7 (세트)